JN242873

帝王Domと無敵のSubはこれを恋だと認めない

水壬楓子

Illustration
杏

この物語はフィクションであり、
実際の人物・団体・事件等とは、いっさい関係ありません。

目次

レオン・アインバーク
Sランク Dom。「キング」と呼ばれている。
圧倒的なカリスマ性を持ち、
人望もあり自信もある。
幼少期、フィリシアンに一目ぼれしたが
文字通り一蹴される。
ノウェル・ウィニゲール
Aランク Dom。
地方領主の息子だが実力、人気共にある。
入学当初からレオンとつるんでおり、
学院会、果ては騎士団でも
レオンの右腕を務めている。

ディディエ・ルベール
Sub。フィリシアン達よりも一学年下。
数字に強く有能で、
フィリシアンの右腕を務める。
通常よりも勘が強く、
相手の嘘を見抜く力を持っている。
フィリシアン・ミルグレイ
その容貌と実力から最高、
無敵と称されるSub。
「クイーン」と呼ばれている。
半端なDomのグレアには屈しない。
レオンのことはなんだかんだ一目置いている。

●ドム　Dom（支配的性質）

サブを自分の支配下、保護下に置きたいという本能的欲求が強い。知性が高く、武術や芸術など、総じて能力が高いが、個人差で抜きん出ているジャンルがある場合が多い。時に威圧的だが、カリスマ性が高い。

●サブ　Sub（被支配的性質）

ドムに支配されたい、従属したいという本能的欲求が強い。知性は高く、人を惹《ひ》きつける能力が高い。予知など、特殊な能力を発現させることもあり、そのため王家に保護されている。

●スイッチ　Switch

ドムとサブ、両方の特徴がある。その時々で、ドムとサブの気質が入れ替わる。まだ未知な部分が多い。

●ノーマル　Normal

ドムでもサブでもない、大多数の一般人。

●ランク

ドムはその能力の大きさによってランクわけされている。S／A／B／C／D。上に行くほど、発現する割合は少ない。サブにランクはないが、力の個人差はドム以上に大きい。力が高ければ、ドムのグレアや支配力にある程度、抗える。

●グレア　Glare
ドムの放つオーラのようなもの。威圧感。

●プレイ　Play
ドムとサブの間での、特別な交流方法。それぞれの抑えきれない本能的欲求を解消できる。サブの保護の観点から、この国では合意のないプレイは違法とされている。

●コマンド　Command
プレイの中で用いる指示や命令で、基本的にドムから与えられたコマンドに、サブは逆らえない。

●セーフワード　Safe word
サブがプレイをやめたい時のために、あらかじめ設定しておく言葉。

●サブスペースとサブドロップ　Sub space & Sub drop
サブスペースはプレイ中、サブの陥る恍惚《こうこつ》状態。多幸感に包まれる。サブドロップはサブスペースの逆で、プレイ中のドムに対する不信感などで、極度の不安に襲われる。

●ケア　Care
サブドロップに陥《おちい》らないよう、ドムがサブに対してその存在を肯定し褒《ほ》めまくる。コマンドだけでなく、優しい言葉や気遣い、愛情を与える行為。

※この国ではドムとサブであれば、同性でも婚姻は可能。正式なパートナーとして認められる。

帝王Dom《ドム》と無敵のSub《サブ》はこれを恋だと認めない

teioudom to mutekino
sub ha korewo
koidato mitomenai

第一章

1

この日、小さなフィリシアン・ミルグレイに課せられたのは、リングボーイという華やかで名誉ある役目だった。

結婚式を華麗に、可愛らしく彩《いろど》る子供たちの一人だ。

しかもこのエルスタイン帝国でも屈指《くっし》の名門であるミルグレイ侯爵《こうしゃく》家の令嬢《れいじょう》と、王家の血筋でもある公爵家の子息との婚姻で、格式ある大聖堂には招待客が千人以上、王族も参列する盛大にして絢爛豪華《けんらんごうか》な結婚式である。

しかし、フィリシアン――フィリスはずっと不機嫌だった。

本日の主役である花嫁はフィリスの大好きな姉で、嫁《とつ》いでしまったら家を離れてしまうのだ。もう会えないというわけではもちろんないが、それでも淋しかった。

とはいえ、姉にとっては一生に一度の晴れの舞台だと理解している。我《わ》が儘《まま》な子供みたいに式をぶち壊そうと思っているわけではない。姉のウェディングドレス姿はやはり素晴らしく美しくて誇らしかったし、新郎も穏やかで優しそうな男ではあった。

……優しいだけで姉を守れないようなら、ぶっ飛ばすしかないけど、と、七歳のフィリスは内心で考えていたが。

いささか不本意ながらも、自分の役目を粛々《しゅくしゅく》とこなすつもりだったフィリスだが、最悪だったのは式が始まる前だった。

格式高く盛大な式だけに招待客は多く、段取りも細かい。こんな式で何かの役目が務められるのは栄誉あることでもあり、双方の親戚や友人、知人からもたくさんの子供たちが集められていた。

リングボーイはその花形であり、指輪の交換の際、リングを持って新郎新婦まで届けるのだ。一応、事前にリハーサルもしていて、さほど難しい仕事ではない。

他にも、フラッグボーイやフラワーガール、新婦の長いドレスの裾を持つトレーンベアラーなど、それぞれの役割を受け持つ子供たちとも、そのほとんどはこの日、初めて顔を合わせた。

とはいえ、一人一人が正式に紹介されたわけではなく、式が始まるまでの間、大人たちがバタバタと準備に走りまわっている横で一カ所に集められていた、という感じだった。新婦の側の親戚は顔を見たことくらいあったが、新郎側から集められた子供たちは名前も知らない。男の子も女の子も、みんなこの日のために仕立てられたおそろいのローブのような衣装をまとっていて、身分や家柄さえも判断のしようがない。

式の開始までにはまだ時間もかなりあって、子供たちはみんな手持ち無沙汰《ぶさた》で退屈していたのだろう。

フィリスは部屋の隅《すみ》で一人、おとなしく本を読みながら待っていたのだが、ヒマを持て余したらしい男の子が一人、ふらりと近づいてきた。

こんな大事な日に寝癖なのか、毛先の跳《は》ねた黒髪に、意志の強そうな黒い瞳。いかにも生意気そうな眼差しで、カウチの端に腰を下ろしていたフィリスを頭の上から無遠慮にじろじろと眺めまわす。

「おまえ…、なんでそんなぶっさい顔、してるんだ？」

「な…」

そしていきなり吐き出されたそんな暴言に、フィリスは怒るより先に一瞬、ぽかんとしてしまった。

——ぶっさい？

確かに姉の結婚には複雑な思いもあって、にこにこと愛想がいいわけではなかったが。

「笑ってれば、結構カワイイのにな」

同い年くらい——まだ子供のくせに、顎《あご》を撫でながら利《き》いた風な口をきく。

「笑ってみろよ。そしたら、俺の嫁にしてやってもいい」

ぬっと身体を近づけてフィリスの顔をのぞきこみ、にやっと笑った。

「……ハァ？」

さすがにムカムカと腹が立ってきて、フィリスは思いきりきつい目で相手をにらみつけた。

「誰だ、おまえ？」

「俺を知らないのか？」

本当に驚いたように目を丸くする。

「知るわけないだろう。おまえみたいな無礼な男は僕の知り合いにはいないからな」

ぴしゃりと言ったフィリスに、相手が鼻白んだように、大きくこちらに乗り出していた身体をわずかに引きもどす。

「俺はレオンハルト・アインバークだ」

そしておもむろに腕を組み、仁王立ちするみたいに大股に立って、尊大に名乗った。

「そうか」

フィリスは短くそれだけ返した。

アインバーク家は、もちろん知っている。社交界へのデビューはまだだったが、子供でも貴族社会に生まれてこの方、七年だ。

アインバークも同じく名門の侯爵家で、新郎の公爵家とは縁続きだったはずだ。

目の前のガキ――レオンハルトは、フィリスが驚かないことにも、あるいは自分の素性を知って何の反応も見せないことにも、なのか、ちょっといらだった表情を見せる。

が、ミルグレイ家にしても、歴史ある名門の家柄だ。現在の王弟妃《おうていひ》は母の姉、つまりフィリスの伯母にあたるし、王族とは姻戚のつながりになる。さらに歴史をたどれば、いくども王族がミルグレイ家に降嫁していたし、立派に血もつながっているわけだ。

アインバーク家の身内だからといって、それがどうした、としか思わない。

「おまえの名前は？」

ムッとした顔で、しかしどこかうかがうように、レオンが聞いてくる。

「フィリシアン・ミルグレイ」

端的《たんてき》に名乗ったフィリスに、レオンがなるほど、というようにうなずく。

「新婦の親族か」

「そうだ。花嫁は僕の姉だ」

「俺は新郎の従兄弟《いとこ》だ」

「そうか」

それがどうした、その二だ。

「家柄の釣り合いとしては申し分ない、というわけだな」

レオンが一人でうなずいている。が、フィリスは意味を取り損ねた。

「釣り合い？」

「おまえと俺が結婚するのにだ」

「……ハァ？」

あたりまえみたいな顔で言われ、思わずフィリスは声をもらした。

ハァ、その二だ。

「僕が女の子に見えるのか？」

そしてレオンをにらみつけると、氷のように冷《ひ》ややかな口調で尋ねた。

……まあ確かに、フィリスはもっと幼い頃から今でもよく女の子に間違えられていたけれど。

煙《けぶ》るような白金の髪に、深い緑の瞳。この年でも、あどけなさというより、すっきりと整った端整《たんせい》な顔立ちだ。

「違うのか？　……まぁ、別に問題ない」

一瞬、きょとんとした顔をしたレオンだったが、あっさりと肩をすくめる。そしてフィリスをまっすぐに見て、どこか自慢げな、自信満々な、大きな笑みを作った。

何だろう…、期待や好奇心いっぱいの、わくわくしたような顔だ。新しいオモチャを見つけた時のような。

「気が強いのは嫌いじゃない」

こまっしゃくれたガキだ。

と、フィリスは内心でうなる。……自分もそう言われたことはあるので、多分に人のことは言えないにしても。

「アインバーク家はドムの家系だしな。祖父もそうだったし、これまで何人もうちからドムが出ている。もし俺がドムだったら、相手は男でも女でも関係ないし、そもそも身分はどうでもいい。ただ俺が気に入りさえすればいいわけだからな」

「ハァ？」

ついにその三が出た。

なんだ、この勘違い野郎は？

フィリスは内心であきれかえる。

かまわずレオンは、顎に手を当てて考えるようにしながら一人でしゃべり続けた。

「そうだな…、ミルグレイ家は確か、昔サブの当主がいたはずだよな？　もしおまえがサブだったら正式な結婚もできる。俺は長子じゃないから父上の跡《あと》を継ぐ必要はないし、無理に跡継ぎを作る必要もない。たっぷりおまえだけ可愛がってやるよ」

いいアイディアだろ？　とでも言いたげな、いかにも得意げな表情だ。

まったく、同い年くらいのガキのセリフではない。……どうせ、まわりの悪い大人を真似ただけの受け売りだろうが。

と、フィリスは冷静に考えていた。

「どうだ？　なんならミルグレイ侯爵には俺から挨拶しよう。今日は顔を合わせることもできるだろうしな」

どうしてコイツは断られる可能性を考えないんだ？

と、まったく不思議だった。おそらく今まで我が儘放題で育てられて、自分に反する考えを持つ人間がいるとか、自分の考えが間違っているとか、指摘されたことがないのだろう。貴族社会にありがちの、甘ったれたクソガキだ。

「俺の花嫁になれるんだぞ？　正式には十年後か、十五年後か…、そのくらいにはなるだろうがな。この結婚式より盛大なヤツをやろう」

うきうきと、早くも十数年後を妄想しているらしい。おめでたい頭だ。

「おもしろい話だな」

淡々とフィリスは言った。……笑える、という意味で、だ。

「そうだろ!?」

しかしレオンは勢いこんでうなずくと、満面の笑みを浮かべた。

ちょっとまぶしいくらい曇《くも》りのない無邪気な笑みで、もしかすると逆に、アホみたいな素直な男なのか？　と、うっかり考えてしまうくらいだ。

「それは正式な申し込みだと受け取っていいのか？」

それでもフィリスは冷静に確認した。

「もちろんだ。アインバーク家の男に二言はない」

胸を張って、レオンが答える。

「そうか。だったら、これが返事だ」

おもむろにカウチから立ち上がったフィリスは、まっすぐにレオンの前に立つ。

そして次の瞬間、思いきり、容赦なく、男の股間を蹴り上げてやった。

「――ぐぁっ……！」

一瞬でレオンの顔が引きつり、なんとも言いようのない、詰まったようなうなり声をもらす。反射的に両手で自分の股間を押さえ、そのまま崩れるようにして床に膝をついた。

「ふざけるな」

そんなレオンを、今度は逆にフィリスが頭上から見下ろし、短く一言、言い捨てた。

もちろん同じ男としてその痛みは理解できるし、自分がしたことながら少しばかり同情もするが、自分への無礼を考えれば当然の報《むく》いだと思う。

床へ膝をついたまま悶絶《もんぜつ》するレオンを横目に、フィリスは読んでいた本を手に取ると、そのままスタスタと歩み去った。

「な…、クソ…っ、おまえ……待て…っ！」

地の底から這《は》うような声が背中から呼び止めたが、もちろん振り返ることもない。

部屋の隅だったせいか、キャッキャッと走りまわっている子供たちも、それを必死に追いかけている監視役だろう若い令嬢も、フィリスたちのささやかなやりとりに気づいた様子はなかった。

少なくとも、この件でレオンハルト・アインバークの名誉が失われることはないだろう。……彼にとっては幸運なことに。

そのまま大きな問題もなく、大勢の列席者が見守る中、結婚式は厳《おごそ》かに始まった。

レオンはどうやら、ページボーイだったらしい。花嫁に先立って、祭壇《さいだん》まで経典を運ぶ役目だ。

真面目な顔をして務めていたが、よく見れば表情は渋く、少しばかり歩きにくそうにしていたのがちょっとおもしろくて、フィリスはいくぶん機嫌がよくなっていた。

控えていたフィリスと目が合って、レオンがギロリ、とにらんできたけれど。

⁂

レオンハルト・アインバークとフィリシアン・ミルグレイ、ともに七歳の春だった。

エルスタイン帝国は、現在大陸の半分を領土に有する西の大国である。

現皇帝エルネスト五世のもと、その威勢はさらに海を越えて広がる勢いで、「日の沈まぬ国」の称号を得るのも時間の問題と言えるだろう。

この繁栄の要因は、一に歴代皇帝の卓越した政治手腕であり、二に先代皇帝が公式に認定した、いわば第二の性差「ドム《Dom》」と「サブ《Sub》」の存在である——と言われている。つまり、これまで扱いの難しかった彼らの、積極的な起用方針だ。

本能的な、理性では抗えない支配欲、庇護欲を持つ「ドム」と、逆に被支配欲、被庇護欲を持つ「サブ」。

大多数が「ノーマル《Normal》」な性を持つ中、ごく稀《まれ》に現れる彼らの体質はそれまで単なる個人の気質として無造作に扱われてきたが、その特性に気づいたのが先々代の皇帝だった。

とりわけ「サブ」の持つ特別な能力に、だ。

実はこれまで、長いエルスタインの歴史の中、重要な転換点となった時には必ずと言っていいほど、聖神子《せいみこ》による予言があったとされていた。

未来を予知し、時の王に啓示や的確な助言を与えていた、と。

時折現れるその聖神子——男性の場合も女性の場合もあったが——の記録を歴史学者に丹念にたどらせた結果、一つの法則のようなものが見つかった。

未来を見ることのできた聖神子たちにはみな一様に被保護的な性質が見られ、時に抑えがたい被《ひ》虐《ぎゃく》的な欲求に苦しんだらしく、……今で言うところの「サブ」だったのではないか。

これまでも「ドム」にはきわめて高い能力を持っている者が多い、ということは比較的よく知られていた。勇猛《ゆうもう》な騎士であったり、非凡な芸術家であったり、有能な為政者であったり、時に王族や国王自身にもいた。カリスマ性のある、人目を惹く存在だ。

対して「サブ」は、長い間ずっと、社会的に「ドム」に対して従属的な存在として見られることが多かった。ことによれば、「ドム」の本能的な衝動を満たすためだけに存在しているように。そのため、自分の性を隠したり、必死に押し殺して生きている者も少なくなかった。

だがそうした「サブ」の中に未来を予知する能力を持つ者がいるとすれば、みすみす放置するのは国家的にも大きな損失になる。

そこで先代皇帝の御代《みよ》にはさらに踏みこんで、最優先での研究が進められ、「ドム」と「サブ」という定義の確立、さらにその判定の仕方などが公式に定められた。

それによって、これまで曖昧《あいまい》だった自分の第二の性がはっきりと自認できるようになり、同時に、彼らにとっても誰がパートナーになり得るか、ということも明白になった。第二の性を基準に、積極的におたがい相性のいい相手を探すことができるようになったわけだ。

それぞれの性質上、「躾《しつ》け」や「お仕置き」によってドムはサブを支配することを望むし、サブはドムに支配されることを望む。その「プレイ《Play》」によっておたがいに心も身体も満たされ、精神も安定する。それだけ、双方ともに高い能力を発揮することができるはずだ。

が、同時にドムもサブもおのおの、能力や欲求には大きく個人差があることもわかってきた。ドムとサブのマッチングがうまくいかない時には、どちらかが命を絶ってしまうような、かなりのリスクがあることも。

そのため、プレイには厳格な規定が定められた。

行き過ぎたプレイをサブから止めるためのセーフワードの設定や、躾けやお仕置きのあとのアフターケア。正式なパートナーとして関係が成立すれば、ドムからサブに「カラー」――つまり、首輪だ――を贈ること、などだ。

現在、相手が同性であれ、異性であれ、ドムとサブがパートナーとなることは、エルスタインでは「婚姻」と同じ効力を持つ。カラーを着けているサブに、他のドムが「コマンド」を与えることは許されない。マナーとしてではなく厳格に、法的に、だ。

さらに研究が進むにつれ、いろいろと新しい事実も明らかになってきた。

確かに、ドムやサブの性を持つ者はきわめて少なかったが、それでも百年に一人、二百年に一人、みたいなレベルではなく、予想していたよりもずっと多く生まれていたらしい。

ただそれぞれの能力には、大きく個人差があった。サブは、あえてランク分けをしていなかったが、ドムで言えば、最強のSランクは千人に一人だったとしても、Aランクは百人に二、三人、Bランクなら五、六人、といったところだ。

そしてサブには、聖神子ほど突出した予知能力ではなくとも、他にも何らかの特別な力を持つ者がいる、ということもわかってきた。

毒を感知できる者、嘘を見抜ける者、癒《い》やしの力を持つ者など――これまで単に、ちょっと勘がいいとか、一緒にいると不思議と気持ちが安らぐ、くらいに思われていた者たちだ。

そう考えると、誰に能力を知られることもなく、あるいは従属的な性に苦しむだけで一生を終えるサブも多かったはずで、これまでかなりの能力が無駄になっていたということになる。

もちろん、たまたまドムやサブに生まれついたからといって、すべての者たちが優秀で、能力があるというわけではない。自らを磨《みが》き、向上させる努力を怠《おこた》れば、結局は普通以下の力しか発揮できないのは同じだ。

それでもいち早く彼らの存在――その特性に気づいたエルスタイン帝国は、その研究成果を長い間、国家機密として秘匿《ひとく》してきた。とりわけサブの特別な能力のことを知っているのは、国王や主だった王族、重臣たちくらいだろうか。

エルスタインは王家の庇護のもと、「王立学院《ロイヤルアカデミー》」を設立することで無理なく優秀な人材――とりわけ「ドム」と「サブ」を国中から集め、双方の接触する機会を増やした。つまり「マッチング」の確率を上げようという、いわば国家的な政策だ。

それが功を奏したのだろう。

開校以来、優秀なドムとサブが目立って排出され、それぞれの能力をうまく伸ばすことで、……言い方は悪いが、利用することで、エルスタインはここまでの繁栄を築いてきた。ドムはもとより、サブが宮中の要職に就く機会も増えている。

さらなる発展のためには、やはり現代の「聖神子」が期待されていたが、残念ながらここ百年ほどは、そこまで力のあるサブは生まれていないようだ。ある意味、帝国が安定しているということでもあるだろう。

実際に、歴代皇帝の長期的な政策でもって、エルスタイン帝国は現在、政治、経済、文化とあらゆる面において、大きな成長期を迎えていた——。

2

フィリシアン・ミルグレイ——という因縁《いんねん》の名前を、レオンは覚えておくつもりなどなかったが、しかし残念ながら、優秀すぎる記憶力でなくとも忘れられる経験ではなかったらしい。

再び顔を合わせたのは、十歳の時、王立学院の入学式だった。

帝国貴族の子弟であれば、たいてい十歳から十一歳で王立学院に入学するのが通例であり、同い年の二人が同年に入学するのは当然の流れといえる。

そして入学にあたっての予備検査として、新入生はそれぞれに「第二の性」が確認され、レオンはドムの判定を受けていた。実際のところ、六つ七つくらいからその兆《きざ》しはあったらしく、まわりからはこの子はドムだろうな、と言われており、もちろん自覚もしていた。

そしてどうやら、フィリスはサブのようだった。レオンからすれば、何となく、だろうな、という気がしていたが。

自分でもなぜだかわからなかったが、パッと最初に見た時、そう感じたのだ。あの控え室で、たくさんの子供たちが走りまわる中、フィリスにだけ目が惹きつけられた。やはり自分がドムだったせいか、本能的に見極める能力があるのかもしれない。

「従属する性」とされるサブは、歴史的にはドムや、時にノーマルからも理不尽な扱いを受けることが多かったようだが、しかし先代皇帝の御代には「すべてのサブは古来の聖神子の系譜《けいふ》にある」と公式に宣言され、帝国法によってしっかりと保護されるようになっていた。

そのため、サブと認定されれば、どんな生まれであっても王立学院へ入学が許可され、地方の貧しい出であっても生活は保障された。やはり数が少なく、多くの分野で高い能力を持つ者が多いドムも同様だ。

将来の働きを買われて、でもあるし、なにより「マッチング」という意味で、ドムとサブが広範囲に散らばっておたがいにめぐり会えない、という不運を減らすこともできる。

血筋にかかわらずドムもサブも生まれる可能性はあるが、やはり先祖にいた家系に生まれる確率は高いようで、レオンもそうだった。

『おまえはドムだ。だからサブには常に礼節を持って接し、力を尽くして守ってやるのが務めだ。よいな、レオン』

それが父の教えだった。

レオンとしても、幼い頃からドムとしての自覚、サブに対する心構えはしっかりとできていたつもりだ。

だからフィリシアン・ミルグレイに対しても――あんな過去があったとしても、だ――誠意を持って卒業までの八年間、ともに学ぼう、という大人の対応をするつもりだった。

フィリスもあの時は幼かったのだ、と。きっとドムやサブ、などという存在も、深くは理解していなかったにちがいない。

今はもちろん自覚はあるはずで、何なら自分がそばで守ってやってもいい、とさえ思っていたのだ。

自分には十分にその能力があり、資格もある。

あれからレオンは文武ともに努力を重ねてきたし、客観的に見ても自分が優秀なのは間違いない。

学術はもとより、剣も得意だったし、チェスではすでにハンデもなく、父親や兄にも勝てるようになっていた。

身長はこれからまだまだ伸びるはずで、体格も、頭脳も、精神的にも、学院での八年間でさらに大きく成長することは間違いない。フィリスも今の自分を見ればきっと、過去にしたことを恥じて、後悔するだろう、と。

何なら向こうから、あの時は悪かった、という詫《わ》びの一言があってもいいのでは、くらいに思っていたのだ。

だが意気揚々《いきようよう》と望んだ入学式で、そんな大きく膨《ふく》らんだ自信とプライドはものの見事に打ち砕かれた。

「新入生代表挨拶――フィリシアン・ミルグレイ」

大講堂に集まった全校生徒の前で、高らかに呼び出されたその名前に、レオンは耳を疑った。

新入生代表挨拶が、主席で入学した生徒に与えられる栄誉だということは誰もが知っている。

衝撃だった。この瞬間まで自分が首席入学だと、信じて疑っていなかったのだ。

さらには、壇上に上がったフィリスは、当然ながらあの頃より成長し、記憶にあった姿よりもさらに凜《りん》として気高く、美しく――大講堂が一瞬、どよめいたほどだった。

「……ほら、あの方よ！　ミルグレイ侯爵家の末のご子息」

「本当にお美しい方ね……！　信じられないわ……」

「すげ、代表挨拶って…、頭もいいってことだろ？」

「サブだって聞いたぞ？」

「へぇ、やっぱりサブって美人が多いんだな」

驚くポイントが多かったのだろう。一人一人はささやくような声だったが、それでもあちこちで同時に湧き起こったせいでかなりのざわめきになり、「静かに！」と何度も教師から注意が飛ぶほどだった。

だが壇上のフィリスは、そんな騒ぎにも表情一つ変えず、静まるのを待ってから淡々と挨拶を述べていた。

続いて、次席に与えられる役目である「新入生宣誓」でレオンの名が呼ばれたのだが、衝撃のあまり、まともに聞こえていなかったらしい。

「おい、おまえだろ？」

不覚にも隣の男に肘で軽く小突《こづ》かれ、ハッと我に返ってようやく立ち上がったくらいで。

――この俺が、次席だと？

そんな屈辱《くつじょく》に一瞬、頭が真っ白になりかけたが、人前で動揺を見せるのは、アインバーク家の男としても、ドムとしてもふさわしいはずがない。醜態は見せられない。

同様に、レオンが壇上に上がった際にも大講堂がざわつき、教師が声を上げて必死に鎮《しず》めていたのだが、正直、レオンの耳にはほとんど入っていなかった。

型通りだが、帝国と王家に対する忠誠、王立学院生としてのふさわしい立ち居振る舞い、そして、真摯《しんし》に学業に励むことを粛々と誓う。

壇上から下りる際、一瞬、フィリスと目が合った。

どこにいても目は惹き寄せられただろうが、レオンとは反対側の最前列にいたらしい。

表情は変わらなかったが、その瞳が一度またたき、唇の端がわずかに持ち上がった。気がした。

――笑った？

気づいた瞬間、むかっとした。

自分を、三年前のことを、向こうも覚えていたのだ、ということは、はっきりとわかった。

そして、この程度だったんだな、と言われたような気がした。……単なる被害妄想かもしれないが。

だが、その一瞬で火がついた。もちろん、レオンハルト・アインバークがこのままで終わるわけにはいかなかった。

戦いは、この時、始まったのだ――。

⚔ ⚔ ⚔

王立学院の正門前で馬車を降りる前から、外はなかなか騒がしかった。

だがそれもいつものことで、レオンとしては気になるほどではない。馬車の扉に彫られたレリーフの家紋を見ればアインバーク家の馬車だということは一目瞭然だったし、レオンが登校してきたのだとすぐにわかる。

「まあ、レオン様！　レオン様がおいでになったわ！」

「なんて幸運なの！　朝からお姿が見られるなんて……」

「お、キングだ。さすが、帝王の風格だな」

レオンが外へ足を踏み出した時には、すでに遠巻きにしていた多くの生徒たちからいっせいに視線が集中する。が、かまわずレオンはまっすぐ校舎に向かって歩き出した。

「お、おはようございます！」

「おはようございますっ、レオン様」

「ああ、おはよう」

後輩たちからは、時折意を決したような挨拶《あいさつ》が上がり、レオンもそつなく返していく。

「おい、レオン。相変わらずエグいグレア《Glare》だな。溢れ出してるぞ」

同じドムである先輩からは、なかばからかうような声もかかる。

「抑えているつもりですけどね」

「抑えきれてないって。サブが失神するぞ。ま、サブだけじゃないかもしれないが」

にやりと笑って言われ、レオンはことさら澄ました顔で返した。

「気をつけます」

グレア――ドムの持つ、サブに対するオーラ、というか威圧感のようなものだ。サブに対する影響が大きいが、他の人間でも感じるものはあるようだ。とはいえ、無意識に滲《にじ》み出てしまうものはどうしようもない。

ただそこまでの影響があるようなら、サブの方で近づいては来ないはずだ。

ちょうど中央校舎の正面に広がる中庭へ抜けたあたりで、レオンはいったん足を止めた。何気ないように振り返り、まわりを取り囲んでいた生徒たちを見まわして、大きく声を上げる。

「おはよう、諸君。朝の挨拶をありがとう。だがそろそろ校舎に入ろうか。こんなところで立ち止まっていては通行の邪魔になる」

その呼びかけに歓声が響き、ようやく少しずつ生徒たちの足も動き始める。しかしやはり立ち去りがたいように、レオンを取り巻く輪は少し広がったくらいだ。

レオンはさらに朗らかに続けた。

「式典でまたお会いしよう。きっと、もう少し見やすい位置で見られるはずだ」

つまり、今年度の最優秀生徒として壇上に呼び上げられるから、と。

堂々と言い切ったその宣言に、キャーッ！　と女子生徒の黄色い声が上がり、あたりが一気に沸き立った。

「ええ、きっと、レオン様！」

「楽しみですわ！」

と、その時だった。

視界の奥でふいに人波が大きく動いたのが見えた。生徒たちが門のあたりで固まり始め、高い悲鳴のような声も入り乱れる。

ふっと無意識に、レオンの眉が寄った。

確認するまでもなく、その騒ぎの理由は——誰が登校して来たのか、察することは容易だった。

案の定、期待に息を詰めるような沈黙が一瞬落ちたあと、さざめくような歓声がザッ…と波打つように広がっていく。

「見て、フィリス様よ…！」

「クイーンは今日もお美しいな…！」

「朝からお会いできるなんて、信じられない……」

遠く馬車のドアが閉じる音がかすかに聞こえ、レオンは一瞬、迷った。

気づかないふりでさっさと先へ進むか、あるいは待つか。

その間にも、まわりからはわくわくと好奇心いっぱいの声が聞こえてくる。

「今年の主席はどっちだろうな？」

「そりゃ、レオン様に決まってるだろ」

「違うわ、絶対にフィリス様よ！」

「この間の剣技の競技会もレオン様が勝っただろ？　通算で十二勝七敗だ。圧倒的じゃないか」

「だが短銃はフィリス様の方が断然、成績がいい。あの反動で的の真ん中に当てられるんだぜ？　射撃の名手だよ」

「それを言ったら、キングの狩りの能力もすごいからな。あの気性の荒い馬をあれだけ見事に操《あやつ》れるんだ！　獲物を追いこむ技術もすごい」

「何言ってるの。フィリス様は芸術の才能も素晴らしいわ！　クイーンのヴァイオリンを聞いたことがないの？」

「チェス大会の戦績はどうだ？」

「前回はクイーンが優勝だったわ！」

「その前はキングだろ？」

「学科でも、ほとんど差はないしなぁ。入学してからずっと、二人で首位の取り合いだし」

「ま、さすがはキングとクイーンってことだな」

「ああ…、学校がお休みの間、お顔が見られないなんて……」

今日は王立学院の、今年度最後の登校日だった。

つまり今年度の最優秀生徒が発表される日でもある。

これまで毎年のように、レオンとフィリスとはその年の最優秀生徒の称号を取り合ってきたため、やはり他の生徒たちにとってもこの季節のいい話題なのだろう。

足を止めて待つのはしゃくな気もするが、この騒ぎでは気がつかないふり、というのも難しいし、むしろ逃げたと思われるのも腹立たしい。

同級生なのだ。気がつけば朝の挨拶くらいするのが普通だろう。

人だかりになっていた正門からレオンの前まで、いつの間にかスッ…と一本の道が開け、その真ん中をまっすぐにフィリスが歩いてくる。まさしくクイーンの足取りで。

当然、向こうもレオンを認識しているだろう。

六月の終わり。

学院においての、年度の最終日である今日は授業はなく、全校生徒による式典のみがおこなわれる。

そのため、生徒たちはみな王立学院の正装だった。

白の制服に白のマント。紺のライン。女生徒だと、すっきりと飾り気の少ない白のドレス。学年によってリボンやマントの紐の色だけが異なっており、七年生であるレオンたちは銀色だった。

純白の制服はフィリスによく似合っていて、……ふと、初めて会った結婚式の日を思い出した。

レオンにとってはあまり思い出したくない、苦い思い出だったが。

だがいつまでもそれを引きずるつもりはないし、引きずっているなどと思われたくもない。

もう十年も前の、ほんの子供だった頃の話だ。

あの頃は若かった——、とレオンも今さらに思い返す。敵の見極めができていなかったのだ。勢いだけでいってしまった。

だがあれから、自分も知識と人生経験を積んできた。どれだけ慎重に、用心深くあたらなければならない相手か、よくわかっている。

腕を組み、まっすぐに立っていたレオンの前で、フィリスが静かに立ち止まる。

そのフィリスをまっすぐに見つめ返して、レオンはことさら穏やかに言った。

「いい朝だな、フィリシアン・ミルグレイ」

「ああ。一年の終わりにはふさわしい」

わずかにレオンを見上げ、フィリスも淡々と対する。

おたがいに儀礼的な挨拶だ。

二人がそろうとさらに近づきがたいようで、しかし同時に、さらに立ち去りがたくなったらしい。

生徒たちは遠巻きにしたまま、ただ息を呑むようにしてこちらを見つめている。

「今日は少し登校が遅かったようだな、レオン」

何気ない口調で続けたフィリスに、レオンも落ち着いて返した。

「ああ。出がけに馬車のトラブルがあってな」

どうやらフィリスの方も配慮して、いつも登校時間はずらしていたらしい。実際、今日はうっかり重なったせいで、正門付近がひどく渋滞気味だ。

「ほう？　完全無欠のドムにも、そんなトラブルが寄ってくるわけだな」

「トラブルに磨かれて、男は強くなるものだ」

片頬で微笑んだフィリスの皮肉に、レオンは強気で返す。

「なるほど。よい信念だ。……では、私にも感謝すべきだな」

つまり痛い目を見た十年前の最初の出会いを、と言いたいわけだろう。相変わらず、痛いところを的確に突いてくる。

「ああ、確かにいい勉強になった。忘れられない体験だ」

むっつりとレオンは認める。

間違いなく人生で最初の、そして最後となるはずの屈辱である。あれ以上の敗北感を覚えたことは、いまだかつてない。幼かっただけに、強烈すぎる印象だった。

だが確かに、あの経験があっていっそうレオンは勉学にも、剣や体術にも励んだわけで、今のレオンがあるのはあの時のフィリスのおかげとも言える。なにより、身体で学んだことは大きいというわけだ。

「世の中にはうかつに近づくと危険な花がある、とな」

「その通りだ」

フィリスが冷ややかに微笑む。

だが実のところ、フィリスはそのエピソードを他の誰にも話してはいないようだった。友人や家族のような近しい人間にも。意外ではあったが、まあ、ありがたい。フィリスにとっては、さして気にとめるほどでもない、ささやかな出来事ということかもしれない。

レオンとしてはさっさと話題を変えたいところだ。

「ともあれ、今日は一年の結果が出るわけだな」

「七回目のな。さして特別なことじゃない」

何気ないふうに口にしたレオンに、気負いもなくフィリスが答える。

いくぶんムッとしつつも、それがどこか小気味よくも感じる。

「確かに」

レオンも唇で小さく笑ってみせた。あくまでも余裕を持ちつつ。……その素振りで。

正直なところ、今年自分が主席をとれるかどうかは半々の確率でしかない。はっきりとした手応えもない。

フィリスとは同期で入学して以来ずっと、毎年のように最優秀生徒の栄光を取り合ってきた。おたがい、一歩も譲ることなく。

レオンはこの王立学院開校以来、もっとも優秀な「ドム」であり、フィリスはもっとも優秀な「サブ」だった。

明晰《めいせき》な頭脳。剣技や銃、体術の技能。帝国貴族としての品位と誇りと高潔さ——。

どれをとっても、おたがいに一歩も引くことなく。

一つ学年がズレていれば、それぞれに卒業まで主席の栄誉を得られただろう。だが同じ学年だったからこそ、ここまで競い合って、おたがいの能力を伸ばせたのかもしれない。

学院にとっては、伝説に残るほどの輝かしい歴史だ。結果的に多くの記録を塗り替え、さまざまな改革もおこなってきた。

二人がたわいもない（レオンにとっては、その時間が他のどの場面よりも真剣勝負なのだが）立ち話をしている間にも、次々と登校してくる生徒たちは無意識のままに立ち止まって、二人を遠く取り囲む輪はさらに大きくなってしまっている。

「こんなところで、お二人そろったお姿を見られるなんて！」

「数年でも同じ学院で学べたと思うと、俺たちは幸運なんだろうな」

「あとたった一年で卒業してしまわれるなんて……」

興奮と感慨と感動と。多くの生徒たちは立ち止まったままともに動く気配がなく、さすがにこのままではまずい。

それを気にしたように、ちらりとフィリスがあたりに視線を向け、低く言った。

「レオン、今日の定例会では、先日、議題にのせた件についておまえの見解を聞きたい。最終学年に持ち越す前にな。かまわないか？」

表情は変えないまま、しかしいくぶん声を落としてフィリスが確認する。

レオンもそれが重要な議題だということは認識していた。ふっと腹のあたりが引き締まる。

「ああ、もちろんだ」

うなずいた、その時だった。

「——フィリス様！　おはようございます！」

溌剌《はつらつ》とよく通る声が耳を打ち、何重にもなった人の輪を突っ切るようにして、一人の男が大股に近づいてきた。

アレックス・ビーズリーだ。

ビーズリー伯爵家の子息で、学年はレオンたちより二つ下の十五歳。わずかに癖のある薄い茶色の髪に、青い瞳を持つなかなかの美形だった。レオンほどの精悍《せいかん》さや力強さはまだなかったが、もう少し成長すれば宮廷を騒がす貴公子になりそうだ。

こんなふうに二人そろったところに堂々と割って入ってこられる人間はめずらしかったが、彼に臆する様子はまったくない。若さと情熱のなせる技なのか。生意気盛りと言えるが、それだけ自分に自信があるということで、当然のようにドムだ。ランクとしてはA。

「おはよう、アレックス」

振り向いたフィリスが静かに挨拶を返している。

学院会——いわゆる生徒会の、三役には入っていなかったがアレックスも委員の一人ではあり、フィリスもそれなりに交流はある。が、同じドムで、どちらかと言えばレオンとの接点の方が多いはずだが、視線はまっすぐフィリスに向けられたままだ。

やれやれ…、とレオンは内心で小さく息をつく。

フィリスを崇拝している、数多い信奉者の一人——と言えるだろう。その中でも熱狂的な部類だ。

「朝一番にフィリス様の美しいお顔を拝見できて、今日は素晴らしい一日になりそうです」

うれしそうに声を弾《はず》ませてから、ようやくレオンに視線を向ける。

「レオンもいたのか。こんなところでクイーンの朝の貴重な時間を無駄に潰《つぶ》させているんじゃないだろうな？」

いかにもな憎まれ口だ。クソ生意気なガキである。

「たまたま会って朝の挨拶をしていただけだ。無駄に時間を潰せるほど、俺も暇ではない。わざわざフィリスの顔を見るためだけに足を止めるほど暇らしい、おまえとは違ってな」

こんな二つも下の子供にムキになる必要はなかったが、やっぱりちょっと気に食わない。とりわけ、フィリスと二人の会話を邪魔されたことは、腹立たしい。

常にまわりに誰かがいるフィリスと——レオンも同様だったが——二人で話せる機会というのは、レオンにしても多くはなかったし、……何というか、フィリスとの緊張感のある、おたがいに隙を狙《ねら》うような会話は楽しみでないこともない、のだ。

「なんだと？　……いや、まあいい。ちょうどよかった。この機会に言っておこう」

険《けわ》しい声を上げたアレックスだったが、あらためてレオンに向き直ると、傲慢《ごうまん》に人差し指を突きつけてきた。

「レオン、来期こそは僕を西会の役員に選出してほしいものだな。十分に資格も能力もあると思うのだが？　いまだに選ばれないのは、おまえが僕をクイーンに近づけたくないというだけの、稚拙な妨害だろう」

「バカバカしい…」

詰め寄ってきた男に、レオンは思わずため息をついた。

「資格というなら学院中の誰にもあるし、すでに能力のある者はそろっている。残念ながら、おまえの力は必要ない」

「それは会長の立場を利用した横暴だ！」

「俺が卒業してからなら、おまえも会長になれるチャンスはある。来年を待つんだな」

「ふざけるな！　それでは意味がないっ」

しれっと言ったレオンに、アレックスが声を荒らげる。そしていかにも挑発的な笑みで、レオンを眺めた。

「もしかしてレオン、僕の存在が脅威なのか？」

「あのな…」

なんで朝からこんなガキに絡まれないといけないんだ、と、うんざりしたレオンだったが、冷ややかなフィリスの声がするりと割って入った。

「取り込み中のようだから、私はこれで失礼する。……レオン、またのちほど」

それに慌てて、アレックスが声を上げた。

「あっ、フィリス様！　東校舎までお送りする光栄をお許しいただけますかっ？」

「必要ない」

必死に、すがるように呼びかけたアレックスだったが、振り返ることもなく、例によってバッサリ拒否されている。

いい気味だ、とも思うが、肩を落とした背中は、さすがにちょっと哀れだった。

実際のところ、学院に入学して以来、フィリスが求愛されたことは数知れないだろうが、どんな相手でも一刀両断にはねつけていた。……まあ、相手にしても、もともと叶うとは思っていないことがほとんどで、ただの一瞬でもフィリスの視界に映りたくて記念的に告白してみた、くらいの感覚のようだ。

もちろんレオンも、これまで何度も告白を受けたことはある。相手はサブだけでなく、ノーマルの場合も多かったが。しかし身分もあり、女性からはなかなか口にできないということもあって、ほとんどは男からだ。そしてたいていは「僕をキングの下僕《げぼく》にしていただけませんかっ」という斜め方向に熱烈なもので、レオンとしては丁重にお断りしていた。

『今は学院で自分の才能を見いだし、自分に納得できるまで磨き抜け。学業でも剣でも、自分を輝かせることができれば、いつか俺と同じ目標に向かえる機会もあるだろう』

と、そんな鼓舞《こぶ》する言葉で。

多分、そのおかげで、武官にしても文官にしても、才能ある優秀な人材を国家に送り出すことに多少の貢献をしているのでは、と自負している。

その点フィリスは、そこまでの配慮をしている余裕はないらしく、単に熱狂的な信者が積み上がっているだけのようだが。

「相変わらず、愛想がないな」

レオンは思わず嘆息した。

「そこがいいんだ。わからないのか？　孤高で美しい…」

が、うっとりとフィリスの後ろ姿を見つめながら、アレックスがため息交じりに言葉をもらす。

……不毛だ。

せいぜい可愛い後輩としか思われてないように見えるが、まあ、どれだけ冷たくされてもへこたれないところはだけは評価できる。

「あのような素晴らしい方の近くにいられる自分の幸運に、おまえはもっと感謝すべきだな」

キッとレオンをにらみつけ、真剣な顔で主張してきた。

「あの顔も見慣れれば日常だ。いちいち感動していたら身が持たない」

ふん、とレオンは鼻を鳴らす。

「ハッ、七年もそばにいたというのに、結局おまえとクイーンの間には何もないのだろう？　最強のドムが聞いてあきれる」

「最強かどうかは関係ない」

きつい目で言葉をたたきつけてきたアレックスに、レオンはうんざりと言った。

そもそも自分とフィリスの間で「何か」を生み出そうというつもりもない。

もっとも実のところ、低学年の頃から、当然のようにいずれ自分とフィリスはパートナーになるのだろう、とまわりには思われていたようだ。奇跡のように最強のドムと無敵のサブが出会ったのだ。当然、そうなるはずだし、そうなるべきだ、と。

それがいまだに公式な発表はなく（もちろん、非公式にも何もないが）、最終学年を前に少しばかりざわざわし始めてもいるらしい。

混乱を避けるために、きっと卒業してから正式発表をするのだろう、と考えている者たちや、あるいはもしかすると、最強同士だとおたがいの性質が強すぎ、むしろパートナーとしては反発しあうのではないか、と考えている者たちもいるらしい。だとすれば、ワンチャンあるかも？　と、ここにきて期待にそわそわする者たちも出てきていると聞く。そのせいか、このところレオンにも意を決したように告白してくる生徒が増えている気がした。

だが単に、初対面であんな目に遭わされたレオンからすればすでに一度終わっている話で、フィリスにしてもそうなのだろう。

「クイーンは確かに無敵のサブだが、どれだけ強く賢い方だったとしても、サブには優秀なドムのパートナーが必要なんだ。結局おまえは、クイーンにふさわしい相手ではない。選ばれることはおろか、申し込む勇気さえないようだしな。クイーンの手を取る度胸がないのなら引っこんでろ！」

ぴしゃりとたたきつけられたその言葉に、不覚にもレオンは一瞬、怯《ひる》んでしまう。少しばかり胸にグサッときた。

……正直、あまり考えたことがなかったのだ。

確かに、フィリスはサブだ。そのことはよくわかっているつもりだったが、だからといって、ことさら「サブ」として見たことがなかった……気がする。

フィリスはただ強く、美しく、まっすぐで――レオンの仇敵《ライバル》だった。

自分と対等に渡り合える、唯一の男。……決して、跪《ひざまず》かせたいわけではない。

「必要ならば、自分にふさわしい相手くらいフィリスは自分で選ぶだろう」

レオンは強《し》いて平静に、それだけを言った。

「では、僕がクイーンのお心を射止めても異存はないということだな？」

アレックスが挑戦的な口調で確認してくる。レオンはそれに肩をすくめてみせた。

「まぁ、がんばれ。高嶺《たかね》の花に手を伸ばすのは悪いことじゃない。自分を高められる」

そして、いかにもな余裕でにやりと笑ってやる。

「……もっとも、俺があいつの身近にいすぎたせいで、俺がドムの基準になっているかもな。自然とフィリスの求めるレベルが高くなっていても不思議はない。申し訳なかったな」

その言葉に、ムッとしたようにアレックスが噛《か》みついた。

「おまえは最強のドムかもしれないが、クイーンにふさわしいのはこの僕だ！」

宣戦布告のつもりだろうか。

まあ、レオンとしては相手にするつもりはないし、する意味もない。

「好きにしろ。選ぶのはフィリスだ」

「その通りだ！」

大きく声を上げてレオンをにらみつけると、アレックスが身を翻《ひるがえ》し、校舎に向かってどしどしと歩き出す。

その背中に、レオンは無意識にため息をついていた。

別にあんなガキに何を言われようと、気にはならない。

――そう、選ぶのはフィリスだった。

ただ……もしこの先も、自分たちがパートナーになることがないのであれば、フィリスは別のドムとパートナーになるということだろうか？

それは、もちろんそうなのだろう。当然のことだ。「従属したい」という欲求の強さにもよるのかもしれないが。

あのフィリスが他のドムのコマンドを受け入れ、足下に跪き、守られて、心も——身体も投げ出して尽くす。

初めてそんな想像が頭をよぎり、……なぜかひどく息苦しくなった。

だがレオン自身も、いずれはそんな相手を探すことになるのだ。自分の支配欲、庇護欲を満たせるパートナーを。

しかし、フィリスが近くにいすぎたせいか、フィリス以上に支配したい、守りたい、慈《いつく》しみたい、……と、それだけの価値があるサブを見つけられそうな気がしない。

図らずも自分がアレックスに放った言葉が、そのまま跳ね返ってきたようだった。

「まずいな……」

知らず、レオンは小さくつぶやいた。

⚔ ⚔ ⚔

西のキング、東のクイーン。

そう呼ばれ始めたのが何年生の時だったのか。

呼ばれている当人の耳に噂《うわさ》が入るのは、えてして一番遅いため、レオンにも判然としないが十五歳、五年生になった頃にはもう定着していたようだ。

「西のキング」というのがレオンのことで、「東のクイーン」がフィリスだ。

あるいは、「光のキング」に「氷のクイーン」と対比されることもある。

ドムとサブ、ということもあって、二人のホームクラスが同じになることはなかった。生活が完全に切り離されているわけではないが、やはりサブによっては、力の強いドムの、無意識に滲み出てしまうグレアに当てられて体調を崩すこともあるらしく、一般講義での教室は分けられていたのだ。

もちろん生徒の大半はノーマルなのだが、学年によらず、数少ないドムは西の校舎に、サブは東の校舎に振り分けられていた。とはいえ、剣や銃などの実技、また楽器やダンスなどの芸術教科では、それぞれの選択によって一緒になることもある。

そして課外活動となる生徒の自治委員会「学院会」でも、二人が顔を合わせる機会は多かった。いわゆる生徒会のようなものだが、もっと権限は大きい。

王立学院は皇帝直属の施設であり、名目上、学長には王族の一人が就いている。が、実質的に監督しているわけではないので、おのずと生活に関わる多くのことが生徒たちの自治に任されていた。教師陣はその顧問という立場になる。

事実上のトップは副学長になるのだが、学長へ定期的な報告を上げたり、授業のカリキュラムを作ったり、卒業後、軍や宮中に仕官する生徒たちの推薦状を書いたりと事務的な仕事が主で、その他、学校行事や生活の規範については学院会の提案を承認する、という形が基本だった。

学院会は校舎ごと、西会と東会に分かれており、それぞれに会長が選出され、その合意によってさまざまな案件が決定される。

レオンも、そしてフィリスも、低学年の段階から自治委員に推挙されており、経験を積み、五年生の時にはすでにそれぞれの会のトップに立っていた。

そのため、さらに顔を合わせる機会は多かったと言えるだろう。授業以外でも、週に三、四回というかなりの頻度で。

レオンにとってはその場が、なんなら学院生活でもっとも力の入る時間となっていた。

この日も、本年度の終業式典を終え、多くの生徒たちがおたがいに休暇の挨拶をしつつ帰路についている中、レオンは中央校舎の二階にある学院会合同会議室——いわゆる「学院会室」で書類仕事を片付けていた。

というか、フィリスをはじめとする東会の役員を待っていた、というのが正しいだろう。

学院会は、西会と東会、それぞれの会長、副会長、書記の三名、計六名で構成されている。

今この部屋にいるのは、西会の会長であるレオンと、そして副会長を務めるノウェル・ウィニゲールだけだった。

ノウェルは貴族ではなく、地方領主の息子だったが、同じ学年で「ドム」の認定を受けた数少ない一人であり、入学当初からレオンとはよくつるんでいた。

赤毛に近い茶色の髪に、明るいブラウンの瞳。人当たりがよく、口もうまく、女性にも人気がある男だ。レオン以上に、とは言えないまでも、親しみやすさから告白を受ける数は多かったし、友人も多い。

容姿、家柄、実力と隙がないくらいに兼ね備えているレオンは、それだけに男女問わず崇拝を集めていたが、なにしろ威圧感もあり、いささか近寄りがたい。

ノウェルは、ドムにしては一見軽い印象にも見られるが、これでも剣の腕はかなりのものだった。入学式の時は席が隣で、首位をフィリスに奪われて一瞬、茫然自失《ぼうぜんじしつ》してしまっていたレオンの脇腹をつっついてくれたことには、今でも感謝している。おかげで醜態《しゅうたい》をさらさずにすんだ。

それぞれの会長は全校生徒による選挙で選出されるのだが、副会長と書記は選ばれた会長の指名になり、ノウェルと、そして書記を務める男はレオンが選んだ。書記はノーマルの、しかし優秀な男だ。今回はレオンが頼んだ用件で席を外している。

さほど広くもなく、もともと殺風景《さっぷうけい》な学院会室だったが、二人だけというのはどこか取り残されたような空気感だった。

さらに学年末の今日は、帰りを急ぐ生徒が多いのだろう。放課後の今は、いつも以上に学舎には人気がなく、閑散《かんさん》と静まり返っており、むしろ窓の外を行き交う生徒たちの別れの挨拶や話し声がよく聞こえるくらいだ。

書類に向き合っているレオンの横で、いくぶん手持ち無沙汰な様子だったノウェルが、淀《よど》んだ空気を入れ換えるつもりか、ガラス窓を半分ほど開いた。

初夏のさわやかな風がするりと室内に入りこみ、わずかに背筋が伸びる。

「……ま、ともあれ、今年はおまえが主席を取れたんだ。一安心だろう」

出窓の縁《へり》に軽く腰を預け、こちらに向き直ったノウェルがいくぶんからかうような調子で口を開いた。

そう。ついさっきまでおこなわれていた今年度の終業式典で、各学年の主席が表彰され、今年はレオンの名が呼ばれたのだ。

もちろんうれしかったし、よし、という気持ちはあったのだが。

入学以来、レオンがとる年と、フィリスがとる年、毎年交互に入れ替わっていた。去年はフィリスにとられていただけに、レオンが巻き返した、とも言えるのだが、主席に選ばれる基準は座学の成績だけではない。常に満点をたたき出す二人だと優劣がつかないことも多く、他にも剣や銃や体術、乗馬の技術や、楽器やダンスなど芸術方面のたしなみ、社交界でのマナー、そして人間性、という、きわめて点数のつけにくい項目も評価の対象になるのだ。

毎年、教授陣の厳正なる協議の結果、と言われてはいたが、かなり恣意《しい》的な選出のようにも思えた。

実際のところ、どちらがとっても問題はなく、どちらがとっても生徒たちは納得できるし、納得できない。二人ともに、それだけのレベルをクリアしている。

だから交代でいいんじゃないか、とそんな安易な選出にも思えた。毎年、きちんと交互に選ばれていることがその証拠と思える。

だからこそ、だ。

「今年はどうでもいい」

手元の書類の文字を目で追いながら、バッサリとレオンは言い捨てた。

来年――卒業時の総代に誰が選ばれるか、が最終的な勝負になるのだ。さすがにそれは、もう少しまともな審査になるだろう。そう期待したい。

入学式での代表挨拶をとられているだけに、今度こそ負けるわけにはいかなかった。

「まったく、おまえらなぁ…」

それにノウェルがあきれたようにうなった。

「おたがい意識しすぎだって」

「俺が？　誰を？」

わかりきったことだったが、わずかに顔を上げ、反射的にレオンは聞き返した。

「おまえがフィリスを、に決まってるだろ」

ふん、とノウェルが鼻を鳴らす。

「あれこれハイレベルになりすぎなんだよ。おまえらが会長になってからの学院改革がどれだけの数にのぼってるか、わかってるのか？」

ノウェルの指摘は、おそらく正しいのだろう。

これまで――というか、レオンたちが会長になる前までは、せいぜい年に一つ二つ、校則の改定や追加が議題に上がり、実現されるくらいだった。だがレオンたちが会長になって以降は、校則のみならず、学内のさまざまな部分で問題が提起され、改良、是正されていたのだ。

「いちいち数えてないな」

「あっそ」

あっさりと答えたレオンに、ノウェルがむっつりと肩をすくめる。

「俺の補佐は、おまえの手に余るか？」

不服そうな男に、レオンはにやりと笑っていかにも挑戦的に尋ねた。

「調整するこっちの身にもなれ、って言ってんの」

もちろん、わかっていた。

案を通し、決定し、各機関と交渉するのはトップのレオンでも、実務的な細かい作業の多くは、副会長であるノウェルの負担になっている。が、やれる能力があるのはわかっていたし、いつもぶつぶつと文句を言いながらも、実際に過不足なくこなしていた。

「フィリスの右腕も有能だしな」

さらに煽《あお》るようにつけ足したレオンに、ノウェルがわずかに顔をしかめた。

「ディディエ・ルベールか…。まあな。数字に強いみたいだし」

東会の副会長で、学年はレオンたちより一つ下になるが、やはりフィリスと同じく「サブ」の男だ。

一般には「ドム」の影響力や存在感、そして能力の高さがよく知られているが、「サブ」の優秀さや直感の鋭さ、そして柔軟性は、同じ学校の中にいるとよくわかる。もちろんノーマルの中にも優秀な生徒はいるし、それを見つけ出す能力は、もしかするとサブの方が高いのかもしれない。

「人間には適性ってものがある。たとえドムでもな。俺は書類仕事ってタチじゃねぇの」

ノウェルがちろっと、デスクに置いていた自分のカバンに視線をやり、うんざりしたように言った。

どうやら自分の仕事は家に持ち帰って、休みの間に片付ける心づもりらしい。

「俺だってそうだ」

「おまえは何でもそつなくこなすだろ」

軽く返したレオンだったが、さらにあっさり返される。

「……ん？」

と、どうやら窓を閉めようとしたノウェルが外に何かを見つけたらしく、わずかに声のトーンが変わった。

「おっと、サンドラ・コートリーだ。もしかして、おまえを待ってるんじゃないのか？」

「サンドラ・コートリー？」

少しばかりおもしろそうに言われて、レオンは記憶の中でその名前を探した。さすがに八学年ある学院の全校生徒を覚えているわけではない。生徒数で言えば、千人を越えるのだ。

「しつこくおまえにつきまとっていた……失礼。おまえの熱烈なファンだよ。一度、突撃されたことがあっただろ？」

そこまで言われて、ああ…、と思い出した。

大商人の娘だが、最近父親が男爵位を賜《たまわ》って、貴族の仲間入りを果たした。口さがない言い方をすれば、爵位を金で買ったとも言える。まあ、めずらしいことでもない。

ちょうど一年前、去年の卒業式後に開かれた祝賀の舞踏会で、レオンは彼女の方からダンスに誘われたのだ。もちろん女性から誘うのはマナー違反といえるが、公衆の面前で恥を掻《か》かせるわけにもいかず、レオンも一曲相手をしたことがあった。

誰に対しても紳士的ではあるが、同時にかなり威圧感のあるレオンに「突撃」した勇気は褒めてもいい。……レオンからすると、名前もろくに覚えていなかったが。

「もしかして、来週の卒業祝賀舞踏会のパートナーに立候補するつもりなんじゃないのか？」

他人事だけに愉快そうにノウェルが言う。

「俺は卒業生でもないし、パートナーを選ぶ必要はないだろう」

うんざりとレオンはため息をついた。

「選んでないから、隙ができるんだろ。……まあ、選んだら選んだで、また大騒ぎになるんだろうけどな」

ノウェルがいくぶん難しい顔で顎を撫でる。そして、ちろっとレオンを横目に見た。

「ま、おまえはドムだから、パートナーとしてはサブを選べるわけだし、誰も文句のつけようがないサブがすぐそばにいるわけだけどな？」

いかにも意味ありげで、誰のことを言いたいのかは、もちろんわかる。

他の一般生徒や教師たちと同様に、ノウェルも、「なぜフィリスとパートナーにならないんだ？」と思っているらしい。

が、ことはそう簡単ではないのだ。さすがに気心が知れた友人だったにしても、フィリスとの黒歴史を語るつもりはない。

ドムとサブとのパートナーシップは、おそらく普通の恋人関係よりもずっと複雑で、おたがいの気持ちがあったとしても、さらにドムとサブとしての相性みたいなものが必要なのだと思う。

自分とフィリスの間には、まず恋愛感情が生まれそうにないし、さらにその「相性」もある気がしない。

ドムからすれば、サブなら誰でもいいわけではなく、サブからしても同様なのだ。

そのあたりをはき違えると、大きな問題になる。

いろいろと複雑すぎて、レオンは簡単に一言ですませた。

「フィリスにその気はないだろう」

「じゃ、おまえはその気があるのか？」

が、さりげないその一言がカウンターのように飛んできて、レオンは思わず押し黙ってしまった。

……別に、そんな意味で言ったのではない。もちろん。

「いや」

そっと息を吸いこんで、ただ短く否定する。

それにノウェルが薄く笑った。

「なるほど、おまえの手には負えないか」

とぼけるように言われた言葉に、そんなことはない、と反射的に反論したくなったが、うかつに返すと、そこからどんな議論が展開されるのか、想像はついた。

この議論をどこで間違えたのか、少しばかり分が悪い——。

自覚して、レオンは無意識に顔をしかめる。

一見、呑気そうに見えて、狙い澄ましたようにノウェルは鋭いところを突いてくる。さすがはドムと言えるだろう。

ランクで言えば、ノウェルは「A」に認定されている。年に一人、出るかでないかという逸材なのだ。もっともレオンは「S」で、これは過去数十年、出ていなかった。

「最強同士だと、かえって反発するということだろう」

それでも何気ないふりで返したレオンの言葉に、ノウェルが、ふむ、と考えるようにして小さくうなずいた。

「その可能性もなくはないな。だが、だとすると、すげぇ気になるよなぁ…」

「何がだ？」

いかにも独り言のようにつぶやいたノウェルに、レオンは首をかしげる。

「フィリスがどんなドムをパートナーにするのか、だよ。サブの性として、ドムを求めないわけにはいかないだろう？　おまえ以上の超最強のドムなのか、それともドムとしてのランクは関係ないのか。ただ愛があれば？」

レオンは思わず言葉を呑んだ。今朝もアレックスに言われたことだ。

やはり卒業まであと一年というところまでくると、まわりも心配し始めるということらしい。

――俺以上に、無敵のサブにふさわしいドムはいない。

レオンとしては、その自信はある。それは自分が最強のドムだ、という矜持《きょうじ》でもある。が、結局、フィリスがそれを認めていない以上、どうしようもない。それも一種の「相性」なのだろう。

……だが「愛」と言われると、少し考えてしまう。

レオンたち貴族にとって、もともと結婚は恋愛とは別の問題だったし、正直なところ、今まで誰かを愛している、とかいう抑えきれないほどの感情を覚えたことはない。もちろん、家族的な愛情や友情は理解できるけれども。

ドムである以上、庇護欲はあるが、性欲と同様、普通に抑制はできる。もともとそれほど情熱的な人間とは自分でも思っていなかったし、ある意味、自分の情熱はこの国と王家に捧げられている、と言ってもいい。庇護欲をその方向へ昇華させている。

最強のドム、という能力、その資質を生まれながらに与えられたのだ。それが使命だった。

フィリスも自分以上に感情豊かで情熱的、という気質には見えなかったし、おそらくはフィリスも同様だろう、と、なんとなくレオンは思っていた。

自分が国と王家を守る。同様にフィリスは、国と王家に尽くす。

そして、もう一つ。フィリスの情熱は、むしろ他のサブを支える、ということに向けられているような気がした。

レオンからすれば、むしろそれはドムの役割だろう、と思うのだが、それほどには信頼されていない、ということかもしれない。レオンが、というよりも、ドムが、だ。

納得できないところはあるが、「理不尽にドムがサブを抑圧してきた」という歴史を考えると、素直に頼る気にはなれないのも仕方がない。実際のところ、いまだにサブを下に見ているドムが多いというのも、苦い事実なのだ。

それでも、素直に俺を頼ればいいのに、と心のどこかで思ってしまうのは、やはり自分がドムであることの傲慢さなのか。

まあ、いずれにしても、フィリスがパートナーとして「最強のドム」を求めていない、ということはわかる。

フィリスが選ぶのがどんなドムなのか、ということに興味が湧くのは、やはり下世話な好奇心——か、あるいは、いずれ自分がサブのパートナーを選ぶ際の参考になるから、かもしれない。

……と、その時だった。

「サブだからってレオン様にすり寄って！」

いきなり、そんな甲高い女の声が窓の外から響いてきた。

お？　というように、ノウェルがわずかに身を乗り出して窓の外に視線を投げ、そして、いかにもわくわくした調子で実況中継してくる。

「これはこれは…、どうやらサンドラ嬢がフィリスに嚙みついたみたいだぞ。フィリスを待ち伏せしてたのか」

「フィリスに？」

さすがに気になって、レオンも席を立って窓際に近づいた。

フィリスに嚙みつく度胸も、相変わらずすごい。

ノウェルの横から外を見下ろすと、ちょうど玄関脇の一角で、フィリスが一人の女生徒と向かい合っている姿が目に入った。

クヌギだろうか。大きく枝を伸ばした木の下で陰になり、二人の表情は見えにくいが、声ははっきりと聞こえてくる。

「どういうおつもり？　クイーンなんて呼ばれていい気になって！　レオン様に女を近づけないように画策しているんでしょう！」

そんな高ぶった金切り声に、レオンは思わず眉を寄せた。

自分の責任ではないとはいえ、自分を崇拝するあまり、フィリスが攻撃を仕掛けられるのは本意ではない。

が、いつもと同じくフィリスは冷静に答えていた。

「いくつか訂正しておこう。私にレオンにすり寄る意図はないし、サブだから会っているわけでもない。単に会長としての仕事で顔を合わせる機会が多いだけだ」

「そんな言い訳…！　サブだったら誰でもレオン様のような強いドムに惹かれるのでしょう！」

「確かに優秀な男だからな」

さらりと返したフィリスの言葉は、レオンには少し意外でもあり、妙に胸がくすぐったくなるのを感じる。

それを認めてくれてはいるのか、と。

フィリスの口からまともにそんな評価を聞いたのは初めてかもしれない。

「だがサブであれば特に、相手は慎重に選ぶ。レオンに惹かれる人間は多いかもしれないが、誰もがそうとは限らない」

淡々と続けたフィリスに、ほう…、と小さくつぶやいて、ノウェルがちろっとレオンを横目に見てくる。

もちろん、その通りなのだが、……レオンとしては告白してもいないのに、勝手にフラれたような気分で、いささかおもしろくない。

「あなたは違うとおっしゃるの？　こんなにしょっちゅう…、あれだけレオン様の近くにいて？」

サンドラが執拗《しつよう》に食い下がる。

「私は優秀なドムをパートナーに選ぶ必要はない。むしろ……」

答えかけたフィリスがふいに言葉を切る。そして、次の瞬間――。

「動くな」

いつの間にか腰から引き抜いていた短剣を、サンドラの顔に突きつけていた。

女がわずかにのけぞって、大きく目を見開く。

「な、何を…!?　邪魔な私を殺す気!?　このことはレオン様に……」

「動くなと言っている」

叫ぶ女にかまわず、フィリスはスッ…と、その短剣を女の頭上でそよがせるように動かした。

そして引きもどした短剣をわずかに持ち上げて見せる。

「毛虫だ」

「な……」

さすがにぎょっとしたように、サンドラが目を見開いた。

「気をつけて。今の季節は木の下に入らない方がいい」

フィリスが短剣の先に乗せていた毛虫を遠くへ投げ捨てながら忠告すると、きゃぁぁっ、と今さらに女は悲鳴を上げて飛びすさった。

その反動で体勢を崩してよろめいた彼女の身体を、フィリスが危うく受け止める。

「大丈夫か？」

至近距離から聞かれて、サンドラはまともな返事もできないまま、ようやく小さくうなずいた。

「毛虫は肌に触れるとひどく腫《は》れることがあるからな。そのきれいな顔に醜《みにく》い発疹《はっしん》ができるのは忍びない」

「えっ…？　そ、そんな、フィリス様、私……」

さらりと言って、優しく立たせたフィリスに、サンドラがひどくとまどったように視線を漂わせた。

「私……、その…、し、失礼いたしますわ！」

そしてようやくそれだけ声を絞り出すと、バタバタと走り去っていく。

「クイーンの魅力全開だな」

そんな一幕を楽しそうに眺めていたノウェルが、にやけた顔で、あーあ…、となった。

「クールなだけにたまに見せる優しさがたまらないっ！　……らしいし。おまえのファンが一人減って、クイーンがファンを一人増やしたかな？」

そんな戯《ざ》れ言《ごと》に、レオンは、ふん、と鼻を鳴らした。

と、気配を感じたのか、ふっとフィリスが視線を上げる。

まともに目が合った。

意地でもこちらから目をそらすことはしなかったが、レオンとしてはいろいろと微妙な気分だ。ノウェルは脳天気に、ひらひらと手を振っていたが。

「――フィリス様！　遅くなりました」

と、向こうから男が一人、小走りに近づいてくるのが見えた。

ディディエ・ルベールだ。東の副会長。

フィリスと合流して、中央校舎の正面玄関へ入っていく背中が見える。まもなくこの二階へ上がってくるだろう。

「そろそろ現れそうだな」

短く言って、ノウェルが窓を閉めた。

遠く階段を上がってくる音、そして廊下を近づいてくる規則正しい足音が止まったかと思うと、学院会室のドアが開いた。二人がそろって入ってくる。

「待たせてすまない」

短く詫びてから、フィリスが所定の席についた。

失礼します、と、ディディエも丁寧に一礼してその隣に腰を下ろす。優雅な所作は、さすがに名門の伯爵家の令息というところだ。

淡い金髪でぷっつりと切りそろえた髪型は、少しばかり幼く見えるがよく似合っている。細身の体型で、武術は少し苦手にしていたが、数字やその他の実務にも強い男だ。

東会の副会長に選ばれた当初は、いくぶん自信なげで控えめな様子だったが、フィリスと行動をともにするようになってから、ずいぶんと発言や態度もしっかりとしてきたように思う。

「こちらの書記は家の都合で欠席になる。会議の内容は、私が責任をもって伝えておく」

「了解した」

フィリスの言葉を了承しながら、レオンも自分の椅子に腰を下ろした。

大きなテーブルを挟んで、フィリスとは向かい合う形だ。

「……ああ。そういえば、本年度の最優秀生徒だったな。おめでとう、レオン」

思い出したように、フィリスが言った。

ことさら悔しがっている様子もない。フィリスにしても、隔年でもらっている称号だ。

「ああ、ありがとう」

レオンも何でもないように、儀礼的な礼を返す。

「この順でいけば、来年は私になるわけだな」

しかしいかにも何気ない様子でつけ足された言葉に、はぁ？　と顔を上げてしまう。

フィリスが憎たらしく唇で微笑んでいた。

「卒業式の式辞を考えておいた方がよさそうだ」

「いや、その必要はない。順送りで決まっているものじゃないからな」

むっつりとレオンは言い返す。

確かにこれまで交互にきていたが、それでいくと、入学式の主席、卒業式の総代と、両方の栄誉をフィリスにかっさらわれてしまうことになる。さすがにそれは阻止したかった。

「もちろんそうだ。八年間の集大成だからな」

「式辞は得意だ。任せてもらって問題ない」

うなずいたフィリスに、鷹揚《おうよう》に微笑んでレオンはゆったりと椅子に背中を預ける。

「ほう？　奇遇だな。私もそうだ」

わずかに目を細めて、フィリスが冷ややかに返した。

それに、ふん、とレオンは鼻を鳴らす。

「おまえの式辞は固すぎてつまらないと言われてないか？」

「式辞とはそういうものだ。おまえのは気宇壮大《きうそうだい》すぎて、時々笑わせてもらえるがな」

「あぁ？　帝国の未来を担う立場だ。そのくらいの意気込みがなくてどうする」

冷めた口調に、レオンは思わず身を乗り出して噛みついた。

「意気込みだけでは意味がない。結果を示さないと」

「もちろん、そうしているつもりだが？」

無意識のまま、おたがいの口調がじわじわと熱を帯びてしまう。

「あー、そろそろいいかー？」

と、あきれたように横からノウェルが間延びした声をもらし、ディディエがおもむろに筆記具を取り出してテーブルに並べ始めた。

ようやく我に返って、おたがいに咳払いを一つすると、それぞれに椅子にすわり直した。

やはりフィリス相手だと、いつになく感情的になってしまう。

だが、今日はなかなかに重大な会議になるのだ。言い争っている場合ではない。

「……で、例の件について、西の…、ドムの会長としての判断を聞かせてもらいたい」

前置きも何もない。

まっすぐにレオンを見て、あらためてフィリスが口を開いた。

その眼差しに、スッと息を吸いこみ、腹に力をこめるようにしてレオンもうなずいた。

「ああ」

これまで学院のさまざまな改革をおこなってきたが、まさかこんな問題が起こるとは――いや、これほどの問題が隠れていたとは、想像していなかった。

もっともあってはならない場所での、もっともあってはならない人物による犯罪だ。

王立学院の副学長によるサブの虐待――という。

3

レオンハルト・アインバーク。

フィリスがその名を知ったのは本人が名乗った七つの時で、少しばかり愉快な思い出とともに記憶に刻まれていた。

姉の結婚によって遠い姻戚関係になったわけだが、それ以降も特に深い交流があったわけではない。

ただレオンの名は、時々耳にすることはあった。

「アインバークの下の息子は、かなり優秀なドムのようだな」

と、両親や大人たちのそんな噂話の中で。

ふぅん、と思ったし、少しばかり懐疑的でもあった。ヘタレのくせに、と。だが、そんなレオンの一面を自分だけが知っているのかと思うと、それはそれでちょっと楽しい。

同い年だったから、王立学院への入学が一緒になるのはわかっていた。また会うんだろうな、と思っていたし、ちょっと楽しみでもあった。

なにしろ思い上がって、調子に乗っていたアホなドムだ。

実際のところ、レオンと入学式で再会する光景を夢で見たくらいだった。自信満々で、当然のように首席入学するつもりだったらしいが、フィリスがその栄光を鼻先でかっさらってやったら、呆然としていた。ただの夢であってもおもしろくて、胸がすく思いで、眠っている間もくすくすと笑っていたらしい。

ずいぶん楽しい夢を見ていらしたのですね、と翌朝、乳母に言われたくらいだ。

それを正夢にするためにも、フィリスとしては万全の構えで入学試験に臨み、おそらくは僅差《きんさ》だったのだろうが、主席を勝ち得た。実際、正夢になったわけだ。思ったとおり、レオンの間抜け面も見られた。

そう、負けるわけにはいかなかったのだ。特に「ドム」には。

ドムとして生まれた以上、サブを自由に、自分の思いどおりにできると思っている連中がどれだけ多いか。

かつて曾祖父の代に「サブ」の当主を戴《いただ》いたことのあるミルグレイ家だったが、当時の宮廷でどれだけ大きな苦労があったのか、日記の形で今も引き継がれていた。もっとも当時は、「サブ」という認識はなかっただろう。

身分も家柄もあり、表だって何かされることはなかったかもしれないが、それでも陰ではずいぶんと陰湿な嫌がらせがあったようだ。さらにはドム――と思われる者たちに襲われるようなことも。この身分の貴族に対しては、普通には考えられないことだ。

だが勘のよさは人より抜きん出ていたようで、おそらくは予知の能力も発現していた。それもあってか、当時の皇帝からの信頼は厚く、重臣として立派に帝国の基礎を支えたようだ。

実際にその頃から、エルスタインの他国を圧倒する躍進が始まり、「王国」から「帝国」へと頭一つ抜け出す存在となった。諸外国との外交面、また内政での経済、教育などの分野でも、大きな改革がおこなわれたのだ。

もしかすると、ドムとサブについて、学術的に踏み入った研究を進言したのが曾祖父だったのではないか、とフィリスは考えている。

昔から「ドム」の能力については――「ドム」という言葉はなくとも、優秀な人材が生まれやすい血筋、というのは知られており、実際に国に貢献した者も多く、敬意を集めていた。だが「サブ」に関して言えば、そんなドムにすり寄ってただ庇護を受けている者、という認識だったのだ。

先代皇帝が「ドム」と「サブ」という特性を公に認定して以降、少しずつ「サブ」に対する認識は変わってきているのだろうとは思う。

今は帝国法によってサブの立場は守られているし、高位の貴族だったこともあって、フィリス自身がそれで何かを言われたり、侮蔑《ぶべつ》的な目に遭ったことはほとんどない。

サブだとわかってからも「ではあなたは、聖神子様の血を引いているのね。きっと素晴らしい能力があるわ。誇りを持っていいことよ」と母親には幾度となく言われていた。だから、気にしたことはなかった。むしろ、その力を誰かのために、国のために役立てたいと思っていた。

実際、サブと認定されたフィリスの大叔母の一人は神殿へと入り、大神官を務めたほどだったのだ。

その大叔母には、聖神子ほどではないにしても、予知の能力があったようだ。

そしてフィリスも、自分がサブだという自覚もない幼い頃から、時折、何かの「場面」が目の前をよぎることがあった。あるいは、夢に見ることが。

とはいえ、その頃は、父親が長い旅から帰ってくるとか、兄が落馬してちょっとした怪我を負うとか、……そう、姉が純白のドレスを身にまとって微笑んでいるとか。そんなほんの些細《ささい》な、よく知っている人間についてでしかなかった。無意識にまわりを観察していれば、察することができた程度のことで、それが本当に予知だったのかどうかもわからない。

ただ、レオンとの入学式での再会が予知夢だったとすれば、初めて身近な人間以外について予知が働いたことになる。

成長とともに、フィリスはサブだろうな、というのは、まわりの大人たちにも確かな認識となっていたようだ。

明晰な頭脳と、美貌《びぼう》と、そして勘のよさ。

サブ、というだけで劣情を誘うのか、その何人かからは、なめるような、いやらしい目で見られたこともある。屋敷で開かれた夜会や何かに招待された客たちや、家庭教師や。

そして王立学院に入ってからは、他のサブと話す機会も増え、自分で思っていた以上にサブとして生きていくことは困難なのだと教えられることになった。

『な、命令されるのが好きなんだろ？　俺がお仕置きしてやるよ』

そんな卑猥《ひわい》な言葉で、ドムだけでなく、ノーマルの男たちからも執拗な嫌がらせを受けたり、時には力ずくで服従させられたりと、そんな経験を持つサブは少なくなかった。とりわけ、抵抗のできない庶民階級の中では。

男であれ、女であれ、どんな身分であれ、絶対に許せることではない。

フィリスは、自分がサブとして先頭に立つことで、そんな連中を黙らせようと決意した。

ドムだけではない。サブにどれだけの能力があるのか、どれだけ帝国に貢献できるのか、はっきりと示したかった。

わかりやすく言うと、「うかつに手を出せると思うなよ、クズどもが」という警告だ。

ドムというだけで、サブを手に入られると思うな——、と。

フィリスはいまだに残る「サブ」への不当な認識、特に未来を担う学院生たちの見方を変えるつもりだった。学院でのサブの地位を上げる必要があった。

そのためにも、現在最強と呼ばれるドムの——レオンの後塵《こうじん》を拝するようなことは、絶対にできなかった。

サブが生きていくために、ドムの力が必要なわけではない。ドムの能力に、サブの才覚が劣るわけではない。

自分の力で、それを証明したかった。

学院に入学し、レオンと再会するのは、もちろん想定内だった。レオンに相応の能力があることもだ。……実際には、予想以上に優秀だったけれど。

そしてどれだけ驕《おご》った男になっているのか、と想像していたが、予想以上に自信家であり、傲慢であり、——そして、まっすぐな男だった。

知識も体力も技量も、すべてにおいて優秀であり、有能。人の心を惹きつけるカリスマ性もある。さすがに最強のドムだ。本人もそれをわかっている。自分に自信がある。だからこそ、レオンは回り道をする必要がないのだ。目的のためにヘンに画策する必要はなく、奸計《かんけい》をめぐらす必要もない。まっすぐに突き進み、敵を蹴散らせばいいだけなのだ。

まさしく理想なのかもしれない。すべてのサブにとって、理想のパートナー。

そのレオンに支配され、褒められ、庇護を受け、愛されたら——どれだけの至福であり、恍惚感に包まれるのか、想像はできる。

フィリスにしても、想像したことがない、とは言わない。ただうかつに想像してしまうと、やはりサブの特性なのだろう。身体が、少し反応してしまう。

別に好きなわけでも何でもない。……そのはずなのに。

やはりそのあたりがドムの影響力の強さなのだろう。

だが身体に表れるそんな反応は、自分の弱さをさらけ出しているようで、正直あまり考えたくなかったし、考えないようにもしていた。

まわりからは「当然ふたりは」という、期待なのか、やっかみなのか、そんな視線は感じていたが、……多分、レオンが優秀なだけに、フィリスとは相容れない。

ドムの力を必要としない。

そんなサブの強さを、フィリスは証明する必要があったのだ――。


「……で、副学長のサブへの虐待について、西の…、ドムの会長としての判断を聞かせてもらいたい」

フィリスはこの学院会で、学院の運営について、特に「ドム」や「サブ」にこだわって発言することはほとんどない。数で言えば、ノーマルが圧倒的に多いのだ。

だがここで、あえてドムの、と言ったのは、やはりこの件が「ドム」と「サブ」という、それぞれの気質に、その根深い問題に関わっているからだった。少なくとも、フィリスはそう認識している。

いわばレオンの立場とは、真っ向から対立する議題になる。

そのいつになく切りこむようなフィリスの言葉を、レオンは硬い表情のまま、受け止めていた。

「もちろんその告発が事実なら、学院会としても看過はできない」

「事実なら、とは？　虚偽の告発をしているとでも？」

冷静に返したレオンに、フィリスは鋭く聞き返す。

逃げているとは思わないが、その冷静さに少しばかりイラッとする。しょせん他人事のように思っているのか、と思うと、さらに腹立たしい。

レオンは優秀なドムだが、それを権利のように振りかざして、サブやノーマルの生徒たちに何かを強いるような、愚かな男ではない。自信過剰なところはあるにしても、見合う能力はあり、自分の力を正しく、国のため、王家のために使おうとしている。……と思う。

そこは認めてもいい。

実際にこれまでも、何か問題が起こった時、たとえ相手がドムであっても、あるいは名門貴族の子弟であっても、非があるとはっきりと確認できた場合にはかばい立てするようなこともなく、公正に判断し、追及し、断罪できる男だった。そのため、一部のドムからは煙たく思われているところがあるようだ。

ドムは、ドム同士だからといってみんなが仲良く、仲間意識があるわけではない――らしい。むしろ宮中での地位や名誉を競い合い、蹴落とすべきライバルでもある。

と同時に、「ドム」というブランド、その名誉や利権を守るために、歪《いびつ》な形で団結することもあるようだ。

だがレオンは、そんなつまらないプライドとは無縁だった。群れる必要はなく、誰にへつらう必要もない。自分の正義と、自分の力を信じているのだ。

この七年の付き合いでそれがわかっていたからこそ、フィリスもこの件をレオンに——学院会の議題にのせた。

重大な案件だと認識していただけに、レオンも、そしてフィリスも、特に示し合わせたわけではなかったが、二人ともこの会合からあえて書記を外したのだ。秘密を保持するためと、大きな問題になった場合、彼らにまで責任が及ばないようにするために。

そんなレオンを相手に、もちろん簡単に話が通るとはフィリスも思ってはいない。

「そうは言わない。だが匿名というのは信憑《しんぴょう》性に欠ける」

レオンは的確に指摘した。

確かにそこは弱いところだ。だが。

「私はその者を知っている。信頼できる証言だ。だが、被害者の名を出すつもりはない」

きっぱりとフィリスは返した。

「私を信頼して打ち明けてくれたのだ。裏切るつもりはない」

「だが、匿名の告発だけで断罪することは難しい。それはおまえにもわかるはずだ」

真正面から言われて、さすがにフィリスも口をつぐんだ。

さらにレオンが続ける。

「誤解を恐れずに言わせてもらうと、サブから誘った、と弁明された場合、どちらが虚偽かの判断が俺にはつかない。客観的に判断するのが難しい、と言うべきだが」

「レオン……！」

さすがにフィリスは声を荒らげた。

息を詰めて、にらみ合う。

正直、フィリスにもわかっていたことだ。だからこそ、レオンに伝えた。

正式に告発する方法はないのか、と。それを確認する意味もあって。

と、それまで黙ってやりとりを聞いていたノウェルが、ことさらのんびりとした調子で口を挟んだ。

「確固たる証拠が必要だということだよな。……仮にも王立学院の副学長を告発しようというのなら、なおさらだ」

その口調とは逆に、瞬間、ピシッ、と空気が収縮した。

あらためて、フィリスが告発しているのが誰なのか、はっきりと認識する。

この王立学院《ロイヤルアカデミー》の副学長であるカロン・バリエール、その人だ。

普通にはとても信じられない、学院の存続さえ揺るがしかねない事態だった。

王立学院は、もちろん帝国の未来を担う若者たちに必要な教育を与えるという大前提で創設されたわけだが、国内の希少なドムとサブを保護する、という大きな一面もある。

現在の副学長はもう二十年にも渡ってその地位にあり、実質的に学院の主と言える男だった。この学院の卒業生で、国の重臣であり、皇帝の信頼も厚い。Aランクのドムでもある清廉《せいれん》な教育者。

その男が。

長年にわたってサブの生徒を虐待していた――いや、現在も続いている、という告発なのだ。考えただけで怒りに震えるが、それでもフィリスはそっと息を吐き、強いて肩の力を抜いた。もし真正面から告発できないのであれば、別のやり方をとるしかない。絶対にこのままにすることはできなかった。フィリス自身が差し違えても、だ。

その覚悟はあった。

学院内に「サブ」の認定を受けた者は、現在三十人ほど在籍している。フィリスは立場上、そのすべての人間を把握していたが、そのうちの一人、最上級生である八年生のサブから面談の申し入れがあったのは、ふた月ほど前のことだった。

もともとは学院を辞めることにしたのでその挨拶に、という話だったのだが。

ティート・ミルダという男子生徒で、サブの認定を受けて地方から王立学院に入学していた。家は農家で、今は学院の寮に暮らしている。ドム、あるいはサブだと認定されれば、学費も生活費もすべてが免除される上、将来の出世も望める。野心を持って地方から出てくる生徒も少なくはない。

ティートは庭造りに興味があるようで、卒業後は庭師、できれば造園家として王宮で働くことを望んでいた。王宮の裏庭に大きな滝を作り、そこから水路を引いて噴水を設置したいと、大きな夢を語っていたのだ。

学年が一つ上の彼には、フィリスも入学当初、学院内を案内してもらったり、学院内の庭の整備を相談したりと、ずいぶんとよくしてもらっていた。優しく穏やかで、才能のある男だ。素晴らしく壮大で美しい庭園の設計図を見せてもらったこともある。

その彼から、あと数カ月で卒業というタイミングで、急に退学することになったと聞かされて、ひどく驚いた。病気療養で田舎にもどることになった、と告げられたのだが……、確かにこのところ痩せて、顔色もずいぶんと悪いのはフィリスも気づいていた。だが退学というのは、あまりにも惜しい。学院は休学してもいいのだし、なんならよい医師を紹介させてほしい、と、しつこく言ったフィリスに、とうとうそれを告白したのだ。

副学長から、「プレイ」の強要を受けている——、と。

卒業まで、と今まで我慢していたのだが、卒業後に王宮で働くには副学長の推薦状が必要になる。それをエサに今以上の何を求められるのか——何をさせられるのか、想像しただけで絶望し、耐えきれずに退学を考えたようだった。

驚いた、というより、愕然《がくぜん》とした。

教員の中にはドムもサブも何人かいたし、副学長がドムだということは、もちろん知っていた。立場上、言葉を交わす機会も多かったし、ドムとサブとの適切な関係、距離感など、いろいろと相談し、アドバイスをもらい、改善に協力してもらったこともあるくらいだ。

それがまさか、生徒にプレイを強要しているなどと——とても信じられなかった。

だが同時に、この告発が嘘とは思えなかった。そもそも嘘をつく必要などない。口にすることすら、つらいことだったはずだ。

帝都で、しかも王宮で仕事を得ることは、地方に暮らす庶民からすると信じられない幸運だろう。そんな出世の機会を手にしたティートが、家族に相談することなどできるはずもない。勇気を出して地方領主や、あるいは王宮の部署に訴えたとしても、まともに相手にされないまま、あっさりと握りつぶされただろう。

さらには、レオンが指摘したように「サブから誘った」などと噂され、退学処分にでもなれば、もう家に帰ることもできなくなる。体調を理由に、自分から退学した方がまだマシだと考えたようだった。

いや、そもそも支配を受けたドムから「しゃべるな」と命じられれば、まともに口を開くこともできなかったはずだ。同じサブであるフィリスだったから、ようやく言えたのかもしれない。

フィリスは至急、そして密かに、学院内のサブ一人一人と面談して、さりげなく話を聞いた。

すると、「気のせいだと思ったが、何となく身の危険を覚えるような嫌な感じがあり、副学長とは二人きりにならないように注意している」という生徒もいたし、「副学長と話している最中に完全に気を失って、気がつくとベッドに寝かされており、その間の記憶をなくしていた」という証言もあった。数年前になるが、身内の中にもサブだった学生がやはり病気を理由に中退した、という者もいた。

身体も精神的にも、かなりひどく衰弱した状態で。もし副学長が関わっていたのなら、もう何年にもわたって虐待を続けていたことになる。

それだけでなく、もっと幼い二年生、三年生——十二歳、十三歳くらいのサブの生徒を、副学長はよくお茶に誘っているようだった。お菓子を与え、自分の存在に慣れさせ、小さな「コマンド」を重ねて——まるで少しずつ洗脳するみたいに。

つまり副学長は、長い時間をかけて手懐《てなず》けられる生徒をじっくりと選んでいるのだろう。自分の支配を受けやすい、むやみに騒ぎ立てない、力のない生徒を。

想像しただけでゾッとした。

すぐにでも正式に告発したかったが、確かにレオンの言う通り、確実な証拠はない。被害を受けているサブが完全にドムの支配下に置かれていれば、証言すること自体、難しいだろう。

副学長という立場上、とりわけサブの状態には気を配っているのだ、と。あるいは、サブの気持ちを安定させるために、ドムとして、副学長として、軽いコマンドで手助けしているだけだ、と言い訳されれば、それを否定もできない。「強要」という明らかな証拠がなければ、事実はもみ消されるだけだ。

自分がどうにかしなければならない問題だ、とわかっていた。それでもフィリスが学院会の議題に挙げたのは——とはいえ、この件はあえて議事録を録らなかったが——自分の力が及ばなかった時、誰かに状況を知っておいてもらう必要があると考えたからだった。同じサブであるディディエだけではなく、ドムである誰か——レオンに、だ。

そして……ちょっとした勘、のようなものだろうか。

レオンを巻きこむ必要がある。自分の、サブの力だけでは難しい局面になる——と。

そんな気がしたのだ。

「フィリス。現実問題として、ドムがサブにプレイを強要する事例があるのは俺も知っている。ドムに生まれた意味をわかっていないクズどもだ。学院内にそんなクズがいるとは驚きだがな。だが同様に、あえてドムを誘って罠にかけ、強請《ゆすり》を働くサブがいるという事例も報告がある。サブに対する強要は、明らかな帝国法違反だからな。相手が名誉を慮《おもんぱか》る貴族ならば、いいカモになる」

レオンは冷静だった。そして、公正だった。それはわかっていた。

だから話したのだ。今のところ副学長の疑惑を知っているのは、当事者以外には、この四人だけになる。

「被害に遭っているのは、一人や二人ではありません。これまでにも、告発できずに退校した方も多いのです……！」

ディディエがわずかに身を乗り出すようにして、必死に訴えた。

フィリスはその横顔をちらりと眺める。

ディディエも同様に、ティートの言葉を信じているのだ。

「ここで見逃すと、これから先も被害者は増えるだろう。私たちが会長を務め始めてからすでに三年だ。今まで気づかなかったこともだが、何もできずに卒業するようでは、この椅子に座っている意味はない。違うか？　レオン」

挑むようにピシャリと言ったフィリスに、レオンが大きく息を吐いた。

「告発を受けて、学院会として正式に副学長を査問する機会を作ることは可能だろう。だが、その告発が本当だったとしても、素直に自白するとは思えないな。告発者自身がその席に着かないのであれば、なおさらだ」

「私が告発者として立ってもかまわない」

きっぱりと言ったフィリスだったが、レオンは首を振った。

「それでは内容が伝聞になる。あまりに弱い」

「そうだな。不安定なサブの戯れ言、と言い切られてしまいそうだ」

ノウェルがこめかみのあたりを押さえるようにしながら、渋い顔で付け加える。

「自分を陥れるための虚偽だ、と言い張るかもしれないし、ドロップに陥ったサブから助けを求めてきたので、ドムとしての務めとして慰めただけだ、という言い訳をするかもしれない」

さらにレオンが続ける。それにフィリスは反論した。

「だが、サブが不特定多数のドムに助けを求めることはまずない」

本来、正しい関係が築けていれば、だが。

「だが皆無でもない。……そうだな。花街では、ドムの客を目当てに、サブだけを集めた店もあると聞く」

「よく知っているな」

淡々と言われて、フィリスは無意識に目をすがめた。

十七歳の、まだ学生の身だ。まあ、貴族であれば女を知っていておかしい年ではないが、花街をふらふらする身分でもない。

「おまえも知っていたわけだろう?」

「今回の件を受けて、いろいろと調査した中で聞いた話だ」

それもフィリスにとっては、あまり知りたくなかった現実だ。

だが、明確なサブでなくとも、サブの傾向がある、という者はそこそこいる。そういった者たちが手っ取り早く金を稼ぐ方法だという。さらには、金だけが目的ではない場合もあるようだ。

「サブの本能的な欲求が激しくて、ドムの支配を求めずにはいられない、というケースもないわけではないと聞いた。欲求には個人差があるのだろうし」

レオンの指摘に、フィリスは小さく唇を噛んだ。

「それはかなり特殊な事例だ。というよりも、今度の件のように、ドムによる不正な支配が大きく、長く続いたことがそうした結果をもたらす場合もある。花街の件も、いずれ法で正す必要があるだろうが」

「すべての責任がドムにあるように言われるのは本意ではないな。まあ、その志《こころざし》に同意はするが、とりあえず学内の問題に集中しよう」

レオンが話をもどし、気持ちが先走っていたフィリスも少し息をついた。

正直なところ、今度の話を聞いてから調べたサブの実態、状況にやりきれない思いが大きかったのだ。まだまだ力が足りない、と思う。

「密室での真実を明らかにするのは難しい。せめて、名を出して告発してもらえれば、直接、学長に訴えることもできるかもしれないが」

うかがうように言ったレオンを、フィリスは一言ではねつけた。

「無理だな」

それは絶対に受け入れられなかった。そんなことをしたら、きっとティートは壊れてしまう。

レオンが長いため息をつき、どさりと背もたれに身体を預けた。腕を組んで考えこむ。

「……となると、しばらく副学長の動きを監視するしかないだろう。監視を続ければ、いずれ尻尾《しっぽ》を出すかもしれない」

「確かに、それで現場を押さえられれば確実だ」

レオンの言葉に、ノウェルもうなずく。

「場所は……、副学長の部屋なのか？」

ちょっと眉を寄せて、レオンが確認してくる。フィリスはゆるく首を振った。

「あまり話したがらないから、はっきりしない。ただその時々で、決まった場所ではないようだ。学内ではあるようだがな」

「学内か……」

レオンが顔をしかめた。

恥知らず、となじっていいくらいだ。神聖な学び舎《や》であるはずの場所で。

だが副学長の執務室はもちろん学内にあるし、自宅の屋敷とは別に、副学長が泊まりに使っている部屋もあった。当然副学長の権限があれば、学内のどんな部屋でも使い放題だと言える。もしかすると、地方から出てきている学生たちの寮もだ。

「俺の方で監視チームを作ろう。それだけの常習犯なら、うかつにサブが近づくのは危険だ」

レオンが慎重に言った。

本当ならば、それが最善の、そして自分たちにできる唯一の策なのだろう。

――だが。

「そんな時間はない」

きっぱりとフィリスは言い返す。

副学長がいつ動くかもわからないし、のんびりと監視を続けている間にも、被害者は増えるかもしれないのだ。すぐにでも決着をつけないと、ティートの未来はない。とりあえず退学届は出さないままだったが、卒業の資格を得たとしても、今のままでは副学長からの推薦状は望めない。つまり宮中での奉職はあきらめ、すぐにでも田舎へ帰るつもりのようだ。傷つけられたままで。

「では、どうする？」

「その証拠をつかむだけだ」

眉を寄せ、聞き返してきたレオンに、フィリスは端的に答える。

「どうやって？」

そっと息を吸いこんで、静かに言った。

「考えがある。ノウェルが言ったように、現場を押さえるしかない。あさっての卒業式……、その後の祝賀舞踏会。この日に副学長は動くだろう」

「おまえ……」

フィリスの言葉の先を読んだのか、レオンがスッ…とわずかに息を詰めた。かまわず、フィリスは続ける。

「卒業生にとっては学生としての最後の日だ。副学長がこの日をおとなしく見送るとは思えない」

「その被害者を囮《おとり》にする気か？」

驚いたように、レオンが目を見張る。

フィリスは薄く笑っただけで、答えにした。

ここに来る前から、すでに決めていた。レオンの返答は想像がついたし、時間もない。正式な手順でできることは限られている。

だから、危険を冒すしかなかった。人生のかかっているティートも、どうにか同意してくれた。

「おまえも心づもりだけはしておいてくれ。うまくいっても学院は大きなスキャンダルに見舞われる。失敗すれば私は退校処分だ。手を貸す必要はない。おまえはただ、中立でいてくれればいい。すべてを見届け、必要なら証言してくれればな」

どんな圧力があったとしても、レオンならどうにかする。その信頼はあった。

「フィリス！」

少しあせったような声を上げ、耳障りな椅子の音をさせてレオンが立ち上がる。

が、かまわずフィリスは淡々と続けた。

「現場を押さえ、証拠をつかんだら連絡する」

「まさか、おまえ一人で取り押さえる気か？　危険すぎる」

退校処分――を覚悟しているのなら、他の人間は巻きこまない。

そんなフィリスの動きを、レオンは察しているらしい。

「私が副学長に引けを取るとでも？」

しかしそれに、フィリスは薄く笑って返した。

「私は無敵のサブだ」

今まで自分で口にしたことはない。が、フィリスはきっぱりと言い切った。

レオンからすれば、サブであるフィリスがドムとまともに対峙《たいじ》する危険性を危惧しているのだろう。単に剣や武術であれば、今のフィリスは副学長よりは上だ。それでも相手がドムだということを考えれば、確かに「支配」を受ける可能性はある。

だがこれは、自分の務めなのだ。自分のやるべきことだった。

フィリスをまっすぐに見つめたまま、ふっと、レオンが息を吸いこむ。そして、小さく唇を舐めてから言った。

「動く前に俺に知らせろ。俺も一緒に行こう」

「二人そろって祝賀舞踏会を抜けるのか？　目立ちすぎるな。祝賀舞踏会は学院会の主催だ。少なくとも一人は責任者が必要だろう」

それも一理あるとわかっているのだろう。レオンがわずかに顔をしかめる。

「それに、二人一緒に退校になるリスクは避けたい。私とおまえとは、それほど仲良しというわけではないだろう？」

なかばからかうように付け加えると、レオンがさらに渋い顔をした。

「おまえな……」

怒り、というか、憤《いきどお》りを押し殺したような声だ。すべてフィリス主導で、自分の思い通り、計算通りにいかないいらだちだろう。

かまわず、フィリスは続けた。

「私が退校になれば、あとはおまえに任せるしかない。そのくらいには、おまえを信頼しているのだが？」

その言葉に、不服そうにレオンがうなる。が、言いたいことはわかっているはずだ。

失敗すれば、この問題は置き去りになるのだ。もちろんフィリスもそのままにするつもりはないが、やはり学内に残るレオンの負担はさらに大きくなる。

見て見ぬ振りで放り出してしまえるほど、レオンのプライドは我慢強くはない。フィリスも、無理だとわかっていて、あえて議題に挙げた意味がある。

「うまく現場を押さえられれば、そのあとの迅速な処理が必要になる。すぐに学長や、ことによれば王宮にも連絡がとれるようにしてもらえるとありがたい」

ゆっくりと立ち上がりながら、静かにフィリスが口にする。

副学長を捕らえたとしても、まだ学生の身分であるフィリスたちだけで断罪できるわけではない。

政治的に裏から手をまわされる前に、王宮に報告し、騎士団に引き渡したい。

普通ならそんな要請は副学長の役目だが、その副学長を罪に問うなら、やはりレオンに呼んでもらうしかなかった。学院会会長という立場、侯爵家子息という身分、そして「最強のドム」という肩書きがあれば、どうにかなりそうだ。親兄弟や縁者には騎士もいるだろう。

「フィリス」

よろしくな、とだけ口にして、あっさりと部屋を出ようとしたフィリスを、扉の前に立ち塞《ふさ》がるようにしてレオンが制止する。勢いのまま、強く腕がつかまれた。

「他にもっと確実な方法はあると思うが？」

一瞬、何を言うべきか迷うようにしてから、ようやくレオンが口にした。

「そうだな。だが時間がない」

きっぱりとした言葉に、レオンの手の力がさらに強くなる。

「……勝算はあるんだろうな？」

息を詰めるような声。真剣な眼差しが、フィリスの顔をのぞきこんでくる。

「もちろんだ」

その目を見つめ返し、フィリスは静かに答える。

短いやりとりの間にも、レオンの強い指の力、熱が肌を通り抜けて身体の中に沁みこんでくる。

あるいはこの七年で一番、近づいた瞬間かもしれない。

――と。ふっと、目の前を何かのイメージ――場面がよぎったような気がした。

ほんの一瞬だが、鮮やかに目に焼きつくように。

……予知、なのか？

とまどって、フィリスは思わず瞬《まばた》きし、探るようにレオンの顔を眺めてしまった。

しばらく沈黙が続き、さすがにレオンがとまどったように尋ねてきた。

「なんだ？」

「いや」

ようやく気を取り直して、フィリスはレオンの手を軽く払う。そして確認した。

「おまえもあさっての卒業祝賀舞踏会には出るんだろう？」

そんな集まりは好きではないだろうが、卒業生への敬意もあるし、もちろん主催者としての立場もある。フィリスも同様だ。

「ああ」

「私も前半は顔を出す。その時にな」

さらりと言って、フィリスの一足先に廊下に出ていたディディエの横に立つ。

それでもちょっと迷ってから、振り返ってレオンに声をかけた。

「レオン、ガラスに気をつけろ。せめて手袋をしておくんだな」

「……あ？」

いきなりの、レオンにとっては意味不明だろう言葉に、レオンがあっけにとられたような顔を見せる。そしてとまどったように目をすがめた。

「何の脅しだ？」

「忠告だ。……いや、まあ、聞かなくてもいい」

少し急いで言うと、怪訝《けげん》な表情のレオンをそのままに、フィリスは歩き出した。

後ろからついてきたディディエが、低く尋ねてくる。

「本当に…、大丈夫なのですか？」

「これが一番確実で早い」

「けれど危険です……！」

淡々と答えたフィリスに、ディディエがわずかに声を上げた。やはり心配なのだろう。

「大丈夫だ。レオンはバカじゃない。必要なら必ず動くだろう。多少の無茶をするくらいのプライドも正義感もあるだろうからな」

言って、知らず口元で笑ってしまう。

その程度には、レオンのことを信頼しているんだな、と自分でも初めて気づいた気がした――。

⚔ ⚔ ⚔

毎年の恒例となっている卒業祝賀舞踏会は、大講堂がメインの会場だった。

昼間に卒業式典がおこなわれた、その夜だ。

参加できるのは基本的には六年生以上で、卒業生を中心に夜が更けるまで踊りまわって、年に一度のバカ騒ぎが続く。ハメも外れているので、カップルで抜け出して夜の庭や教室に潜りこむ者たちも多いようだ。

フィリスは学院会の会長ということもあって、五年生の時から参加していた。そもそもこの舞踏会自体が、伝統的に学院会の主催となっているのだ。

卒業生が主役となる舞踏会でもあり、裏方としてなるべく目立たないようにと務めてはいたが、やはり卒業生たちからの挨拶は相次ぎ、ここぞとばかりにダンスの申し込みも多い。まあ、女性から直接誘われることはないのだが、卒業記念に一度だけ、と友人の男子生徒を介して頼まれると、フィリスも断るのは難しい。……気の利いた会話もできない自分と踊っても、それほど楽しくはないと思うのだが。

広い会場だったが、それでもレオンのいる場所はひときわ華やいでいてすぐにわかる。ちらりとそちらをうかがうと、やはり同様のようだった。きっと二度とない、せっかくのこの機会に、という申し込みは多いのだろう。

ダンスのように近づきすぎるとグレアにあてられることも多いので、サブの女生徒は少ないだろうが、同じドムやノーマルであれば本当にレオンに接近できる最後のチャンスになるわけだ。

それでも今夜に限っては、学内での酒——ワインが解禁になっているし、全員が正装の制服での参加になるので、だんだんと区別もつかなくなってくるのだろう。

夜が更けていくとともに、フィリスもようやく壁の隅で一息ついた。

レオンの方はまだ順番待ちの相手がいるらしく、大講堂の中央で踊っている。なかなかにタフだ。

礼儀を重んじる方でもあるので、ダンスの相手に疲れた顔や退屈している様子は見せていないが、笑顔の裏で実際にはかなりうんざりしているんだろうな、と思う。ピクッと動く首筋とか、肩のラインとか。なんとなく、感じるのだ。

ちょっと笑って、がんばれ、と内心でエールを送ってやる。レオンが目立ってくれる分、フィリスとしては少し気を抜くことができる。

「ねえ…、レオン様、今年も特定のパートナーは選んでいらっしゃらないのね」

大きな柱の向こうからは、ヒソヒソと話している女生徒たちの声もかすかに耳に届く。

「そんな…！　レオン様が誰か特定の相手を作られるなんて。そんなことになったら、ショックで学院に来られなくなりそうだわ」

「でもフィリス様ならしかたないんじゃない？」

「あら、逆でしょ？　フィリス様のお相手になれるのはレオン様くらいですもの」

「確かに、そのへんのドムじゃねぇ…」

「どうしておふたりはパートナーにならないのかしら？」

「本当に。あのおふたりならあきらめもつくのに……」

そんな会話に、フィリスはちょっと眉を寄せた。

なぜレオンとパートナーにならないんだ？　というのは、本当にもう何度も聞かれたことだったが、なぜと言われても、だ。

おたがいにその気がない、としか言いようがない。レオンは――確かにドムではあったが、フィリスのことをことさらサブとして扱ったことはない、と思う。

もちろん、「最強のドム」であるレオンは、他のサブにはそれなりに気を遣っているようだったが（人が多い中ではできるだけグレアを抑える、とかだ）、フィリスの前だとあまり気にしていないように見えた。一緒にいる時間も長かっただけに、フィリスの方が慣れた、ということもある。ディディエなどは、顔合わせをした最初の頃は少しばかり体調を崩していたのだが。

　そもそも自分たちがドムとサブだからといってパートナーになるわけではないし、ただの同級生であり、成績を競ういいライバル――それだけだ。

　それがフィリスにとっては心地よかった。気が楽だったし、ありがたい。あるいはもしかすると、最初に会った時のことが影響しているのかもしれない。

　だがそれだけに、信用できる。レオンがドムの力を使って自分を押さえこもうとしたことは一度もない。

「ディディエ」

　と、何かを探すようにさりげなくあたりを見まわしていた男が視界に入り、フィリスは軽くうなずいて合図した。

「こちらでしたか」

　少しホッとしたように、ディディエが近づいてきた。

「……でも、来年の舞踏会ではおふたりのご婚約発表があるかも⁉」

「それは素晴らしいわ…！」

「だったら、一生の思い出になるわねっ」

　すぐ後ろで噂話に花を咲かせている女生徒たちは、すぐそばにフィリスがいることに気づいていないようで、楽しげに話を続けている。

　ディディエもその会話を耳にして、ちらっと微笑んだ。前後がなくとも、内容を察したのはさすがだった。どの「ふたり」なのかも。

「レオン様とご婚約の予定が？」

わかっていて楽しげに聞いてくる。

「あるわけないだろう」

フィリスはバッサリと言い切った。

「でも確かに、卒業はいいタイミングですからね。卒業と同時に婚約する貴族の子弟は多いですし。いいんじゃありませんか？　素晴らしいサプライズになるのは間違いありませんよ」

とぼけた様子で続けたディディエを、フィリスはじろりとにらんだ。

「ディディ、何なら君がレオンと婚約したらどうだ？　相手が決まれば、つまらない噂話も少しは落ち着くだろう」

「ご冗談でしょう！」

目を丸くして、ディディエが否定する。

決して本気というわけではなかったが、それでもまったくの冗談というわけでもなく——フィリスとしては、あってもいいのか？　という気がしていただけに、その反応は少しばかり意外だった。

ディディエは優秀なサブだし、長く学院会にいてレオンとも気心は知れている。フィリスにとっては最高の右腕なだけに、レオンの隣に立って見劣りすることもない。

いや、むしろレオンにならば、ディディエを任せてもいい、と思えるくらいだ。

この学院の中でさえ、鼻持ちならない、サブを所有物のように考えているドムは存在する。もちろん、すべてのドムがそれほど愚かで思い上がっているとは思っていないが、やはりそんなドムにだまされ、傷つけられるサブは多い。

だからフィリスとしては、大事な友人と言えるディディエには信頼に足るドムをパートナーにしてほしいと思っていたし、レオンならば——まあ、いいだろう、と。

フィリスの知る限りでは、男としても、ドムとしても及第点が出せる。それに身分や家柄、容姿や能力を加味すると——。

「レオンを振るサブがいるとは思わなかった」

思わず瞬きしてしまったフィリスに、ディディエがきれいな眉を寄せた。

「では、フィリス様はどうなのです？」

「私？」

そんな切り返しに、ちょっととまどってしまう。自分は関係ない、という気がして。

「そうだな。私に……、レオンほどの力は必要ない。あそこまで能力はなくも、普通のドムが相手でも十分に癒《い》やされるからな」

レオンがドムとして最高のランクにあることはわかっている。だからこそ、自分ではなく、他のサブをパートナーにした方がいい、と思うのだ。

自分はレオンに守ってもらう必要はない。自分自身を守る力は十分にある。それを自負していた。

だからレオンには、他のサブを守ってもらいたい、と。

「必要かどうかの問題じゃありませんよ」

ハァ…、とどこかあきれたように肩で息をついて言われたが、フィリスとしては微妙に意味がわからない。

だが、今はそんな話ではなかった。

「ディディ、それで……話は聞けたか？」

少しばかり声を落として尋ねたフィリスに、ディディエが表情を引き締めてうなずいた。

「はい。やはり…、接触があったようです。かなり怯えていらっしゃいました」

例の告白をした、ティート・ミルダだ。

話を聞いて以降、フィリスはティートを寮には帰さず、ミルグレイ侯爵家で保護していた。表向きは、館の庭園の改築を任せたい、ということで。週末や授業のあとはできるだけ侯爵家から送り迎えを出すようにして、可能な場合はフィリスも同行した。

とはいえ、卒業後、庶民の出であるティートが王宮で職を得るには副学長の推薦状が必須であり、卒業式には出席する必要がある。

卒業を機に、副学長がティートを解放するつもりなら、きっと来年度以降に新しい獲物を探し始めるだろう。そんな真似をさせるわけにはいかないし、おそらく副学長にしても、この夜は思いのままにティートをいたぶることのできる最後の機会だ。

卒業式で顔を合わせれば、何か言ってくるだろう、と予想はついた。

だから今日は、ディディエにずっと、ティートのそばについていてもらったのだ。

「舞踏会を抜け出して礼拝堂に来るように、と言ってきたようです」

「そうか」

ギリッと、フィリスは無意識に歯を食いしばる。

礼拝堂を使うとは、天罰も恐れてはいないらしい。そこであらためてティートにこれまでのことを口止めをするつもりなのか、あるいは――。

絶対に許さない。その思いを強くした。

今日、あの男の罪を暴かなければ。来年はきっと、別の生徒を毒牙にかける。

とはいえ、相手は副学長だ。高位の貴族でもある。

やはり「現場」を押さえるしかない。

どうやらレオンは、フィリスがティートを囮に使うつもりだと思ったようだが。

「ディディ、君はこのままティートを送って、今夜は一緒についていてやってくれ」

フィリスは淡々と指示を出す。

「わかりました。フィリス様は……？」

「大丈夫だ。私は問題ない」

「けれど……」

フィリスが何をするつもりなのか、ディディエは察しをつけているのだろう。不安そうに顔が曇る。

「油断はしないよ」

安心させるように強くうなずいたフィリスに、さらに声を潜めてディディエがうかがってくる。

「相手はドムです。Aランクですよ？　先に、レオン様にお伝えしておいた方がよろしいのでは？」

「……いや」

わずかに考えてから、フィリスは首を振った。

正直、レオンがどう反応するかはわからない。フィリスの行動を止め、自分で突っ走る可能性もあるし、そうなると副学長に言い逃れる隙を与えそうでもある。言い逃れのできない、決定的な証拠をつかむ必要があるのだ。

それにフィリスには一つ――確かめたいこともあった。

「フィリシアン・ミルグレイ」

と、その時だった。

ふいに聞こえた覚えのある声に、ハッとフィリスの背筋に緊張が走った。

顔を上げると、カロン・バリエール――副学長がいつものにこやかな笑顔で近づいてくるところだった。やはり教職員の正装であるローブ姿だ。

五十を過ぎたくらいで、髪は半分ばかり白くなっていたが、背は高く体格のいい男だった。

副学長という立場もあり、しっかりと貫禄はあるのだが、ドムにしては温和な雰囲気で、ふだんは物腰も柔らかく、まだ若い生徒たちの話にも真剣に耳を傾けてくれる。

長年、若者たちの教育に心血を注ぎ、才能を伸ばして各界へ送り出してきた――という評価と経歴があるだけに、フィリスとしても最初は本当にまさか、と思ったのだ。

だが、ティートが嘘をついていないということは確信している。

その人柄を知っている、ということに加えて、もう一つ、フィリスがこの告発を信じた根拠はディディエにあった。

サブの持ち得る能力は、予知だけではない。強弱の差こそあれ、何らかの能力を持っているとされるサブだが、どうやらディディエは幼い頃から人の嘘に敏感だったようだ。人の嘘がわかるのだ。

絶対的なものとは証明できなかったから、その能力をあえて公表はしていなかったが、そのディディエも「ティートが嘘をついているとは思えません」と判断していた。フィリスにとっては、それだけでも十分に信頼に足りる。

予知もそうだが、サブの個々の能力は、自覚していたとしても、たいていは他言せずに隠している。誰に利用されるかもわからないし、攻撃を受けるかもしれないし、よけいなやっかいごとに巻きこまれることも考えられる。

フィリスも、ディディエの能力についてはレオンにも伝えてはいなかった。

「……副学長」

そっと息を吐き出してから、フィリスは静かに振り返った。

と同時に、行け、と視線だけでディディエに合図を送る。小さくうなずいたディディエは、副学長にも、失礼します、と軽く頭を下げて離れていく。

「今年もご苦労だったな。よい卒業式典だった」

副学長は微笑んだままフィリスの前まで来ると、穏やかにねぎらった。

「はい。けれど、今年の送辞はレオンでしたから」

平静に返したフィリスに、副学長がハッハッ、と朗らかに笑う。

「そうだな。来年は君が答辞を読むことになるかもしれんが。あと一年、学院会の方もよろしく頼むよ」

「それは選挙の結果次第でしょう」

来期も会長を務められるかどうかは、それ次第だ。

「ハハ…、君たちの卒業までは対抗馬が出るとは思えないな。君とレオンがいてくれるおかげで、私も学内のことは気にせず、楽をさせてもらえているよ。自分の仕事に集中できる」

副学長が愉快そうに大きく笑う。

こうして会話していてもまったく普通で、自然で、いつもと変わりなく人格者に見える。フィリスに対しても「ドム」の圧力をかけてくるようなことはない。

――本当に裏の顔があるのか……？

フィリスは乾いた唇をそっと舐める。

――いや。

そう、ティートの告発を聞いてからだったが、フィリスも少し気づいたことはあった。

副学長はAランクのドムであり、そのグレアはかなりコントロールされていた。それ自体は悪いことではないのだが、どうやら相手によってかなり使い分けているのではないか、と。

これまでも時折、フィリスも副学長の強いグレアを感じることがあった。たわいもない会話の中で、何かの拍子に。

とはいえ、フィリスに大きな影響はなかったし（レオンが無意識にダダ漏れさせているグレアに慣れていたせいかもしれない）、気が抜けたせいだろう、くらいにしか考えていなかったのだが、もしかするとアレは、様子をうかがっていたのかもしれない。

自分の放つグレアで、どれだけ目の前のサブを支配できるのか。それを測っていたのだ。

そして容易に支配できる、と確信したサブを獲物《えもの》にする。

おそらくフィリスに対しては、無理そうだな、と早々にあきらめたのだろう。もちろん、身分や家柄を考えても、うかつに手を出すと面倒な相手だ、という理性も働いたのか。

「そういえば…、ティート・ミルダが卒業後は王宮の庭師を希望していたようですが、推薦状はいただけそうでしょうか？」

頭の中でそんなことを考えながら、いかにも今、思い出した様子で、フィリスは尋ねた。

「ティート？……ああ、あの子だね。もちろんだよ」

表情は変わらなかったが、一瞬、あせったように副学長のグレアが膨らんだ――気がした。

だがフィリスが学内のすべてのサブのことは把握しているし、気にかけていることは、副学長もよく知っている。こんな問いが出ても不自然には思わないだろう。

「今ちょうど、うちの館の庭を造り替えてもらったところだったんです。母がとても気に入っておりまして。時間はかかりましたが、泊まりこみで熱心に設計からやってくれました。きっと王宮でもよい働きをするでしょう」

「ああ…、聞いているよ。彼もいい勉強になっただろうね」

そんなたわいもないフィリスの言葉に、副学長の気が少し緩む。

やはりティートはよけいなことを話していない。話すことなどできるはずがない——、と、ホッとしたのだろう。それだけの「支配」と「躾け」をしている、という自信があるのだ。

逆にフィリスにとっては、確信が強まった。

「では、私はほどよいところで抜けさせてもらうよ。あとは君たちに任せるが、あまり生徒たちがハメを外しすぎないようにな。まあ、もう慣れているだろうけれどね」

「はい」

機嫌よく、副学長はそんな言葉で去っていく。

その背中をフィリスは冷ややかににらみつけた。

が、ふと、別の眼差しを感じて、ふっと視線を転じる。

と、大講堂の中央付近からまっすぐにこちらを見ているレオンと目が合った。

——やる気なのか？

と。

そして、俺の助けは必要ないのか？　と。

雄弁に、その目が尋ねていた——。

⚔
⚔
⚔

それからまもなくして、フィリスはそっと講堂を抜け出した。

多くの生徒たちの足取りもそろそろ危うくなり始めており、まともな生徒たちは帰宅を始めている頃だ。残ってバカ騒ぎする生徒たちの声は講堂に響き渡り、踊っている相手が誰かもわかっていないくらいだろう。

フィリスは制服のまま、用意していたヴェールをしっかりと頭から被って、敷地内の一角にある礼拝堂へとそっと滑りこんだ。

そう。ティートを囮に使うつもりはなかった。

自分が囮になるのだ。

この夜の学生の正装はみんな同じだし、顔を隠していればほとんど見分けはつかない。気づかないまま、副学長がプレイを始めれば、それで十分な犯罪の証拠になった。

副学長のグレアから推し量っても、あの程度であれば自分が副学長のコマンドを受けても容易に弾き返すことはできるはずだし、支配される危険は少ない。

——なにしろ、私は無敵のサブだからな。

内心でつぶやいて、その大げさな呼び名にちらっと笑う。

礼拝堂には学院の神父が常駐しているが、敷地内に小さな家も用意されている。まさか副学長の浅ましい行為に利用されているとは思ってもいないのだろう。

礼拝堂ならば、扉は常に開いている。

フィリスはほとんど訪れたことはなかったが、神父は若く悩みの多い生徒たちの相談をよく聞いてくれているようだ。とりわけ、この学院には自分の第二の性に悩む者も少なくない。

だがさすがにこんな深夜、祈りを捧げようという敬虔《けいけん》な者もいないらしく、いくつか蠟燭《ろうそく》が灯されているだけの薄暗い中、堂内は閑散としていた。

一番奥の祭壇の前まで進むと、フィリスは膝をついて、静かに指を組む。

香《こう》が焚《た》かれているらしく、かすかに甘い匂いが鼻をくすぐる。今まで嗅《か》いだことのない、不思議な香りだ。ふだんの礼拝で焚かれているものとは違う。

なんだ…？　と少し怪訝に思い、ハッと気づいた。

これは、まずいかもしれない。

ドクッ…、と心臓が大きく鳴った。

なにか、麻薬の一種だ。暗示を——支配をかけやすくするための。

あらかじめ仕掛けていたらしい。学院内のどんな場所へも立ち入ることのできる副学長ならば、それも容易だろう。

だが、ここで逃げるわけにはいかなかった。

フィリスは気持ちを平静に保ち、そっと待つ。

かすかな足音が後ろから近づいてくるのが聞こえたのは、それからまもなくだった。

「ああ…、可愛いティート。やっぱり来たね。いい子だ《Good boy》」

ねっとりとした声が背中に届く。こんな気味の悪い、甘い声は聞いたことがなかったが、確かに副学長だった。

やはり…、とフィリスは唇を噛む。

ティートとはほぼ同じ正装だし、体格も近かったが、どこまで欺《あざむ》けるかはわからない。ヴェールが奪われればすぐに別人だと気づかれるだろうが、それまでに明らかな証拠がつかめればいい。

もちろん、危険がないわけではない。自らドムの支配下に入ることになるのだ。フィリスだとバレた時、彼がどう動くのか。

フィリスに自分のしていることが知れたら、副学長にしても黙って帰すはずはない。口を封じなければ、自分の身が危ういのだ。

副学長はAランクのドムだし、その支配力は大きい。だがフィリスとしては、抗える自信はあった。なにしろ自分は、Sランクのグレアを日常に感じているのだ。

——問題はない。

心の中でそう言い聞かせながらも、胸の前で組んだ指先が冷たくなっていくのを感じる。

カツン、と靴音がすぐ後ろで止まり、大きな男の手がヴェール越しに頭を撫でて、ビクッ、とフィリスは身体を震わせた。ゾッと背中に寒気が走る。気持ちが悪い。

が、そんな怯えもいつものことなのか、副学長が喉で笑う。

「いよいよ卒業だね。残念だよ、ティート。君とこれっきりなんてね」

副学長の声は耳障りに響き、じわじわとフィリスの肌に張りつくようだ。

「君も淋しくなるだろうねえ？　私たちのコレがおしゃぶりできなくなるなんて。大好きだっただろう？」

楽しげに言いながら、フィリスの前に男の影がまわりこんでくる。

——私、たち？

ふっとフィリスがその言葉に気をとられた時、別の男の声が響いた。

「おや、副学長、もう始めているのですかな？」

今度は前方からだ。

——もう一人……？

一瞬、フィリスの心臓が冷えた。これは予想外だった。

もっと早く気配に気づけてもよかったはずだが、この香のせいか、フィリスは少しばかり意識が朦《もう》朧《ろう》とし始めている。

だがもう一人の声の主が誰かはわかった。神父だ。

そう、前方から現れた、ということは、礼拝堂の奥から出てきた、ということだ。

そうか、と、ようやくフィリスも気づいた。どうやら二人は組んで、ずっとサブの生徒たちを食い物にしていたらしい。なるほど、こんな場所が気軽に使えるはずだ。

二人から、とは、さすがにティートも言えなかったのか、あるいは、ティート自身、プレイの最中の意識が曖昧で神父のことは認識できていなかったのかもしれない。

神父はドムではなかったが、ドムの副学長の支配下にあれば、獲物のサブを自由にできる。

副学長にしても、この安全な場所が使えるとともに、やはり共犯者の存在は心強いということだろうか。神父ならば誰もが信頼しているし、なんなら、自分が受けている被害を相談することすら、あったかもしれない。

そんな必死に助けを求めてきた者たちの心を踏みにじり、絶望に突き落としたのだ。

フィリスはきつく奥歯を噛みしめた。爪が手の甲に突き刺さり、血が滲むくらいだ。

「本当にいい子だな。コマンドがなくても、もうおすわりができているんだね。それとも、君も待ちきれないのかな？」

「あなたの躾けの成果でしょう、副学長。ここまで従順にするのに二年もかけたんですからねえ…」

二人の密やかな笑い声に、フィリスは腹の奥から怒りが湧いてくるのがわかる。

——二年もか……！　それだけの間、苦しんでいたのに。

気づかなかった自分が腹立たしい。

「さあ、君の大好きなモノだよ。最後にたっぷりと舐めせてあげるからね」

言いながら、フィリスの前に立った副学長が自分のローブの前を開き始める。

「卒業おめでとう、ティート。いつもは一人ずつ交代だったけれど、最後だからね。今夜は特別に、私たち二人で可愛がってあげるよ」

後ろにまわりこんだ神父も、服を脱ぎ始めたらしい衣擦れの音がする。

「きっといつもの倍も気持ちいいだろう」

「ああ…、後ろと口と、大好きなモノを一度におしゃぶりできるんだからね」

「君ももう欲しくて欲しくて、前はぐしょぐしょに濡れてるんじゃないかな？　私たちに愛されて、よがりまくっていたからねえ…」

「ほら、四つん這い《crawl》になるんだ、ティート。見せてごらん《Present》」

副学長の放つコマンドが耳に届く。

が、フィリスと認識して向けられたコマンドではなかったし、まともな効力もない。それで支配されるはずもないが、フィリスはのろのろとコマンドに従ってみせた。副学長たちがサブの意思を確認せず、一方的にプレイを強要していることを、自分の身で証明するためだ。

両手を突いて四つん這いになると、迷うように顔を伏せてみせる。

「ふふ…、ヴェールが花嫁さんのようで可愛いねえ。……ほら、舐めて《Lick》。君は口を使うのがとても上手だからね。卒業してからも、いつでも訪ねてくればいい。可愛がってあげるから」

副学長のモノがヴェールの端を持ち上げるようにして突き入れられ、うっすらと濡れた先がフィリスの頬に触れる。

胃がムカつくほどに気持ちが悪く、さすがに限界だった。

「やめろ…っ！」

思わず声を上げると、フィリスは力いっぱいにヴェールと一緒に男のモノを押しのけた。

「なっ…、誰だ、おまえは……!?」

「――えっ、フィリシアン・ミルグレイ!?　なぜおまえが……？」

蠟燭だけの薄闇の中でも、フィリスの顔は認識できたらしい。なによりヴェールから流れ出した白金の髪は、やはり印象的だ。

副学長と神父が驚愕《きょうがく》に顔を引きつらせ、あせったように後ずさる。

「自分の目で確認するためですよ、副学長。あなたの下劣な行為をね」

荒い息をようやく収め、目の前の男をにらみつけて、フィリスはゆっくりと立ち上がった。

「どうしておまえが……。まさかティートが!?」

「し、支配してしまいなさい、副学長…！　早くっ！　これまでと同じですよ！　フィリシアンもサブだ。どうにでもなるでしょう！」

混乱に顔を歪めたまま、神父がわめく。

「彼をあなたの支配下に置けば、告発などできなくなる…！」

やはりそうすることで、サブの口を塞いでいたわけだ。身体を奪い、そして心を支配すれば、ドムにとってサブは、ノーマルよりもずっとコントロールしやすい。

だが、自分を他のサブと同じように考えてもらっては困る。無敵のサブ、なのだ。

「私を支配できるとでも？」

そっと息を吸いこみ、フィリスはベルトの裏に隠していた短剣を引き抜く。

しかし自分のわずかな異変に、フィリスは気がついた。

ぎゅっと握りしめた指には、いつものような力が入らない。頭に靄《もや》がかかったように、一瞬、くらっとする。甘い香が体中をめぐっていく。

「跪《Kneel》け！　フィリシアン！」

叫ぶように副学長がコマンドを放った。さっきとは違い、明らかに自分に向けられたものだ。

「……く…っ」

ギュッと心臓がつかまれたようだった。全身の筋肉が収縮し、息が詰まる。

副学長のグレアが渦《うず》を巻くようにぶつかり、全身を押し包み、フィリスの身体を——精神をねじ伏せようとする。

フィリスは短剣を必死に握ったまま、もう片方の手で無意識に心臓を押さえた。足がよろめく。

これまでもちょっかいをかけてきた半端なドムは何人かいたが、意気込んでコマンドを放った瞬間、肘で相手の鼻を砕いてやったことがある。サブの足下でのたうちまわるドムの姿は、かなり恥ずかしいものだっただろう。

だがこれほどの重さ、圧力を感じたのは初めてだった。

反発と息苦しさ。身体の——心の奥底で膝をつきたい欲求と、絶対にしたくないという理性が嵐のようにぶつかり合う。

「いいぞっ、いける……！」

いつにないフィリスの様子に、神父の声に興奮と喜色が混じった。

「ハハハッ…、どれだけ優秀だったとしても、しょせんサブだ！　ドムの支配からは逃れられない。……いや、そもそもサブは私のようなドムに支配してほしがっているんだからな！　そうだろう？　フィリシアン・ミルグレイ」

副学長の高笑が耳に刺さる。

「おお…、これはすごい。夢のようだな……。あのフィリシアン・ミルグレイが跪いている姿を見られるとは」

神父が感嘆したようにつぶやく。

「私のモノをうまそうにしゃぶっている姿も見られるさ。――ほら、フィリシアン、脱げ《Strip》！　おまえのすべてをさらしてみせろ！」

「誰が……、汚らわしい！」

腹の底から必死に声を上げると、フィリスは剣を握った腕を大きく振りきった。

狙いは定まらなかったが、うわっ、と後ろにいた神父が慌ててよける。

「クソ…、しぶといな。手を貸せ。そいつを押さえこむんだっ」

「あ、ああ」

副学長の指示に、後ろから神父がなんとかフィリスを羽交い締めにしようと腕を伸ばしてくる。

二人、というのは、やはり想定外だった。

……どうする？

きつく唇を噛み、血の味が舌に広がるのがわかる。その痛みで、少し頭がはっきりとしてくる。

――大丈夫だ。意識さえしっかりすれば、二人相手でも問題ない。

そう自分に言い聞かせるが、甘い香が皮膚の奥まで入りこみ、まるで自分の身体ではないようにうまく動かない。

「いいぞ…！　フィリシアン、跪け《Kneel》！」

副学長のコマンドに膝が震える。

思いどおりにはならない。絶対にだ…！

心の奥で叫んだフィリスだったが、……しかし意識が白く濁《にご》り始め、それとともに身体の奥深くに閉じこめてきた本能がじわじわと欲求を広げ始める。

このコマンドに服従したい。支配されたい。もっとお仕置きされて……、たくさん褒めてもらいたい。

呼吸が荒くなる。甘い毒が全身にまわっていくようだった。

もし……与えられるコマンドに従ったら。どれだけ楽になれるのか。どれだけの快感を与えられるのだろうか。どんな快楽の世界が目の前に広がるのか——。

一瞬、気が遠くなりかける。

それでも。

——それはない……！

荒い息をつき、フィリスは大きく首を振った。

こんなふうに相手をねじ伏せるだけのコマンドで行き着くのは、サブドロップだ。

ここで負けたら、惨めな自分が残るだけだ。

片膝をつきかけたフィリスだったが、必死に顔を上げ、目の前の男をにらむ。

「無敵のサブを……見くびるな！」

叫んだ、その時だった。

ガシャン…！　と、ふいに高い音が響いたかと思うと、すぐ横のステンドグラスの窓が破片《はへん》になって飛び散った。と同時に、何か黒い影が飛びこんできたのがわかる。

「な、何……っ!?」

とっさには状況が理解できず、混乱したのだろう。

呆然と立ち尽くしたまま、二人の視線が同時にそちらに向く。

その瞬間、フィリスは重い身体を必死に引き絞り、そばにあった祈禱《きとう》台を軸に身体を返して、神父の背中を思いきり蹴り倒した。

突然の攻撃に、ぐあっ、とひしゃげた声を上げて、神父が床へ転がる。

そのまま背中へ足をかけて動きを封じると、フィリスは素早く副学長に視線を向けた。

「な、なんだっ！　なんだおまえはっ⁉　誰だっ！」

副学長の泡を食った叫び声が反響し、次の瞬間、ギャッ！　と押し潰されるような声を上げて、やはり床へ転がったのがわかる。

窓から飛びこんできた男があっという間に副学長の腕をひねり上げ、そのまま身体を押さえこんでいた。

「無茶をする……！」

険しい声とともに顔を上げたのはレオンだ。本気で怒っているようだった。そして、嚙みつくように叫んだ。

「自分を囮にしたのか、おまえは⁉」

――来たのか……。やはり。

フィリスはそっと息を吐く。窓が割れたおかげで中にこもっていた香《こう》もかなり散って、少し頭もはっきりとしてきた。

「……問題はない。おまえが来るのはわかっていた」

「あ？　わかっていた？」

レオンを見返してあっさりと言ったフィリスに、レオンが怪訝な顔をする。

どこへ行くか、何をするつもりか、などは、まったく話していなかった。

だが言わなくても——ちゃんと来たのだ。

「予想よりは遅かったがな」

吐き気で胃の中はひっくり返りそうだったし、見なくてもいいモノも見てしまった。

フィリスは無意識に手の甲で汚れた頬をきつく拭って、ため息をつく。

「よかったよ。サブだけでなく、第三者の証人も欲しかったからな。それが西の会長で、ドムなら申し分ない。これで十分、副学長を公式に断罪することができる」

いわば、現場を押さえた、という形で、ドムの証人がいればどんな言い訳も通じないだろう。

フィリスは床へ転がっている副学長を頭上から見下ろした。

青い顔で、ガクガクと震えながら副学長がフィリスとレオンを見上げてくる。そしてあえぐように強がった。

「ド、ドムは……、この国には必要な人材だ…！　優遇されているっ。私が牢に入れられるようなことにはならないはずだ…！」

「それはまともなドムだったらの話だろう？　おまえのような恥知らずなドムを野放しにしておくほど、帝国は生ぬるくはない」

それにピシャリとレオンが返した。

フィリスは無表情なまま、男の脇に身をかがめ、手にしていた短剣の刃先で男の腹の下で力なく垂れ下がっていたモノをすくい上げる。

「こんな節操のない薄汚いモノは、ついていない方が世の中のためだろうな」

何気なく言いながら、短剣を握り直し、大きく振りかぶる。

「ヒッ……！　なっ、や…、やめろっ！　やめてくれ…っ！」

副学長が顔を引きつらせ、声の限りに叫んだが、フィリスがそこを狙って短剣を振り下ろした瞬間、気を失ったようだ。

短剣の切っ先は、男のモノをわずかにかわして床へ突き刺さる。……本当にぶった切ってやってもよかったのだが。

それでも、傷ついたティートの心と身体が元通りになることはないのだ。ただこの男が学院から消えれば、少し安心はできるかもしれない。

黙って見ていたレオンが、ピクリと眉を動かした。そして、ボソッと一言つぶやく。

「怖いな」

もしかしたら、初めて会った七歳の時の結婚式での出来事を思い出させてしまったかもしれない。

安心したのも半分、思わずフィリスは吐息で笑ってしまう。

「……おい！　おまえも逃げられると思うのか？」

と、いきなりレオンが声を上げたかと思うと、手にしていた剣を思いきり放った。空を切って一直線に飛んだそれは、こそこそ逃げ出そうとしていた神父の鼻先で柱に突き刺さる。

ヒイッ！　と情けない悲鳴を上げて、神父が尻餅《しりもち》をついた。

「うわ。派手に飛びこんだなー」

と、その時、壊れた窓の向こう側から、ノウェルが中をのぞきこんできた。

「神父はクソでも、ステンドグラスは値打ちモノだぞ？」

「入り口は鍵がかかっていたからな」

レオンがむっつりと言い訳する。どうやら遅れた理由はそれらしい。入れる扉を探し、結局窓を壊したということだろう。

ふだん礼拝堂の扉が閉ざされていることはないのだが、中で何をするかを考えれば鍵をかけるのは当然だ。

「学長に連絡は？」

「した。もうすぐ騎士団が派遣されてくるだろう」

「祝賀舞踏会にケチをつけたくはないがな…」

「大丈夫だろう。もうそろそろお開きだ」

「残ってるのは酔っ払いくらいか」

ノウェルと短いやりとりをしたレオンが向き直り、ふと気づいたようにフィリスの手をつかんだ。

ぐっと身体を近づけて、顔をのぞきこんでくる。

「おまえ…、大丈夫か？　もしかして、コマンドを受けたのは初めてじゃないのか？」

レオンにとられた自分の手がわずかに震えているのに、ようやくフィリスも気づいた。

自分で感じている以上に、身体の方は影響があったようだ。

「いや…、大丈夫だ。別に初めてじゃない。剣を強く握っていたせいだろう」

レオンの手を振り払い、フィリスは何でもないように返す。

「初めてじゃない？」

無意識のように繰り返し、何か聞きたそうな複雑なレオンの表情に、しまった、とフィリスは内心でうなった。わざわざ口にすることではなかった。だがまあ、仕方がない。

「相手が…、いるのか？」

わずかに目をすがめるようにして、レオンが聞いてくる。

「いや。私はドムに守ってもらう必要はないからな」

「それは知っている」

突き放すくらいピシャリと言いきったフィリスに、レオンはあっさりとうなずいた。少しばかり拍子抜けするくらいに。

「だがおまえもサブなら、いずれは相手が必要になる。プレイができないとつらいのだろう？　精神的にも……、その、身体の方も」

おそらくレオンに他意はなく、悪意があるわけでもないのだろう。

だがその問いに、なぜかフィリスの頭の中が真っ赤に染まった。

この男に心配されたくはなかった。誰よりも、この男には。

「それがおまえである必要はない」

だからピシャリと放ったフィリスの言葉は、怒りと――はっきりとした拒絶だった。

だが本当は、怒ってしまったこと自体、レオンの言葉が真実を言い当てていた証拠だったのかもしれない。

サブである自分も、プレイが必要になる時が来る。……その恐怖だ。

プレイで自分が塗り替えられ、自分ではなくなってしまうかもしれない。そしてただドムが悦ぶよう、甘んじて支配を受けるだけの人間になるのかもしれない。

その快感に呑みこまれることが怖かった。

静かなだけに、スパッと切るようなフィリスの言葉に、レオンもしっかりとその怒りを感じとったようだ。一瞬、レオンは押し黙った。

「……そうだな」

そしてわずかに目を伏せてうなずく。何か、納得した、というか、達観した、というのか。

ふっと顔を上げ、フィリスの顔をまっすぐに見て、大きく微笑む。

「つまり俺とおまえとは、ドムかサブかということとは関係なく、単なるライバルということだな」

何気ない、さらりと出た言葉だったのかもしれない。

が、フィリスは思わず目を見開いてレオンを見返していた。

その様子に、レオンの方が少しばかりとまどったように首をかしげる。

「違うのか？」

「――いや、そうだ」

ようやく息を吐き出して、フィリスも微笑んだ。

なんだろう？　なぜかひどくうれしかった。

もしかすると、レオンから一番、もらいたかった言葉だったのかもしれない。

レオンにそう認識されていることが、うれしかった。

この男にとって自分は、サブではなく、ただのライバルだと。

少し肩から力が抜けていく。

と、フィリスはようやく気づいた。

レオンの両方の手の甲や手首あたりに、薄く血がにじんでいる。副学長を取り押さえるのに怪我はしていなかったから、おそらくステンドグラスを破って入った時だ。

「だから手袋をしておけ、と忠告しただろう」

うっかりすると深い傷になった可能性もある。

「……ん？　ああ……」

指摘したフィリスに、レオンがようやく自分でも気づいたように軽くその血を袖口で拭《ぬぐ》う。制服の腕のあたりも、かなり破片で破れているようだ。

レオンはわずかに首をかしげて、フィリスの表情をうかがった。

「そういえばさっきのも…、どういうことだ？　俺が来るのはわかっていた、というのは。たまたまおまえが抜け出すのをノウェルが見つけてなければ、俺もここまで来られなかったんだぞ？」

少し怒ったように言われて、なるほど、ノウェルに見られていたのか、とフィリスも納得する。というより、おそらくレオンが自分の動きに気をつけるように指示していたのだろう。

「ただの勘だ。そんな気がしたたけだ」

フィリスは軽く肩をすくめて答えた。

さして違いはない。

ついこの間、目の前に落ちてきた幻視は、レオンがステンドグラスを破ってこちらに飛びこんでくる姿だった。それがいつ起きるのかもわからなかったし、起きない可能性もあった。だが手の甲に怪我をしていたので、忠告だけはしておいてやろうと思ったのだ。

「そういえば、サブの中にはずいぶんと勘が働く者も多いというからな…」

レオンが思い出したように小さくうなる。

「聖神子の系譜《けいふ》だからな」

「おまえも予知ができるのか？」

すまして答えたフィリスに、いくぶん真剣にレオンが尋ねてくる。

そう。帝国の歴史の節目に現れたという、伝説の神子は未来を読むことができたという。

伝説めいているが、ある程度は事実なのだろう。それがサブだった、というのは、今ではほぼ定説になっている。

とはいえ、すべてのサブにそんな能力があるわけではない。

「そこまではっきりとしたものじゃない。ただ時々…、ふいに視《み》える時があるだけだ。頭の中に映像が浮かぶことがある。ほんの一瞬の場面だが」

その感覚は、幼い頃から覚えがあった。ごく稀に見たことのない場面が頭の中に浮かび、誰かの記憶が紛れこむような不思議な感覚だったが、フィリス自身はあまり気にしてはいなかった。たいした意味はなかったからだ。ひさしぶりに遠くの親類が訪ねてくるとか、兄弟が階段でこけたとか。実現したとしても、覚えていないくらいの。

ただこの学院に入学して以降、なぜか頻度が高くなった気がする。そして、さらに場面は鮮やかに、具体的にもなっていた。

「といっても、望むものを見られるわけではないし、見るタイミングを自分でコントロールできるものでもないから、利用するのは難しそうだな。伝説の神子のようにはいかない」

そんなフィリスの言葉に、なるほど…、とレオンが興味深そうにうなずく。

ただ自分の予知があろうがなかろうが、おそらくレオンは自分の判断でここに来ていただろう。手元のデータで推測し、確認し、行動する。

曖昧な予知などよりも、もっと確実だった。

と、遠くの方から数人が近づいてくる気配と、「鷲獅子騎士団《グリフォン》だ！　こちらか？」と、呼びかけるような野太い声が聞こえてきた。

「早いな…」

わずかに視線を上げ、思わずフィリスは声をもらした。

「――あ、こちらです！　レオン、正面の扉を開けてくれ」

ノウェルが割れた窓の向こうで大きく声を返し、中にいたレオンに頼む。

ああ、と軽くうなずいて、ちらっと床に伸びていた副学長と、すでに戦意を喪失した神父の状態を確認すると、レオンが入り口の方へと向かった。

鷲獅子《グリフォン》騎士団は、現在三つある騎士団の中でも遊撃隊としての役割があり、何か突発的な問題があれば真っ先に動く。常に動きは素早い。

もっともこのタイミングだと、レオンはフィリスの姿が消える前から、すでに要請を出していたのかもしれない。

万が一、空振りに終わったとしたら、帝国の騎士団を一つ、無駄に動かしたということで大問題になっただろう。

思い切りがよすぎる。が、それだけ自分の判断に自信があったのか。

……フィリスが必ず証拠をつかむ、と、レオンは判断していたのか。

知らずフィリスは唇で笑ってしまう。

整然と並ぶベンチの間を通り、正面扉に向かう男の背中に、ふとフィリスは尋ねた。

「そういえばおまえ、学院を卒業後は騎士団に入るつもりなのか？」

「もちろんそのつもりだ」

間髪を容れず、振り向きもしないままにレオンが答える。心は決まっているらしい。

騎士団は、軍とは別の、皇帝直属の部隊になる。もっとも近くで皇帝や王族を守り、補佐する役割を持つ。

武官になるつもりならば誰もが憧れる存在ではあるが、三つの団を合わせてもほんの数十人の、選ばれた精鋭だ。ほとんどは十年以上の軍歴を経た上で、推薦、あるいは団長からの指名によって騎士団入りをする。

「そうか」

フィリスは小さく微笑んだ。

「おまえもそうだろう？」

扉の鍵を開けながら、レオンがあたりまえのように聞いてくる。

「そうだな」

何の疑いもないようなその問いに、フィリスもうなずいた。

正直なところ、特に騎士団ということを考えてはいなかったが、今現在、王宮で職務に就いているサブを守ることを考えれば、おそらく騎士団に入ることが一番、動きやすい。

それに……今一瞬、ちらりと視《み》えた気がしたのだ。

騎士団の制服で、多くの人々、騎士たちに囲まれ、王宮の前庭広場で拝礼するレオンの姿。今よりもいくぶん大人びた顔つきで。

きっと自分も、すぐ近くでその姿を見ているはずだった。

だがそれは、予知というほどのものではない。レオンほどの能力があれば、普通に実力でたどり着けることは、予知しなくとも想像できる。……もちろん、自分もだ。

遅れをとるつもりはない。

ただレオンの羽織っているマントの紐の色は、今の騎士団では見たことのない「黒」だった。

その意味は、この時はまだわからなかったけれど。


これは十年ほど前、ともに王立学院在学中の十七歳の時の出来事だった。

⚔
⚔
⚔

そして、現在——。

「本日、エルスタイン帝国に新たなる騎士団が誕生したことを喜ばしく思う」

多くの兵たち、そして騎士たちが整然と列を作る大庭園広場——いわゆる「帝王の広場」の正面から、皇帝マクシミリアン・イオニアス・エルストゥールの声が高らかに響いた。

「黒龍騎士団《ドラゴノアール》——団長レオンハルト・アインバーク」

低く、よく響く声が耳の奥を震わせる。

「はっ！」

それに応えて、レオンが大きく前に進み出る。さすがに誇らしげな表情だ。

と同時に、まわりを取り囲んでいた多くの人々から大きな拍手が湧き起こった。

王立学院を卒業し、軍へ入り、騎士団へ編入されたのが二十三歳の時だ。騎士団へ入るには少なくとも五年の軍役が必要だったから、二十三歳で騎士団へ入団が許されたのは最短であり、十分に優秀だった。だが、そこからたった四年。まだ二十代の若さで騎士団を一つ任されるのは、異例の昇進と言える。

しかし、レオンにとっては意外というほどでもないのだろう。自分の進むべき道をまっすぐに見つめてきたはずだ。なんなら、ここがスタートラインなのかもしれない。

それは、フィリスにとっても同じだった。

「不死鳥《フェニックス》騎士団――団長フィリシアン・ミルグレイ」

続けて名が呼ばれ、その隣に並ぶようにフィリスがまっすぐに立つ。

この日、帝国に新しく二つの騎士団が創設された。

同時に二つというのは、長い帝国の歴史でも初めてのことだ。

ライバルだと、あの日、本当に何気ない口調でレオンが言った。

支配すべき「サブ」ではなく、単なるライバルなのだと。

それが運命ならば、きっと人生は楽しくなる。

そんな気がした――。

第二章

1

「レオンハルト・アインバーク。そして、フィリシアン・ミルグレイ」

新しい騎士団の創設と、その初代団長への就任が皇帝により正式に承認されたあと、さっそくレオンたちは「幻影《ファントム》騎士団」の団長であるローガン・グラハムから呼び出しを受けた。王宮の一角にある、ローガンの執務室である。

王立学院を卒業後、レオンは五年間を軍の将校として務めたあと、四年前から幻影《ファントム》騎士団へ所属していた。

レオンにとって、ローガンはこれまで直属の上官だったわけで、この部屋を訪れるのも初めてではない。それだけに大きな緊張はなかったのだが、むしろ、隣にフィリスが並び立っているという事実に、なぜか少しばかり気持ちがざわついていた。

考えてみれば、二人で同じ部屋にいるようなことはずいぶんとひさしぶりのような気がした。それこそ、王立学院を卒業して以来、かもしれない。

卒業して二人とも軍属になったが、所属は別だった。レオンはすぐに辺境へと派遣され、多くの経験を積んだ。レオンくらいの身分、そして学院での華々しい実績があれば、普通なら地方へ飛ばされるようなことはない。が、宮廷でのいろいろな思惑や駆け引きがあったんだろうな、と、うすうす察することはできた。

悪事が露見《ろけん》した副学長はあのあと投獄され、結局獄死したようだが、その親類縁者、また副学長を支持していた教え子も数多く、宮中で要職に就いている。少なからずレオンは恨みを買っていたわけだ。つまり、ドムのくせにその程度のことで副学長を断罪したのか、と恨んでいる連中にだ。

あるいは、レオンの経歴があまりに華々しすぎたため、あっという間に自分たちの地位や名誉が奪われる、と危惧している連中もいるのだろう。ドム同士は共闘できれば大きな力を発揮できるはずだが、それぞれプライドも高いだけに足を引っ張り合うことも多い。

つまりレオンに何か失策があって飛ばされたわけではなかったが、特に異議は唱えなかった。中央からはあまり見えない辺境の実情を知ることもできるし、身体も鍛えられる。

地方でもやはりさまざまな改革を断行し、数年後には指揮官となり、暴れまわっていた山賊団を潰したり、密輸組織を摘発したり、頑《かたく》なに国交を拒んでいた領国の長と会談を持ったりと、やるべきことはやっていた。十分にその存在感は示せたはずで、それだけに中央にいる連中は空恐ろしいものを感じていたかもしれない。レオンとしては、どんなつまらない小細工をしたところで格が違うのだと、見せつけることもできたわけだ。

経歴の華々しさではフィリスもまったく引けを取らなかったはずだが、やはり「サブ」という存在は王家から保護されており、フィリスほどの力があれば帝都から遠ざけられることはなかったらしい。

レオンが辺境にいる間、フィリスは帝都で王宮警備の任に就き、若い兵士たちの指導にあたったり、王立学院で教鞭《きょうべん》を執ったりしていたようだ。さらには効率的な軍の改革や、帝国防衛のための軍備の展開、帝国の将来を見据えた教育改革などを進言し、大きな評価を得ていた。

地方にいてもその名は聞こえてくるほどで、レオンの管轄下で辺境軍備の再編成が指示されたのだが、おそらくフィリスが関わっていたはずだ。これに対しては、レオンからも国境を接する隣国を刺激しない形での展開や編成を要望し、受け入れられた流れもあった。

そんなささやかなつながりを感じてはいたが、毎日のようにフィリスと会って話していた学院時代を考えると、ずっと距離は遠くなっていた。

とはいえ、それはともに学生だった時代から、一人前の軍人へと成長した時間でもある。

ようやくレオンが帝都へ召還されたのは、四年前だった。ひさしぶりにフィリスの顔を見た瞬間、覚えていたよりも遥かに美しく、さらに研ぎ澄まされたような清廉なたたずまいに、一瞬、息が止まったくらいだった。

まるで脱皮したように、十代の頃にはまだ残っていた一途な危うさやあどけなさのようなものは消え、近づき難い気高さと気品と、そして上品な色気のようなものを感じて、少しとまどったくらいだった。

正直、あわてて自分をいさめたものだ。

迷わされるな。こいつは七歳の時、俺の股間を蹴り上げた男だ――、と。本質的には、あの頃と何も変わらない。うかつに手を出すと危険な存在なのだ。

と同時に、きっとそんなフィリスの本質を知っているのは自分だけだ、という優越感も、心のどこかにあったのかもしれない。

時折、フィリスに近づく男たちはいたが、ことごとく取り付く島もなく跳ね返されているようで、だろうな、と気の毒にも、小気味よくも思っていた。

多分フィリスは、ドムに対する不信感が大きい。学院時代の副学長の事件は、さらにそれを悪化させたかもしれない。

フィリスは学院時代も、もちろん人気のある男だったが、おそらく今の方がずっとモテている。当時は、年に似合わないほど大人びて、やはり近寄りがたいところがあったのだが、今は年相応の品格とかっこよさがある、というのか。テキパキと仕事をこなす姿も、サブでありながら――というとフィリスは怒りそうだが――剣も銃も見事に使いこなす様子は、上からも下からも憧憬《どうけい》の目を向けられていた。

辺境から帰ってきたあと、レオンは「幻影《ファントム》騎士団」へ所属し、その頃すでにフィリスは「天馬《ペガサス》騎士団」に所属していた。騎士団に入ったのは、ほんのひと月ほどの違いだったようだが。

王宮内ですれ違うことはあったし、騎士団同士で連携をとることもあったが、基本的にそれぞれが警護する対象は異なっていたため、そこまで顔を合わせることもなかった。

それだけに――ともに皇帝陛下の前に並び立ち、騎士団団長を拝命した時には心が震えたものだ。

今もすぐ隣にいる。例によって平静なフィリスの横顔を盗み見て――手を伸ばせば触れることのできるこの距離感に、妙に気持ちが高揚するのを感じていた。

そう、きっといいライバルだからだ。フィリスの存在があると、やはりやる気が掻き立てられる。

負けるつもりはない――、と。

二人ともに新しい騎士団の団長に任命されたわけで、これまでは一騎士として上官の指示を仰ぐことが多かったが、これからは団長同士での連携、情報の共有なども必要になるだろう。

昔のように、張り合いながら、時に協力しながら――今度は帝国を守るために戦えるのだ、と思うと、不覚にも胸が高鳴った。

これまで、帝国には三つの騎士団が存在した。

一番最初に創設され、皇帝付きである「幻影《ファントム》騎士団」。

主に皇妃や皇子付きである「天馬《ペガサス》騎士団」。

そして、その他の王族の警護や、状況次第で遊撃隊のように自在に動く「鷲獅子《グリフォン》騎士団」。

ちょうど十年前、王立学院に駆けつけ、副学長を正式に捕縛したのが、この鷲獅子《グリフォン》騎士団だ。

そこにレオンの「黒龍《ドラゴノアール》騎士団」、フィリスが率いる「不死鳥《フェニックス》騎士団」が新たに加わることになる。

騎士団の団員はそれぞれ十名前後で、少数精鋭だ。

軍属といえば、陸軍や海軍、もしくは王宮の警備や帝都の警備、国境警備などの警備隊に属する者もいたが、中でも「騎士団」はエリート中のエリートと言えるだろう。長年、軍に属していた兵士たちの中から、その能力と人間性をもって選抜される。身分は問われない。

皇帝をはじめとした王族の警護を担当する親衛隊としての役目であり、同時に、私的な秘書のような役割も兼ねていた。それだけ、身分以上に王族とは近しい関係になる。

中でも、幻影《ファントム》騎士団は皇帝付きということで、団長のローガン・グラハムは騎士の中でも筆頭と言える立場だった。年は、ちょうど五十の大台に乗ったくらいだろうか。髪はなかばほど白く染まっており、短い髭《ひげ》が似合う老練な男だ。

「レオン、黒龍《ドラゴノアール》騎士団団長の就任、おめでとう」

「ありがとうございます」

あらためて言われた上官からの言葉を、レオンも誇らしく受け止める。

「そして、フィリシアン・ミルグレイ。若い両名の団長就任を心から歓迎する」

「光栄です」

と、フィリスも表情を崩さないままに敬礼する。

型通りのそんな言葉のあと、ローガンがにやりと笑った。

「そうかしこまる必要はない。これからは帝国騎士団団長という、同じ立場になったのだ。対等な付き合いでかまわない」

「わかりました」

ざっくばらんなそんな言葉に、レオンは肩の力を抜いてわずかに頬を緩めた。実際に以前から、ローガンは堅苦しいのを嫌う、さばけた男だったのだ。

が、隣に立っていたフィリスは、相変わらず淡々と口を開く。

「団長が筆頭であることには変わりありませんし、団長は我々以上の知識と経験をお持ちです。今後とも、ご教授願いたいと思っております」

緊張した様子ではないが、やはり表情が変わらないのは少し小憎たらしい。

昔から、どんな状況においても沈着冷静な男なのだ。可愛くない。

その優等生的な言葉に、ローガンがまっすぐに向き直る。

「むろんだ。だが、フィリス、俺のことはローガンと呼んでくれ。君も団を率いる身になる。君の団員の前で、他の人間を団長と呼ぶ必要はない」

ピシリとした言葉に、フィリスがわずかに瞬きした。そして、しっかりとうなずく。

「わかりました、ローガン」

「おまえもだ、レオン。以降、俺を団長とは呼ぶなよ。おまえ自身が団長だ」

はい、と答えたものの、確かに慣れもあって、うっかり呼んでしまいそうだ。気をつけなければな、と思う。

「すわってくれ」

顎で指され、レオンたちはすぐ後ろの椅子に腰を下ろす。

「最初にお聞きしてよろしいですか？」

と、ローガンが口を開く前に、フィリスが静かに尋ねた。

「このたび、騎士団の団長に選出いただいたこと、光栄に思っております。が、それは私がサブであるということが理由でしょうか？」

まっすぐに尋ねたフィリスに、レオンはわずかに眉を寄せる。

フィリスのプライドが高いのはわかっていた。サブ、という立場が、ドム以上に難しいということもだ。

ドムである自分が選出されたことに、レオンとしては何の疑問もない。ドムに優秀な人材が多く、自分が優秀だった、という以上ではないのだ。

そしてレオンからすれば、フィリスが優秀なのも疑いようもなく、選ばれたことにも異存はない。

……まあ、出し抜けなかったことには、少しばかり悔しさはあったが。

だがフィリスには、やはりドムにはわからない葛藤があるようだった。それだけ潔癖なのかもしれない。

それに、ふむ、とローガンがうなずいた。

「そうだな。これまで二つの騎士団が同時に創設された例はない。まずは一つでいいのではないか、という意見も実際にあった」

一つだった場合、その団長に選ばれていたのがどちらだったのか。

レオンとしては自信がないわけではなかったが、フィリスだったとしても不思議はない、と思っている。

「正直なところ、君たちの属性がまったく考慮されなかった、とは言わない。特にフィリス、君は王宮で働く他のサブのケアもしてくれているだろう？　それは他の人間にはなかなか代わりができない。それは、君の能力の一つではないのかな？」

理詰めで聞かれ、フィリスは少しとまどったように考えこんだ。

「レオンがドムであり、君がサブであることは変えようのない事実だ。同時にこれまでの実績から、君たちに団長としての十分な能力と資質と可能性があることは確認している」

力強く、迷いのないローガンの言葉に、フィリスもふっと顔を上げた。

「つまり?」

それを見返して、ローガンがにやりと笑った。

「結局はどちらかを選べなかったということだ」

そう言うと、豪快に笑い出した。ちょっとあっけにとられるくらい。

「だから二つ、騎士団を作ることにした。皇太子殿下付きが必要だし、そろそろ下の皇女殿下に専任の騎士団をつけてもいい頃だったからな。これまでは鷲獅子《グリフォン》に入ってもらうこともあったが、あそこはあそこで細かい任務も多く、国中を飛びまわっている。そろそろ手がまわらなくなっていたところだ」

いかにも忌憚《きたん》のないローガンの言葉に、フィリスもようやく胸のつかえが取れたようだ。

「ありがとうございます。帝国と王家のため、持てる力を尽くすことをお約束いたします」

「ああ、期待している。フィリス、サブであることを重視するなら、本来君は、騎士団のような危険な部署ではなく、神殿へ推挙されるべきかもしれん。だが君の能力は、神殿で腐らせておくのはもったいない。だから先に騎士団で囲い込んだわけだ。……おっと。これは神殿の連中には内緒だがな」

少し茶目っ気を見せたローガンに、フィリスも少し微笑む。

「感謝します。私も神殿でこもるような生活は好みません」

「だろうな。しっかりと働いてもらうぞ」

「はい」

フィリスの顔が目に見えて晴れがましくなる。レオンにしても、ほとんど見たことのないやわらかな表情だ。

――フィリスにこんな顔をさせるとは……。

尊敬できる上官だが、たたき上げだけあって人をよく見ているし、さすがに人を動かすのもうまい。気のいいオヤジの風情で、しっかりと計算している。

そのあたりはやはり、年の功というのだろうか。その余裕か。

微妙に負けた気がして、レオンはむっつりとしてしまう。

「そういえば、君たちは王立学院のキングとクイーンだったそうだな」

思い出したように、いかにもおもしろそうな口ぶりでローガンに聞かれ、レオンはわずかに顔をしかめた。

「不遜《ふそん》な呼び名で申し訳ありません」

二十七歳になった今となっては、少し気恥ずかしい若き日の呼び名だ。

「かまわないさ。まわりが言い始めたことだろうし、陛下も別に気にしてはおられない」

「陛下がそんなことをご存知なのですか？」

さすがにフィリスの方が気にしたようだ。

「当然だろう。学院については、王家の管轄下にある。君たちは在学中から有名だったしな。……例の副学長の罪を暴いた功績もある。君たちを超える者はいまだに出ていないようだし、君たちの世代は総じて優秀だ」

「ありがとうございます」

レオンが丁重に一礼する。

「団長としての、君たちの能力について心配はしていない。あとは経験だけだ。ただ、君たちがパートナーになるという可能性が――」

「いや、それはありません」

「そのご心配はありません」

いくぶん食い気味に、言葉が出たのは、ほぼ同時だった。

一瞬、ちらりと目が合ってしまう。

騎士団長になってまで、そのことでまわりに気を遣われるのは避けたかった。フィリスも同じなのだろう。

少し面食らったように、ローガンが顎を撫でながら苦笑いした。

「気は合っているようだがな。いや、それに…、別に禁止しているわけでもないのだが」

そして少しばかり表情をあらためて、二人に向き直る。

「ところで、だ。今後はそれぞれ団員の選考に入ってもらうことになると思うが、それと並行して、君たちには一つ、特別な任務を与えたい」

――自分、たち？

その言葉にひっかかり、思わずふっと、視線がフィリスに向いてしまう。どうやらフィリスも同様だったようで、わずかにとまどったような眼差しとぶつかった。

「確かに、騎士団同士で競い合うことは往々にしてよい影響を与えるが、必要な時に協力し合えるかどうかというのも重要な課題になる。敵ではないのだ。ともに国と王家を守る存在だからな」

「もちろんです」

レオンはうなずく。

学院時代でも、競《きそ》ってはいたが、敵対していたわけではない。

「どのような任務でしょうか？」

フィリスが冷静に尋ねた。

「実はな…、つい先日のことだが、ビーズリー卿の部屋に盗賊が入ったようでな」

「盗賊？」

レオンはわずかに眉を寄せる。

「そんな話は聞いていませんが」

盗難となると、当然、宮中警備が犯人を捜索することになるはずだ。結構な騒ぎになっていておかしくはない。

「表には出さないよう、伏せているからな。不名誉なことでもあり、ビーズリー卿ご自身も表沙汰にはしたくないようだ」

顎を掻きながら、ローガンが渋い顔でうなる。

「ビーズリー伯爵ですね。確か、内務大臣を務めておられる」

確認するように口にしたフィリスに、そうだ、とローガンがうなずく。

「何が盗まれたんです？」

レオンは重ねて尋ねる。

「宝石がいくつか。それに…、もしかすると、国の重要な機密《きみつ》書類が盗み見られた可能性もある。そのあたりはまだ精査中のようだがな」

「機密書類？」

重々しい口調に、さすがに息を詰めるようにレオンは聞き返した。

宝石などより、むしろそちらの方が問題だろう。

「国の重職にいる方ですからね」

フィリスも小さくつぶやく。

「ここだけの話だが」

ふたりの顔を見比べるようにして、ローガンがわずかに身を乗り出し、声を低くする。

「しばらく前から、王宮内に国外のスパイが入りこんでいるのではないか、という噂があった。そのため今回の件も、盗難騒ぎを装ったスパイの仕業ではないか、とな」

「それは…、大変な問題では？」

「もちろんだ。だが確証のあることではない」

レオンの問いに、ローガンがうなずいた。

「そこで、今回の件を君たちで調べてもらいたいんだよ。幸い、君たちは新しい騎士団の団員を選考する必要がある。誰か疑わしい人間を調べるにしても、その情報を集めているという言い訳がたつだろう」

「なるほど」

レオンは小さくうなずいた。確かにいい方法かもしれない。

「ことは帝国の安全にも関わる。二人でうまくやってくれ」

そんなローガンの言葉に、無意識にレオンはフィリスと視線を合わせる。

予想外の命令だったが、どうやらこれが二人にとって、団長としての最初の仕事になりそうだった——。

2

「で、どうする？」

ローガンの部屋を出たあと、レオンがいくぶん難しい顔で尋ねてきた。

宝石の盗難、そして、もしかすると国家機密の漏洩《ろうえい》事件。それはつまり、スパイを見つけ出す、という任務でもある。

おそらくレオンにとっては、あまり得意な分野ではないだろう。戦術とか、戦況の判断などには長《た》けているし、人の能力を測ることにも優れているが、もともとあまり人を疑うことをしない男だ。好き嫌いはあるにしても、人の裏を読む必要がない。少々小細工をしたところで、たいていの人間はこの男に及ばないのだから、敵対するのなら真正面から叩き潰せばいい。

「やるしかないな」

淡々とフィリスは返した。そして唇の端で小さく笑って、男を見上げる。

「私と協力してというのは、おまえは不本意かもしれないが」

いかにも皮肉なその口調に、レオンがふん、と鼻を鳴らす。

「盗人を捕らえるだけなら、俺一人でも問題はない。が、帝国の安全に関わるとなると、急ぐに越したことはないからな。手は多い方がいい」

確かにその通りだ。ただし。

「そう簡単に見つかればいいがな…」

「ほう、自信がないのか？」

考えるように言ったフィリスに、レオンが煽るみたいに聞いてくる。

「国外のスパイの可能性があるのだろう？　だとすれば、それほど無能な人間ではないはずだ」

「有能だったら、そもそも見つからないように任務を果たすんじゃないのか？」

「……そうだな」

確かにそれも一理ある。が。

「だが宝石泥棒を装ったのなら、むしろ頭がいいとも言える。ただの泥棒なら、最初に疑われるのは使用人たちだからな。もっとも、ビーズリー卿の使用人にスパイがいる可能性もあるが」

慎重な口調で続けたフィリスに、ふむ、と少し考えてから、レオンが言った。

「とりあえず、ビーズリー卿を訪ねてみよう。状況を聞いておきたい」

「ああ。現場になった部屋も見たいしな」

そのまま二人で、いったん王宮の中庭へ抜けた。

こうしてレオンと連れだって歩くこともずいぶんとひさしぶりで……なぜか少し、胸の鼓動が早くなる。いや、学生の頃でもそうはなかった。

王立学院を卒業して、フィリスは当然、騎士を目指して王宮で奉職することを考えていたし、レオンもそうだろうと思っていた。実際に二人とも、軍に属することにはなった。だから卒業後も、自分たちの関係——そのスタンスはあまり変わらないのだろうな、と何となく思っていた。

だがレオンは、すぐに帝都を遠く離れ、辺境で任務に就くことになったのだ。

正直、驚いた。もちろん学院での成績がどうであれ、軍人としては新人であり、一から功績を築くことになる。それでもレオンの身分や能力を考えれば、当然帝都で、もっと王族に近い地位を与えられていいはずだった。なのに。

あとになって、噂がいくつかフィリスの耳にも入ってきたが（ほとんどは情報収集能力のあるディディエが集めてきたものだ）、どうやら例の副学長の関係者が手をまわしたようだった。

その事実に、さすがにフィリスも申し訳なく思う。もともとはフィリスの関わった事件であり、レオンは巻きこまれただけ、……いや、フィリスが巻きこんだのだ。自分のせいだ。

だがレオン自身は気にしているようではなかったし、うっかりあやまったりすると、むしろプライドを傷つけて怒りそうでもある。それが想像できるだけに、妙にうれしく、そして胸が痛い。自分だけが帝都の恵まれた環境で過ごしていることが、腹立たしいくらいだった。

とはいえ、辺境でのレオンの活躍、その功績は帝都にまでしっかりと響いていたこともあり、帰還してからすぐにレオンは騎士団へと引き立てられた。そこから四年、やはり頭一つ抜けるくらいの働きを示したのはさすがだった。

やはり最強のドムだ――と。その実力を見せつけたのだ。

それだけに、今回の団長就任には誰も異を唱えることができなかったのだろう。

もちろん、フィリスにしてもその五年を帝都で無駄に過ごしたわけではなく、しっかりと経験を積み、結果を重ねてきたのだ。

今、フィリスがその隣に立てているのは、やはり遠くレオンの活躍を聞き及ぶごとに、奮起していたことが大きいのかもしれない。負けるわけにはいかなかった。負けるつもりもない。

「フィリス様！　このたびは団長ご就任、おめでとうございます！」

「おめでとうございます！　レオン様」

足早に歩く間にも、すれ違う警備兵や侍女たちから、時折そんな声がかかってくる。兵士たちや高級女官たちの中にはやはり王立学院を出た者が多く、ふたりの顔もよく知られているのだ。

「それにしても…、新しい騎士団が創設されるという噂は少し前から聞いていたんだが、正直、二つ同時にというのは意外だったな」

と、ポツリとレオンが口にした。そしてちらりと、うかがうようにフィリスを横目に見る。

「おまえ、もしかすると予知していたんじゃないのか？」

フィリスはそれには答えず、ただ肩をすくめただけで返す。

自分たちが二人とも騎士になるというのは、予定調和というか、普通に目指していたことだったので、特に予知と言うほどではない。

だが、もう十年も前に一瞬、見えた情景は——レオンの団長就任式だったのだ、と今になって納得する。ほとんど忘れかけていたけれど、今、レオンの首元に結ばれているマントの黒い紐は、当時から微妙な違和感となってずっと記憶に残っていた。これまでの騎士団で「黒」は使われていなかったから。

それでも、二つの騎士団が同時に創設されるというのは前例がなく、さらに二人がともに団長になる、というのは、さすがに予想外だった。未来の自分の姿が、予知で見えていたわけではない。

ただ、そういえば、すぐ隣でレオンの顔を見ていた、ということは、この未来を示唆していたのかもしれない。

少し、ホッとしていた。

この男の隣に自分が立っていられることは、純粋にうれしかった。負けなかったことにも。

先にレオンだけ団長に指名されていたら、ひどく悔しかったはずだ。

「予知ができれば、スパイとかもすぐわかりそうだがな…」

そんなフィリスの思いなど想像しているはずもなく、レオンが気楽に言う。フィリスは冷ややかに答えた。

「そう簡単じゃない」

「自分でコントロールできるものじゃない、か」

以前にそんな話をしたのだろう。思い出したようにレオンもうなずいた。

実際にフィリスは卒業してからもう何年も、そういった予知——幻視や予知夢を見ることはほとんどなくなっていた。もしかするとその能力はすでに失われたのかもしれないな、という気がしていたくらいだ。まだ若く未熟な、十代だけの特性で。

残念ではあるが、正直なところ現実的に役に立つことは少なく、そんな能力に頼らなくとも、フィリスとしては十分に騎士として働ける、と思っている。

「——ノウェル」

と、ふいに耳に入ってきたレオンの声にハッとフィリスが視線を上げると、一人の男がどこか手持ち無沙汰な様子で、前方の壁にもたれて立っていた。ちょうど今から向かう、ビーズリー卿の部屋が入っている北翼の棟への入り口のあたりだ。

どうやら二人を——あるいはレオンを、待っていたらしい。

レオンの声に身を起こして、よう、と大きな笑顔で片手を上げる。

フィリスもよく知っている男だった。ノウェル・ウィニゲール。学院の同期で、かつての西会の副会長。

やはりドムで、優秀な男だということは、フィリスも認めている。

卒業後はやはり軍に属し、帝都警備隊で一隊を任されていたが、レオンが幻影《ファントム》騎士団に引き抜かれたしばらくあとに、ノウェルも騎士団に移っていた。レオンの推薦があったのだろう。

もともと貴族ではなく、地方領主の息子だったと思うが、今は騎士団に入ったことで「騎士」の称号を手にしている。一代限りではあったが「騎士」は、貴族として認められる身分だ。

むしろ、生まれではなく自分の実力で勝ち取ったという意味で、「騎士」の称号はそれだけ価値があり、敬意を集めている。

「就任、おめでとう、レオン団長」

近づいたレオンに、ノウェルがにやっと笑ってからかうように言い、そしてフィリスに向き直ると、ことさら丁重に、ほとんど王族にするように、片膝をついて最敬礼を示した。

「このたびは不死鳥《フェニックス》騎士団の創設、またその団長の任に就かれましたこと、心よりお喜びを申し上げます、クイーン」

「その呼び方はやめろ、ノウェル。もう学生ではない。学院のお遊びは終わりだ」

単なる軽口だとわかっていたが、フィリスはむっつりと言い渡す。

「御意《ぎょい》に。……だがまあ、卒業生は今でも陰じゃ、そう呼んでるけどな。その方が慣れてるし」

フィリスはちょっとため息をついた。さすがに陰での呼ばれ方まで注意はできないし、口うるさく怒ることでもないのだろう。皇帝陛下の気に障らないのであれば。

「で、おまえ、なんでこんなところにいる？」

レオンが腕を組んで、わずかに首をかしげた。

「それはもちろん、黒龍《ドラゴノアール》騎士団の副長へ立候補しに」

それにノウェルがつらっとした顔で答えている。

「というか、おまえが俺を副長に指名するつもりなら、受けることはやぶさかではないと言いにきた。そうなると、俺も今の団長に許可を得る必要があるからな。早めに動きたい」

ノウェルもレオンと同じく、幻影《ファントム》騎士団に属していた。ローガンの麾下《きか》だ。

「ずいぶんと大口をたたくな。騎士団の副長だぞ？　きわめて優秀な人材が求められる」

レオンが不遜に腕を組み、いかにも品定めするようにノウェルの顔を眺めている。

それにノウェルは大きく両手を広げて見せた。

「だからこそだろ？　俺以上の人材がどこにいる？　おまえの無茶な要求についていける人間もな」

そんな言葉にレオンが笑い出した。

「このやろう。……だがまあ、もう団長…、いや、ローガンには伝えてある。すぐに異動命令が出るだろう」

「さすが」

やはり気の置けない者同士での軽口の類いで、レオンははじめから決めていたようだ。副長となると、信頼はもちろん、気心の知れた人間の方がいい。

「フィリス、おまえはもう副長を誰にするのか決めているのか？」

ふと振り返ってレオンが尋ねてくる。

「ああ。ディディエを任命するつもりだ」

やはり王立学院の、一つ下の後輩になる。かつての東会の副会長。事務能力にも長けているし、調整能力も高い。今でもよい友人だ。

「ディディエか…。ま、うってつけだな」

もちろんレオンたちもよく知っている男で、二人がうなずいた。

「むしろ、俺がほしかったくらいだがな」

「ドムの下では無理だろう。ディディエは繊細だからな」

本気か冗談か、顎を撫でながら言ったレオンを、フィリスは一刀両断にする。

だがこれでまた、学院会のメンバーがそろうわけだ。

そしてふいにその可能性に気づいて、フィリスは思わず釘を刺した。

「……おまえ、もしディディエに手を出すつもりなら、正式なパートナーにするくらいの責任はとってもらうからな。遊び半分で近づくことは許さない」

「え、レオン、おまえ、ディディエに気があったのか？」

ピシャリと言ったフィリスに、ノウェルも驚いたように聞いている。

「いや、それはない」

二人から詰め寄られ、少し慌てたようにレオンが片手を上げた。

「たまにすれ違うくらいで、二人で話す機会もない。……それより、やはりおまえはサブを中心に騎士を集めることになるのか？」

話をそらせたいわけでもないのだろうが、レオンが尋ねてくる。

「そうなるだろうな」

フィリスはうなずいた。

騎士になる男は、やはりドムが多い。その近くでやりにくいというサブがいるのならば、やはり自分が引き抜くべきだろう。そのあたりを期待されて、自分が団長に選ばれた可能性もある。

軍の中でやりにくさを感じているサブは多いだろうが、それで職を辞するのはあまりに個々の能力がもったいない。

「ディディエは今、宮中警備にいるんだっけ？　呼んでやれば喜ぶだろう」

ノウェルが思い出したように言う。

「ああ。早めに呼び寄せる」

「だがまずは、ビーズリー卿のところだ。……ノウェル、おまえも行くか？」

レオンの誘いに、ノウェルも少しおどけて返す。

「お供いたしますよ、団長」

少し学院時代にもどったような雰囲気だ。ディディエが合流すれば、さらにだろう。

卒業してから九年だ。それぞれに年を重ね、経験も重ねた。

楽しげにノウェルと話しながら、少し前をいくレオンの横顔を、フィリスは無意識に見つめていた。

やはり学生の頃とは違う。

レオンほど高位の貴族の子弟が辺境へ送られることはめったにない。帝都に比べて過酷な環境だったはずで、実際にこちらに帰還した時のレオンの顔つきは、フィリスも驚くほど変わっていた。以前と比べて身体もひとまわり大きくなり、そぎ落としたような精悍さと逞《たくま》しさ、そしてしっかりと経験に裏打ちされた指揮官としての風格と自信。さらに、余裕と落ち着きを身につけて。もはや、学生時代のように、単に自分の能力を過信している若造ではない。

実際に学生の頃よりもさらに、滲み出るグレアは強く、輝くような色が見えるようだ。

年頃の貴族の女性たちも色めき立っていたし、レオンが帰ってきた時にはサブたちの間でも、しばらくはその話ばかりだった。

「フィリス様はレオン様に惹かれることはないのですか？」

と、本当に信じられないといった様子で聞かれることは多かった。慣れたらカボチャと同じだよ、と笑ってかわしていたが、……多分本当は、慣れるということはない。

レオンは、いい男だった。傲慢で自信家で、意外と単純なところはあるが、常に正しくあろうとしている。サブに対しても、だ。

と同時に、フィリスにとっては常に警戒すべき相手だった。

一瞬、気を抜くと引きずられそうで。ここまで必死に造り上げてきた自分を、指先一つで崩されそうで。

レオンをパートナーにするサブは、きっとあの腕に守られて、安心して生きていけるのだろうと思う。本能的な、支配される悦びを感じて。

だが自分たちがそういう関係になることはない。フィリスは、レオンのただ守られるべき「サブ」になりたいとは思わなかった。

ずっと――対等なライバルでいたかった。

しかし数年ぶりに顔を見た瞬間、フィリスは懐かしさとかよりも、……何だろう、胸が疼《うず》くような悔しさを覚えたものだ。知らない間にレオンが大人の男に変化したような、先に行かれたような。

欠員の関係だったのだろう、フィリスの方が少し先に騎士団には所属したが、帰還したレオンもすぐに幻影騎士団《ファントム》へ入団した。

そして、同時に団長への就任。また並んで立てることはうれしかったが、ほんのかすかに、この男についていけるのか…？　という不安が胸をよぎってしまう。

――いや、それでも。

レオンにだけは、負けるつもりはなかったけれど。


「あー…、ビーズリー伯爵か。そういや、あいつの父上だったな」

ちょうど目的の部屋が見えてきた頃、思い出したようにノウェルが言った。

思い出した、というより、その姿がしっかり「見えた」のだろう。

「――フィリス様…！」

目的の部屋のあたりから出てきた男が、こちらを見てパッと表情を輝かせ、小走りに近づいてくる。

アレックス・ビーズリーだ。フィリスたちよりも二つ下の後輩になる。

チッ……、と無意識のように舌打ちしたレオンを、フィリスはちらりと横目に見た。

学院時代からアレックスとは馬が合わないようだったが、相変わらずらしい。

「また面倒なのが……」

嘆息してつぶやいたレオンなど眼中にないように、すぐ前まで来たアレックスが軽くフィリスの手を取って膝をつく。

「ご無沙汰しておりました、フィリス様。ますますお美しく……。ああ、このたびは不死鳥《フェニックス》騎士団、団長へのご就任、まことにおめでとうございます」

優秀なドムであるのは間違いなく、一途に慕ってくれているのはありがたいが、確かに少しめんどくさい。

それでも淡々とフィリスは返した。

「ああ、ありがとう、アレックス。元気そうでなによりだ」

アレックスも今年から騎士に叙され、今は確か鷲獅子《グリフォン》騎士団に所属していたはずだ。二十五で騎士団入りは、かなり優秀と言える。

……そう。肩から羽織っているマントの紐も、腰から下げている剣の紐も、鷲獅子《グリフォン》騎士団を表す茶色だった。ここふた月ほどは、任務で地方の王領へ派遣されていたらしい。「遊撃」の役割を持つ鷲《グリ》獅子《フォン》騎士団は、他の騎士団と比べて動きも速いし、行動範囲もかなり広い。

「ありがとうございます！　フィリス様が指揮を執られるのでしたら、間違いなく素晴らしい騎士団になるでしょう」

無邪気な、期待いっぱいの笑顔だ。そしてわずかに息を詰めるようにして、じっとフィリスを見上げてくる。

「……それであの、フィリス様。僕を不死鳥《フェニックス》騎士団へ取り立てていただくことはできませんか？　必ずや、ご期待に添える働きができるものと思います！」

勢いこんで言われたが、フィリスは首を振った。

「悪いが、それは無理だな。私の団にはサブが数名、所属することになる。ドムの君を入れるのは難しい」

実力うんぬんという以前に、本質的なバランスの問題だ。

ああ…、と天を仰ぎ、大げさなくらいアレックスがうなだれる。

「黒龍《ドラゴノアール》騎士団に入れてもらえばいいんじゃないのか？　ドムが中心になるのだろう？」

ちらりとレオンの方を振り返り、本当に何気なく口にしたフィリスだったが、とたんに二人の声が重なるようにして飛んでくる。

「拒否する」

「お断りします…！」

その勢いに、思わず目を瞬いてしまった。

「そうか」

……別に、無理に言うことでもないのだが。

やれやれ…、というように、横でノウェルが肩をすくめている。

「そういえば、フィリス様はこちらに何かご用でしたか？」

それでも気を取り直したように、アレックスが尋ねてきた。

重臣たちの王宮内の居室が置かれているあたりで、用もないのにふだん騎士たちがうろうろする場所ではない。

「ああ。ビーズリー卿に少し用があってね」

「父にですか？」

アレックスが怪訝そうに首をかしげる。

フィリスはちらっとレオンと視線を交わしてから、確認した。

「ビーズリー卿が盗難に遭われたと聞いたのだが…、君は何か知らないか？」

「えっ？　父がですか？」

驚いたように目を丸くする。

どうやら知らなかったようだ。息子にも隠していたのか、あるいはアレックスが遠征から帰ってきたばかりで、まだ話せていなかったのか。

「まったく聞いていませんでした。盗難というと、いったい何を……？」

「宝石類のようだが」

慎重にフィリスは答える。

レオンはまったく口を挟まず、どうやらアレックスとの会話はフィリスに丸投げするつもりらしい。

まあ、レオンとアレックスではまともな会話になりそうもないので、正しい判断だ。

「そうですか……」

額に手をやって、ハァ、とアレックスが息をついた。

「まったく父上は不用心すぎる。使用人たちを信用しすぎていますしね。起こるべくして起こった事件かもしれません」

実の父親に対して、なかなか辛辣《しんらつ》な口調だ。

おそらくビーズリー家にとって、アレックスは初めて生まれたドムだ。ビーズリー卿も誇らしく思ってはいるのだろうが、凡庸な父親とよくできた息子、という図式がすでに成り立っているらしい。

まあ、実際にアレックスならビーズリー家を今以上に盛り立てていけるだろう。

「初仕事にいいだろう、と私たちがローガンから調査を命じられたのだ」

「レオンもですか？」

私たち、という言葉にか、鋭くアレックスが反応して、にらむようにレオンを見上げる。

「そうだ」

腕を組み、それに傲然とレオンが返した。いかにも挑戦的な笑みを口元に張りつけて。

「そうですか。せいぜいクイーンの足を引っ張らないようにお願いいたします」

「なんだと？」

冷ややかに返したアレックスに、レオンの声が尖る。

あっという間に臨戦態勢に入った二人に、フィリスはするりと言葉を挟んだ。

「君が鷲獅子《グリフォン》騎士団にいるのなら、君が調べてもよさそうだな」

内情がわかっている分、調べやすそうだ。

「ああ…、いえ」

しかしアレックスが首を振った。

「鷲獅子《グリフォン》騎士団だと、またすぐにどこかへ飛ぶこともありますし、こちらの父の部屋にはほとんど来たこともありませんから。僕が知っている使用人には追及が甘くなる可能性もありますし、フィリス様に調査していただいた方が確実でしょう」

「わかった」

理論的なそんな言葉にフィリスはうなずく。アレックスも年とともに着実に成長しているようだ。

「よろしくお願いいたします。今でしたら、父も部屋におりましたので。……レオン、くれぐれもクイーンの邪魔をするなよ」

それだけ言うと、フィリスに丁寧に一礼してアレックスが去っていく。

「相変わらず生意気なガキだ」

その背中をちらりと見送って、レオンが鼻を鳴らす。

あまり聞き慣れない悪態に、フィリスはちょっと目を瞬かせた。

昔はもう少し品行方正な雰囲気があったと思うが、辺境で荒くれ兵士たちに揉まれたせいか、少しばかりレオンも口調が荒っぽくなった気がする。それはそれで野性的な魅力……なのか、宮中の侍女や、貴族の令嬢たちも騒いでいるのは知っていたが。

少しずつ変わっていくレオンを見るのは、うれしくもあり、おもしろくもあるが、少し不思議な気分だ。

「――おい。ビーズリー卿がいらっしゃるぞ」

「ああ」

一足先に挨拶を交わしたらしいノウェルが声を上げ、向き直ったレオンが軽くうなずく。

「フィリス」

促されて、フィリスもあとに続いた。

名前を呼ばれただけで、ドキリとする。心臓の奥が震えるのがわかる。

サブとして、ドムの支配を受けているわけでもないのに。

フィリスは小さく唇を噛んだ。

――やはりドムは卑怯だ……。

ふっと、そんなことを思ってしまう。レオンにとっては理不尽な、単なる言いがかりだったけれど。

何も考えず、本能の導くまま、すべてを委ねてしまったら楽だとはわかっている。どれだけの快感と陶酔《とうすい》が与えられるのか、想像できないが、それでも想像してしまうくらいに。

だが、そんな絶対的な属性に屈したくはなかった。

無敵のクイーン――。

そう呼ばれる自分は、どんなドムにも膝をつくことなく対等に向き合えるのだと、その姿をまわりに示す必要があった。

「騎士団長就任早々に、お手をわずらわせて申し訳ないな…」

恐縮した様子で、ビーズリー卿がフィリスたちを部屋へ招き入れた。

伯爵位を持つアレックスの父親であり、帝国の重臣でもある。……とは言っても、名誉職に近い。

正直、フィリスの印象ではさほど能力のある男とは思えなかった。ただ人柄はよく、誰かと争うこともなく、むしろ仲裁にまわることが多かったので、そのあたりの調整能力を皇帝から信頼されているのかもしれない。

一通りの話を聞いたが、やはり状況を確認しただけになった。

現場はビーズリー卿が執務室として使っている王宮の一室で、鍵のかかるデスクの引き出しが壊され、中に入っていた宝石箱が消えていたのをビーズリー卿が発見したのだ。指輪やカフスなど、ちょっとしたものがほとんどで、女性向きの大ぶりな宝石などはなかったこともあり、あまり大げさにしたくない、ということのようだった。きっと、金に困った使用人の誰かだろう、と。

ただ同じ引き出しには、いくつかの重要書類も入っていた。

外交上の文書、あるいは帝国の経済政策についての書類などで、盗まれたものはないが、盗み見られた可能性はある。

その場合、ヘタに犯人——スパイを刺激して逃げられるよりも、その情報を持って国に帰る前に取り押さえる方がいい、ということになる。実物が盗まれたわけでなければ、他の誰かの手に渡ることもない。

のんびりと構えてはいられないが、しかし本当にスパイがいたとして、それが宝石泥棒を装っているのなら、すぐに逃げ出す必要はない。保管されていたのは確かに重要な情報ではあるが、帝国の存亡に関わるほどの機密ではなく、スパイとしては期待外れだったかもしれない。だとすれば、このまま潜伏を続け、もっと大きな機会を狙っている可能性もある。

そこまで考えて騎士団に報告したのであれば、ビーズリー卿の愛国心は本物だろう。

盗難にあったことも不名誉だろうし、本当にスパイに書類を見られたのであれば大きな失態だ。保身に走る小心者だったら、自分が口をつぐんでしまえばおそらく事件はバレなかった。

とりあえずこの部屋に出入りする者たちのリストを頼み、フィリスたちはいったんビーズリー卿のもとを辞した。

明日からはこのあたりを警備している人間の話を聞いてみよう、ということで方針をまとめ、フィリスは建物の外へ出たところでレオンたちと別れた。そのまま、宮中警備隊の詰め所がある方へと足を向ける。

ディディエ・ルベールを捕まえようと思ったのだ。ディディエを騎士団に引き抜くのなら、その上官にも話を通さなければならない。

考えながら途中、中庭へ出たあたりで、前方から見知った顔が小走りに近づいてくるのが見えた。

ディディエだ。

「フィリス様！　団長就任、おめでとうございます。いずれはと思っていましたけど…、予想よりずっと早かったですね」

キラキラとした眼差しで、満面の笑顔でフィリスを見上げてくる。

「ありがとう。ちょうどよかった。今、少しかまわないか？」

フィリスもさりげない口調で、副長の件を切り出そうとした。

「何でしょう？」

ディディエが怪訝そうに首をかしげる。

だがその間にも、通りかかった兵士や官吏、宮中の侍女たちがフィリスに気がつき、なかば取り囲むようにして、次々と祝いの言葉が贈られてくる。

「このたびはおめでとうございます、フィリス様！」

「不死鳥《フェニックス》騎士団団長、おめでとうございます！」

「新たな団員の志願者は募られるのでしょうかっ⁉」

ありがたいことだが、ここでは落ち着いて話せそうにない。場所を変えようかと、フィリスが思案した時だった。

「フィリシアン・ミルグレイ！」

いきなり険しい声で名前が呼ばれ、ハッと顔を上げる。やわらかな空気が一転して緊張が走り、ざわりとまわりの人波が揺れる。

と、それを蹴散らすようにして男が一人、目の前に立ちはだかった。

フィリスは知らず、眉を寄せてしまう。

顔も名前も知っていた。が、あまり会いたい男ではない。

「パウル・ネルフォード……？」

すぐ横で、ディディエがかすれた声でつぶやいた。

王立学院で二つ上の学年にいた男だ。名門の伯爵家の三男坊で、ドムだったが、レオンと比べてランクはそこまで高くはない。それでもAランクだっただろうか。

だが自分では、ドムであることをかなり誇りにも、自信にもしているようだった。

特別な、選ばれた人間だと。

卒業後は、やはり騎士団入りを希望していたようだが、残念ながら今も警備兵の小隊を任されているくらいのようだ。正直なところ、学院に在学中にも幾度か問題行動を起こしたことがあったから、騎士になるのは難しいだろう。

「何か用か？」

わずかにディディエの前に立つようにして、フィリスは静かに尋ねた。

「サブのおまえが帝国騎士団の団長とは……、笑わせる！」

憎々しげな顔で、吐き捨てるようにパウルが言った。

そんな叫ぶような声に、遠巻きに様子をうかがっていた者たちから口々に小さく声が上がる。

「おいっ、無礼だぞっ」

「誰だ、あの男…？」

「クイーンになんてことを…！」

フィリスはただ冷ややかに男を眺めた。

「まだそんなことを言っているのか？　ドムやサブであることは能力とは関係ない。おまえがいい例だろう、パウル。ドムではあっても無能な上に、人間的に問題がある」

ぴしゃりと容赦なく言い放ったフィリスに、パウルがさらに顔を歪めた。

「黙れ！　学院時代はおまえの奸計にはまっただけだ！」

パウルが顔色を変えてわめきちらした。

パウルは学院時代、取り巻きの数人と酒に酔った勢いで、サブの女生徒に理不尽なプレイを強要して懲戒処分を受けたことがあったのだ。被害に遭ったサブがフィリスに相談を持ちかけ、フィリスがそれに対処したというだけで、奸計も何もフィリスのせいではない。ノーマルの生徒も数人、その場にいたこともあり、言い逃れができる状況でもなかった。それだけでなく、パウルには定期試験で不正をおこなった疑惑もあり（要するにカンニングだ）、退校処分は免れたものの、かなり不名誉な懲罰記録が残っている。

それ以来、目の敵にされているのはわかっていたが、フィリスの方は相手にしていなかった。

卒業した時にはホッとしたものだったが、……なるほど。懲戒処分を受けておきながら王宮内で警備隊の隊長の役職に就けているのは、伯爵家の身分があったのと、おそらく当時のあの副学長がそれなりの推薦状を出していたのだろう。学内での処分については、表沙汰にしないいまま。

これまで王宮内で顔を合わせたことはなかったが、パウルの方で避けていたのか。それでも、フィリスの騎士団長就任を知って、募らせた恨みが爆発したのかもしれない。

「サブに栄誉ある騎士団の団長など務まるはずもない！　ふさわしいのはドムである俺だ！」

パウルがさらに高く声を上げる。

「証明してやる！　この大勢の前で、おまえの弱点をさらしてな。サブのおまえは、相手がドムだったら手も足も出るまい。こんなふうになっ！」

言い放った次の瞬間、パウルが一気に「命令《コマンド》」を発した。

「――跪《Kneel》け！」

どん！　と瞬間、何か重いものが心臓にぶつかった感覚があった。

とはいえ、身体が傾《かし》ぐほどの衝撃ではない。そっと息を吐くようにして、フィリスは軽く髪を払う。

「やめてっ！」

しかし横でディディエの喉をつくような悲鳴が響き、両手で耳を押さえこむようにして、膝から地面に崩れ落ちたのがわかった。

さらにはまわりにいた侍女や官吏、あるいは兵士たちの何人かはサブだったのだろうか。高い声とともに、数人、頭上から大きな重りをのせられたように地面に倒れている。

グレアだ。

腹立たしいことに、ドムとしての瞬発的な強さはかなりあるようだ。

「くそ…っ！　フィリス、四つん這い《Crawl》になれっ！」

それでも一人、倒れないフィリスにいらだったように、パウルがさらにコマンドを重ねてくる。

フィリスはわずかにのけぞった身体を立て直し、腰の剣を鞘《さや》ごと引き抜いた。それを身体の前に突き立て、その柄《つか》に両手を重ねてまっすぐに立つと、艶然《えんぜん》と微笑んでみせる。

「それで、何を証明すると？」

パウルの顔が恥辱《ちじょく》で真っ赤に染まる。

ドムのグレアを浴びると、サブは本能的に従わざるを得ない。が、コマンドは——プレイは常に、サブの同意が必要だった。それが先代皇帝の定めた法だ。

その信念を敬愛しているからこそ、フィリスも王家に忠誠を尽くす覚悟がある。

こんなところで——こんな相手に屈するつもりはなかった。

「な…なぜだっ!? くそっ、俺に従えっ、フィリス！」

思い通りにならず、地団駄を踏むように叫んだパウルに、フィリスはまっすぐに顔を上げる。額に落ちた前髪を掻き上げて、男に冷ややかな視線を向けた。

「この程度で？」

うっすらと笑って返したフィリスに、パウルが目を見開く。

「私を従わせるには、おまえではいろいろと足りなさすぎるな。知性も…、ドムとしての力も、その腐った根性もな！」

「きさま…！」

激高したパウルが、大きく剣を抜き放った。

理由もなく王宮内で剣を抜くなど、許されることではない。

まずいな…、とさすがにフィリスも目を細めた。

普通であれば、フィリスの技量なら、剣でこの程度の男を相手にするのは簡単だった。だが今は、浴びせられたグレアのせいで、十分に自分の身体がコントロールできない。

それでもこんな、他の兵たちの目のあるところで弱みを見せるわけにはいかなかった。不死鳥《フェニックス》騎士団の団長という立場になったのだ。どんな相手であれ、どんな状況であれ、たたき伏せる力と技量がいる。

フィリスは剣の柄を握り直し、そっと息を吸いこむ。呼吸を整える。

地面に突き立てた剣を抜き取って、スッ…と目の前に持ち上げる。鞘の端に手を掛け、右手で剣の柄をグッと握る。

引き抜こうとした、その時だった。

「何をしている！」

厳しい声が耳を打ち、目の前の視界がいきなり大きな背中に塞がれた。まるでパウルからのグレアをさえぎるみたいに。

実際、それだけで少し、呼吸が楽になっていた。

「……パウル・ネルフォード、おまえか」

そしてあきれたと同時に、怒りをにじませた声。レオンだ。

騒ぎを聞きつけたのか、誰かが助けを求めて走ったのか。

「そこをどけっ、レオン！　俺はこの帝国の恥となるずる賢い男を排除しているだけだっ！」

「ふざけるな。帝国の恥はきさまだ！」

叫んだパウルの声を跳ね返すように、レオンが一喝した。

瞬間、ぶわっ！　と何か大きな気が――グレアが放たれて、一瞬、フィリスも気が遠くなりかける。

反動のような勢いで、息が止まりかけた。

「バカが……！」

反射的に剣で自分の身体を支え、喉の奥でフィリスは思わずうめいたが、レオンのそのグレアで、パウルが小さな虫のように弾き飛ばされていた。

ドムがドムに対してグレアを使ったところで、普通ならば受け流せるはずだ。だがそれだけ、レオンの「気」が強いということなのだろう。

とはいえ、フィリスもこんな場面は初めて見た。

「この男を捕らえろ！　宮中での抜刀、サブへの強要。明らかな罪だ」

背中から無様に地面に倒れこんだパウルを眺め、レオンは青ざめた顔でこちらを遠巻きにしていた兵たちに指示を出す。

が、彼らは顔を見合わせて躊躇《ちゅうちょ》した。

「いえ…、しかし……」

もしかすると、パウルの配下だったのかもしれない。

「かまわん。……まあ、これが俺の、黒龍《ドラゴノアール》騎士団団長としての最初に仕事になったな。つまらん雑用だが」

めんどくさそうに言ったレオンに、兵たちがおずおずとパウルの身体を引き起こし、背中を押すようにして歩き出した。

「い……いい気になるなよ、レオン！」

捨て台詞のような言葉を残して、パウルがよろめくように連れ出される。

「ディディ、大丈夫か？」

思い出して、フィリスは地面に膝をついて荒い息をついていたディディエに声をかける。

「大丈夫……です」

ようやく顔を上げて、引きつったような笑みを見せたが、やはりまだ顔色は悪い。立ち上がろうとしたが、したが貧血を起こしたように、ぐらりと体勢を崩す。

あっと思ったが、フィリスが支える前に、横から男の腕がその身体を抱きとめた。

「おい、しっかりしろ」

ノウェルだ。レオンと一緒だったのだろう。やはりこの騒ぎに引き返してきたらしい。

「悪いが…、任せていいか？　医務室へ連れていってやってくれ」

その指示に、わかった、とノウェルがうなずく。

他にも数人、具合を悪くして倒れている者たちはいたが、それぞれに近くにいた兵や女官たちがケアをしているようだ。レオンも気を失ったらしい女官を抱き起こしている。

ちらりとその背中を眺めて、フィリスはそっとこの場を離れた。

心臓の鼓動は激しく、耳鳴りがするようにこめかみのあたりでも脈打っている。

あれが……レオンの力なのか……？

あれほどの力、怒りが爆発したグレアを、初めて感じた気がした。

同じドムを弾き飛ばすほどのすさまじさだったが、レオン自身に、自分がそれほどの力を放ったという意識はなさそうだ。やっかいなことに。

建物の角を曲がり、裏庭を突っ切って目についた東屋の陰に入ると、フィリスはようやく一息ついた。ぐったりと、ベンチに腰を下ろす。

――大丈夫だ……。

自分に言い聞かせるようにしながら、目を閉じて呼吸を整える。

立っていられたことに安堵したが、それでもやはり、あれだけの至近距離でドムからのグレアを浴びるのは負担が大きい。身体にも、心にも、だ。

が、倒れることはできなかった。

不死鳥《フェニックス》騎士団の団長になったことで、事実上、そして誰の目にも、フィリスはサブの中で象徴的な存在になったのだ。

自分が倒れると、やはりサブはひ弱な存在なのだと、他の、ノーマルな者たちの目にも印象づけてしまう。

まあ、実際のところ、同意がないままに自分を跪かせられる者など、きっと数えるくらいしか――

……。

「おい、大丈夫か？」

と、いきなり頭上からかかった声に、フィリスはハッと目を見開いた。

3

「さすがはフィリス様だわ……！」

「やっぱりクイーンだな…！　無敵のサブだ。あれで顔色一つ変わらないとは」

遠巻きに様子をうかがっていた者たちから、感嘆の声がこぼれている。

パウルのグレアのせいで倒れていたのは、サブが数人。ノーマルの中にも、おそらくサブ寄りの者たちだろう、少しばかり気分が悪くなったようだが、それほど重症ではなさそうだ。

レオンも、ディディエが倒れたのは目にしていたが、どうやらノウェルが連れ出したようだった。直撃したフィリスのそばにいたことで、かなりダメージを受けたのだろう。

「あの男は……、まったく懲《こ》りないな」

思わず、レオンは苦々しく吐き出してしまう。

学院時代にも同じような問題を起こしていたが、同じドムだと思うだけでムカついてくる。

こんなグレアの使い方は、明らかな暴力だ。正式に、帝国法でも禁じられている。

それでもやはり、自分はサブよりも優れている、だから自分たちの好きにできる――、と考えているドムが一定数いることは、レオンも感じていた。さらに悪いことに、サブはそれを内心では悦んでいるのだ、と勘違いしている連中が。

歯がゆいが、それが現実だった。

フィリスはずっと――学院時代から、そんな理不尽な圧力と戦ってきた。多くのサブたちの先頭に立って。

当然ながら、レオン自身にグレアの影響はなく、その苦しさがどれほどかは想像するしかない。が、やはりフィリスは特別なのだろう。

――無敵のサブ。クイーンだ。

パウルの思惑とは逆に、また一つ、フィリスの伝説が増えたようだった。

そう思うと、思わず頬が緩んでしまう。

あたりの混乱が収まり、ようやく警備隊の手配と、そしてネルフォード伯爵家には通達を出さないとな…、と考えながら、レオンは何気なくあたりを見まわしてフィリスを探した。

が、いつの間にかその姿は消えている。なんなら、レオンに毒舌の一つも吐いていきそうなものだったが。

別に問題はないだろうが、なんとなく気になった。ふだんなら、倒れたサブたちの様子を確認していきそうなものだ。

探すともなく、それでもあたりを見まわしながら裏庭に入ると、奥の東屋でふっと影が動いた気がして、足早に向かってみる。

と、フィリスが目を閉じたまま、ベンチの端に腰を下ろしているのが見えた。ぐったりと柱によりかかるようにして。

「おい、大丈夫か？」

一瞬、あせってしまった。知らず息を詰め、そっと声をかけるとぼんやりと目を開いたフィリスがレオンを認め、わずかに顔をしかめた。

「……問題はない。かまうな」

追い払うようなその言葉に、しかし無視してレオンは隣にすわりこんだ。

何となく離れがたい気がして——そしてなぜか、こんなフィリスの姿を、他の人間に見せたくなかった。あたりを見まわして、他に人の姿がないことを確認する。

「まさか、あの程度の男にやられたわけじゃあるまい？」

少し青白いフィリスの横顔を見つめ、レオンはわざと、少し煽るように口を開く。

薄く目を開いたフィリスが、じろりとにらみつけてくる。

……いい目だ。わくわくする。

「あの程度の男にはな。だがそのあと、おまえがよけいな力を使ったせいだ。私にでなくとも、多少の影響は出る」

「ああ……」

ようやく気づいて、しまった、とレオンはちょっと顎を掻く。

「悪い。無意識だった」

パウルへの腹立たしさが、グレアになって放たれてしまったらしい。

「もっと感情をコントロールしろ。おまえの後ろにサブの屍《しかばね》の山を作るつもりか」

再び目を閉じたまま、フィリスがトゲトゲしく言った。

「それほどじゃないだろう……」

こんな状態でも出てくる憎まれ口に、レオンは苦笑する。

「グレアを垂れ流しているくせに」

「そうなのか？　だがおまえには効かないんだろう？」

「幸いな。……今日はあのクズのあとだったから、多少あてられたくらいだ」

「そうか」

なぜかこんな、何でもない会話が妙に楽しく、……何だろう？　いつになく弱っているフィリスの姿を見たせいだろうか。

「まあ、タチの悪いドムもいる。俺があやまることではないがな」

「わかっている」

そんなつっけんどんな答えも、胸の奥がくすぐったい。

それでも静かに尋ねた。

「フィリス、俺にできることはあるか？　その…、詫びの代わりに」

責任を感じている、ということもあるが、何かほのかな期待を覚えたことも事実だ。

「……ないな」

しかし返ってきた答えは、相変わらず冷ややかで。それでも少し、迷ったような間を感じた。

わずかに沈黙が落ちる。

フィリスはまぶたを閉ざしたまま、やはり相当な疲労感に襲われているのかもしれない。

仮眠をとっているところなど見たことはなかったが、それが必要なほど。

見るともなしに眺めたフィリスの長いまつげも、薄い唇も……なだらかな頬のラインも、ぞくりとするほど美しい造形だ。ひさしぶりにこれほど間近に見ると、やはりそわそわしてしまう。

「おい、まさかこんなところで寝ているわけじゃないだろうな？」

そっと声をかけ、しかし別に何かを考えていたわけではない。が、……やはり本能、だったのか。

自分では意識していない、何かの感情につき動かされるように、ふっと上がったレオンの手が、いつの間にかフィリスに向かって伸びていた。

喉元まで、いっぱいに何かがこみ上げてくる。身体の奥から飛び出しそうな思いをこらえて、レオンはそっとフィリスの髪に触れた。

初めて――だろうか。髪に触れるのは。

指先にピリッと痺れが走る。全身を――ぶわっと包みこむような陶酔が満たしていく。

あとはもう、引きずられるままだった。

指がやわらかな髪に沈みこみ、フィリスの頭をそっと撫でる。何度も。

「いい子だ」

無意識に、そんな言葉がこぼれていた。かすれた声で。

だがその自分の声が耳に届いて、レオンはハッとする。

――フィリスに対してコマンドを使うつもりなどなかった。ただ、こぼれてしまったのだ。

少しでも癒やしたい、という思いが溢れて。

ドムの悪いところ、思い上がったところなのかもしれない。それが自分にもあったことを初めて自覚し、レオンは唇を噛んだ。

ビクッ、と一瞬、フィリスの身体が震えた気がしたが、反射的な反応なのか、目を開くことはなかった。

規則的な吐息が続き、やはり眠っているのだろう。

レオンはそっと息を吐いた。

フィリスの耳に届いていなければいい。

そう願ったが、だが届かないことも、少し淋しかった――。

4

レオンが探しにくるとは思わなかった。

いい子だ――、と。

その声が耳の奥に残っている。

あれからすでに丸一日がたっていたが、フィリスの頭にはいまだにレオンの手の感触が……熱が、消えることはなく、ひどく落ち着かなかった。首筋がずっと熱く、くすぐったい感じだ。

そのまま、眠ってしまったふりをしていたフィリスだったが、実際のところ、頭の芯でズキズキしていた不快な痛みが、レオンの手の中で次第に消えていくのがわかった。

初めての、感覚だった。甘く、優しく、細胞の一つ一つに溶けていくような。

ただ髪を撫でるレオンの指先から、何かが流れこんでくるようで。どうしようもない、抗いがたいその心地よさだけが、身体を満たしていて。

攻撃的なグレアには鋭い痛みが出るが、レオンに攻撃の意思はなく、単に慰めてくれたのだろう。

自分もドムだということに、責任の一端を感じたのか。

結果的にレオンの力を借りたようで腹が立つし、そもそも自分があんな状態になったのは、パウルのせいというよりは、むしろレオンのせいだ。……それを悟られたくはなかったけれど。

本当にそのまま、無防備に眠ってしまいそうだったが、結局、ノウェルがレオンを探しにきたタイミングでレオンが手を離し、フィリスも目覚めたふりをしてそのまま別れたのだ。

だが何にしても、レオンにとってはさして意味のあることではなかっただろうし、フィリスも――なにしろ眠っている間のことでもある――夢の中のこととして忘れることにした。

もっともフィリスの場合、時に夢は正夢にもなるのだが。

まずいな、という気がした。

これまでずっと、フィリスはサブの呪縛から逃れようとしてきた。

自分の身体ならば、自分でコントロールできる。ある程度なだめることができれば、ドムの力は必要ない。パートナーを持つ必要はない――、と。

だが……、あれは反則だ。

いや、レオンの存在自体が、やはり反則なのだ。最強のドムはやっかいすぎる。

ただ頭を撫でられただけで。これまでしっかりと自分の中で積み重ねてきたものが、もろく崩れ落ちそうになっていた。

命令を与えられ、すべてを委ね、ただ可愛がられる。

それがどれだけの恍惚か。どれだけの快感か――レオンの指が触れただけで、その楽園に引きずりこまれそうになる。

フィリスはぶるっと身震いした。

その感覚を自分の身体に、記憶に、初めて刻まれたことが問題なのだ。

本当に、タチが悪い――。


フィリスがひさしぶりに大叔父のもとを訪れたのは、不死鳥《フェニックス》騎士団の団長という立場になって、十日ほどがたった頃だった。

これまでにはない書類仕事も多く、定期の連絡事項など、細かい雑用も増える。盗難事件の捜査に加えて、団員候補との面談はもちろん、正式に指名した者の異動の手続きもある。

すでに決まっている数人は、ディディエをはじめ、学院時代からよく知っている者、あるいは軍属になってから任務をともにしたサブたちが中心だったので、気心は知れている。が、少数精鋭というだけに、残りの者たちはやはり慎重に選考する必要があった。

自分でも疲れているな、というのはわかっていた。

サブにとって、もっとも必要な「癒やし」は、やはりドムとのプレイなのだろうが、フィリスには特定の相手がいない。その日その日で適当な相手を見つけるなどということは、もちろん立場上もできない。

そんな繊細な助けが必要な時は、大叔父のもとを訪れるのがフィリスの昔からの習慣になっていた。

ラファエル・ゼーブリック公爵——名門の貴族にありがちな複雑な家系だが、母方の祖父の弟であり、現皇帝の従兄弟にもあたる。

かなり優秀なドムだったが、宮中の役職としては、王家の史書、典礼顧問であり、重大な式典の際にその式辞や作法を監修する役目だ。まあ、要するに名誉職で、のんびりとした仕事になる。趣味人ではあるが、その膨大な知識は、あちこちで重宝されているとも聞く。

四十を越えたくらいだが、いまだに独り身であり、結婚の意思はないようだ。今は王宮内の離宮の一つで暮らしていた。

「やあ、フィリス。ひさしぶりだね」

離れの中へ入るまでもなく、庭先のテラスの一角で、ラファエルはカウチに身体を伸ばして本を読んでいた。フィリスの姿を見つけて、穏やかに微笑む。

アッシュグレイの髪に、榛《はしばみ》色の瞳。ドムにしてはものやわらかな物腰で、どこかの誰かのように自信をみなぎらせているような男ではない。が、その静かなたたずまいの中にも、ゆったりとした余裕と揺るぎなさを感じさせる。

そういえば、レオンとは真逆のタイプだな…、とふと思って、フィリスはちらっと微笑んだ。もっともドムの中では、ラファエルのような男の方がめずらしいのだろう。

「ラファエル。突然、すみません」

フィリスも彼の前だけでは、素直に、落ち着いていられた。子供の頃のままに。

ラファエルはフィリスにとっては近しい家族であり、教師であり、そして安全弁でもあった。幼い頃からの長い付き合いであり、年が離れているだけに、気を張る必要もなく甘えられる。

「おいで」

フィリスが自分を訪ねてくる、というのがどういう状態の時か、ラファエルにもわかっている。

軽く頭を下げて詫びたフィリスを、ラファエルが穏やかに微笑んで手招いた。

そのままそばにすわらせると、腕の中に優しく抱きしめ、そっと頭を撫でてくれる。

ほっと、それだけで心が解けていくようだった。大きく息を吸いこみ、目を閉じて、眠るようにフィリスは大叔父の胸に頬を預ける。

「すみません…、こんな……」

「大丈夫。君が来る時は、いつも疲れている時だからね」

穏やかな声が耳の奥に落ちて、静かに身体の中に沁みこんでいく。

ほんの幼い頃から、なぜかフィリスはこの大叔父には懐いていたらしい。あまり人に関心を持たないフィリスにはめずらしいことに、だ。

あるいは、ラファエルが今身近にいる親族の中では唯一のドムだったため、無意識のうちに、だったのかもしれない。

フィリスがサブだとわかった時から、いつも助けてくれた。

学院でも、騎士団に入ってからも、常に毅然《きぜん》としていられたのは、自分がいつでも逃げこめる場所を持っていたからだろう。

それは快感——というよりも、安心だったけれど。

しばらく頭を撫でてもらってから、フィリスはようやく顔を上げた。

「ありがとうございました。いつも…、助けていただいて」

「いい子だね《good boy》」

微笑んで言われたその言葉が、胸に沁みる。気持ちを安定させてくれる。

他の人間には決して、そんな言葉は言わせない。

ふっと、一瞬、レオンの顔が頭をよぎった。

『いい子だ』

レオンの声がふいに耳元でよみがえり、——一瞬、感情が爆発しそうになる。

同じドムでも——ラファエルとはまったく違う。とても気持ちを落ち着けるどころではなかった。

だいたいなぜあの時、レオンに頭を撫でることを許してしまったのか。払いのけることもできたはずなのに。

思い返すと、本当に身体の中が沸騰《ふっとう》しそうだったが、やはりそれだけダメージがあったのだろう。もっと鍛錬《たんれん》しなければ、と思う。鍛錬でどうにかなるものではないが、それでも。

多分、ドムのグレアを完全に遮断するためには、特定の誰かとパートナーになるしかないのかもしれない。首輪をもらうしか。

ラファエルはある種の理想ではあったが、そういう意味でパートナーとは呼べないだろう。

おそらくラファエル自身、誰か一人に決めることはないだろうから。

「どうかしたの?」

ラファエルにケアしてもらったあとにしては、少しばかり気持ちが乱れているのを感じとられたのだろう。ラファエルがわずかに首をかしげる。

「大丈夫です。落ち着きました」

「もう少し、プレイをしていくかい?」

「……いえ。それほどでは」

「そう」

無理には言わず、ラファエルがうなずく。

思春期に——やはり身体がどうにもならなくなったような時には、ラファエルにもっと深い「プレイ」をしてもらったこともあった。「自慰」を命じられ、ラファエルの目の前でイッて見せたことも。

ひどく恥ずかしくて、恥辱的で、……しかし同時に、甘美な充足感に包まれて。やはり自分も、ドムに支配され、躾けられることに悦びを感じてしまうのだと、自分の性に絶望と諦念を覚えた。

ラファエルに慰めてもらうことで、割り切って自分の性と付き合ってきたが、でも今日は、そこまで求める気持ちにはなれなかった。

レオンの声が、手の感触が、まだ身体に残っている。それが慣れた、穏やかな快感に癒やされることを邪魔する。

まったく腹立たしい男だった。

いつものようにすっきりと気分転換のできない様子のフィリスに、ラファエルが穏やかに尋ねてきた。

「何か気になることがあるのかな？」

「え？　……いえ、特には」

フィリスはあわてて首を振る。ドムだけに、というのか、やはり昔から洞察力の鋭い人で、この人の前だと何も隠せない気はしていたけれど。

「フィリス、あせらなくてもいいし、何も怖がる必要はないよ」

「いえ、特に怖がっているわけでは……」

反射的に返したフィリスだったが、やはりその言葉にハッとする。

怖がっているのだろうか？　何か……レオンとの関係が変わりそうで。

「君は支配されることを嫌うけれど、愛に支配されることは、決して痛みだけではないよ。それが本当に君を思う愛ならね」

ラファエルが静かに微笑む。

そんな言葉に、フィリスは思わず瞬きした。正直、素直に納得はできない。

「何であれ、支配が生むのは抑圧と苦痛でしかないと思いますが」

「今の君にはそうなんだね」

そんな反論に、ラファエルはうなずいた。

「でも忘れないで。私も君を愛しているよ。それがわかっているから、君も反発しないのだろう？」

「ええ、それは」

家族的な愛、無償の愛だ。それを疑ってはいない。

「愛を受け入れられるかどうかなのかもしれないね」

ふむ、とうなずいて、ラファエルが小さく微笑む。

……愛、か。

フィリスも家族への愛や、友人への愛や、それは理解できる。ただまわりの人間が、簡単に愛だ恋だと軽やかに一喜一憂する姿は、少しばかり理解が及ばない。

自分がいつか、特定のドムとパートナーの関係を結ぶ時がくるかも？　ということ自体、あまり想像できないが、やはり根底にあるのは、信頼、なのだろうと思う。

自分は心を預けられるほど信頼できる人間を知らない、ということかもしれなかった。

だとしても、信頼できる仲間には恵まれている。それで十分だ。

「そういえば、不死鳥《フェニックス》騎士団の団長になったんだったね。おめでとう」

と、思い出したように、ラファエルが言った。

「ありがとうございます」

「責任も重い。疲れたら、いつでも来ていいからね。無理をしないで」

「はい」

穏やかな言葉に、フィリスもホッとうなずいた。

やはり大叔父はドムにしては穏やかで、レオンのようにパッと見て押し出しのいいタイプではない。そのあたりも安心できるのかもしれない。

もう少しレオンに落ち着きと余裕があれば、もしかすると何かが変わっていたのだろうか？

ふっとそんなふうにも思う。

――あいつは自信家すぎるし、威圧感がありすぎるからな……。何でもかんでも張り合ってくるあたりも、やはり子供だった。

だがそれがレオンたるゆえんでもある。

レオンに対しては反感が先に来て、正直なところ、やはりまともに向き合うには少しばかり精神力を使うのだ。あの男の前では、まったく何でもないふうに見せてはいたが。

今はもう少し落ち着いていていいはずだったが、やはり同じ騎士団団長という立場にもなり、ある意味、これからも張り合っていかなければならない。せめぎ合い、ともに高みを目指せるように。

それが自分たちなのだ。

「レオン・アインバークは黒龍《ドラゴノアール》騎士団の団長になったそうだね」

心を読んだようにラファエルに聞かれ、少しドキリとする。

「あ、はい」

しかしラファエルには、折に触れていろいろとレオンのことを愚痴っていたのだ。初めて会った結婚式の時にも、学院生活を送っていた時も。

「やはり彼とはパートナーになれそうにないのかな？　お似合いだと聞いているけれど」

「あり得ませんね」

お似合い？　誰が言っているんだ？　と、フィリスは肩をすくめた。

自分たちがパートナーになったところで、きっとベッドの上でも張り合うばかりで、癒やしどころか疲れそうだ。

あるいは一方的に、ドムであるレオンが自分を支配下に置くつもりなら――いや、そんなことになった時には、どちらかが命を落としかねない。

「最強のカップルになれそうだけどねえ…」

「やめてください」

顔をしかめてぴしゃりと言うと、ハハハ、とラファエルが軽く笑う。

「そういえば、不死鳥《フェニックス》騎士団はユスティナ皇女付きになると聞いたよ」

「ああ…、はい。先ほど陛下より正式な命を受けました。そもそもユスティナ皇女のために、不死鳥《フェニックス》騎士団は組織されたようなものでしょうから」

新しい騎士団の創設は十日ほど前に宣言されたが、今日はその任務が正式に言い渡された形だ。

状況によって泥棒やスパイの探索などという細かい仕事もまわってはくるが、騎士団の基本的な任務は王族の「警護」になる。命を賭《と》して守れ、と。

「そうだね」

冷静に言ったフィリスに、ラファエルもうなずく。

フィリスもその辞令を皇帝から直接受けとったその足でここに寄ったのだが、ラファエルはどこから聞いたのか、さすがに耳が早い。

「ユスティナ皇女か…」

おもしろそうに、ラファエルが吐息で笑った。

「何か？」

どこか意味ありげに見えて尋ねたフィリスに、ラファエルがくすくすと笑う。

「いや。お元気な皇女殿下だ。お守りは大変だと思うよ」

「ええ。覚悟はしています」

ちょっと眉を寄せて、フィリスはうなずいた。

ユスティナ皇女は十二歳になる、皇帝の第二皇女である。

実のところ、フィリスは四年前に天馬《ペガサス》騎士団に配属になってから、ユスティナ皇女の警護に当たることが多かった。実際になかなかのお転婆《てんば》——いや、闊達《かったつ》な性格で、正直フィリスも手を焼くことは多い。

実は皇女はサブの認定を受けており、その関係での人選だろう、とフィリスも理解していた。

王族に生まれたサブの多くは、神殿で神官となることが多い。やはり「聖神子」であることを期待されるのだろう。だがユスティナ皇女が神殿で暮らすのはかなり窮屈そうだし、この先成長するにつれ、皇女とサブ、という二つの特別な立場に抱えるものは多そうだった。フィリスにはそれを支える役割もあるのだろう。

その下に五つになった皇太子が生まれており、レオンの黒龍《ドラゴノアール》騎士団がその警護に就くことになっていた。バタバタと新しく騎士団が創設されたのも、子供たちの警護を固めたいという、皇帝の希望もあったと聞く。

「では、帰ります」

フィリスが別れを告げた時だった。

館の戸口をサッ…と黒い影が動いたのが見えた。十二、三歳の男の子――だろうか。中からこちらの様子をうかがうように顔をのぞかせて、しかしフィリスを見ると怯えたように身を翻し、奥へと逃げていく。

あっと思ったが、追いかけることはしなかった。

「サブの子ですか?」

「そのようだね。ひどく傷ついていて、落ち着くまでまだくわしい事情は聞けていないのだが」

振り返って、その子の背中を見送ったラファエルがため息とともに額に手をやる。

実はラファエルの隠れた仕事の一つに、サブの保護があった。仕事というよりも、成り行きでそうなってしまっている、ということのようだったが。

事情はわからないまま、時々、サブドロップに陥った者たちが見つかると、ここに保護されてくるのだ。フィリスがしてもらっているように、まずは気持ちを落ち着かせているのだろう。

やはりドムから理不尽な虐待を受けたのだろう…、と思う。

いまだこんなふうに扱われているサブを目にすると、怒りが湧いてくる。

この状況を変えなければ、と思うのだ。根本的な考え方、サブを見る目を変える必要がある。

騎士団の団長になることは、レオンにとっては目標だったのかもしれない。だがフィリスにとっては、一つの手段だった。

どこまで自分が――サブがやれるのか。

誰の目にもわかるように、それをはっきりと示さなければならない――。

そこから王宮内に与えられた自分の部屋へと帰る途中、フィリスは目の前を歩く男の背中に目をとめた。何か考えこむように歩いていて、ひどく背後が無防備だ。

見覚えのある後ろ姿で、近づくとやはりディディエと同じく、王宮警備隊から不死鳥《フェニックス》騎士団へ引き抜いた一人だった。現在は内示の段階だが、すでに確定はしている。

「トレント」

声をかけると、ハッとしたように男が顔を上げる。

「クイーン…、失礼、団長」

あせって言い直したところを見ると、どうやらこの男もまだ陰で「クイーン」と呼んでいる一人らしい。学院時代の後輩の一人で、トレント自身はノーマルだったが、妹がサブだった。それだけにサブへの理解がある。妹は確か、今はまだ王立学院の五年生だったはずだ。

「騎士になる者がぼけっと歩くな。任務に就いていない時でもな」

「も、申し訳ありませんっ」

あえて厳しい指導を入れると、あわててピシリと背筋を伸ばす。

が、それでもふだんは騎士として申し分のない男だ。こんなふうに隙だらけの背中をさらしているのはめずらしい。

「どうかしたのか？」

少し怪訝に思って尋ねる。

「君の立場や団に何か問題があるようなら、今のうちに聞いておきたい」

まだ不死鳥《フェニックス》騎士団として発足して、十日あまりだ。フィリスとしても手がまわっていないところはあるだろう。あるいは、サブの団長を戴くことで、他の団や兵たちから揶揄があるとか。

覚悟はあったが、それならそれで内にも外にも対処が必要だ。

「いえ、そういうわけでは。……申し訳ありません。個人的なことでして」

トレントがあわてたように両手を振る。

「個人的な？」

それはそれで気にかかる。

少し迷うようにしていたが、トレントが軽く唇を舐めてようやく口を開いた。

「申し訳ありません。団長のお耳に入れるほどのことではないのですが…。実は、妹の友人が昨日から行方不明になっているようで。悪い男に…、ドムにだまされたのではないかと妹がずっと心配しているものですから。誰に捜索を頼んだらいいものかと思案しておりました」

「サブの子か？」

フィリスは首をひねった。

瞬間的に、さっきラファエルの館で見た子かも、と思ってしまう。

「はい」

「いくつだ？」

「十七歳です」

「十七か……」

だったら違うだろう。さっきの子はどう見ても、もっと幼い。

「男か？」

「いえ、女性です。家の者に付き合いを反対されているということでしたから…、もしかしたら駆け落ちかもしれませんけどね」

なるほど。それだと捜索を頼むにも難しいところだ。

「それでも家族からすれば心配だろう」

「ええ…」

トレントが険しい顔をする。

「行方不明者を捜索してくれるわけではないが、サブであれば私の大叔父のところに保護されてくるかもしれない。特徴を教えておいてくれ。伝えておく」

テキパキと指示したフィリスに、ありがとうございます、と少しホッとしたようにトレントが頭を下げた。

ただでさえ数の少ないサブを、国としては保護する方針を打ち出しているのだが、それでもまだ、サブを奴隷かオモチャのように所有しようとする人間は多い。ドムに限らず、だ。そういう連中は家の中に監禁してしまうので、捜し出すのが難しくなる。

と、トレントがやはり不安げな表情で、つぶやくようにつけ足した。

「駆け落ちならまだいいのですが、実はここひと月ほどで、若いサブが何人か、相次いで姿を消しているようなんですよ」

5

「……で、この間のアレは何をやってたんだ？」

ノウェルがにやにやといかにもな笑みを浮かべて聞いてくる。

新しく黒龍《ドラゴノアール》騎士団団長となったレオンの執務室だ。さほど広くはないが、真新しい匂いのする執務机や椅子が入れられている。

レオンとノウェルとは付き合いも長く、意思の疎通も良好で、副長としては頼りになる男だが、こんな時はまったく腹立たしい。

先日、東屋でレオンがフィリスといたところを見つけたのがノウェルだったのだが、その時二人きりだったこともあり、何かあったと思っているらしい。

どうやらそんな空気を感じた――、ようなのだが。

「もしかして、俺は邪魔をしてしまったのかな？」

奥の椅子に腰を下ろしていたレオンに、デスクの端に腰を引っかけたノウェルがしつこく重ねて尋ねてきたが、レオンは聞こえないふりで無視した。

その代わり、カリカリとしたくもない書類仕事にいそしんでいる。

実際には何もなかった。……ただちょっと、フィリスの髪に触れた、くらいで。

ただそれだけだ。

しかし思い出すと、妙に後ろめたい気分になってしまう。フィリス自身、眠っていて記憶にもないことだろうし、結局、何もなかったと言っていいはずだが。

「まさかおまえ、弱っていたクイーンに無理やりコマンドを……？」

「そんなわけがないだろう！」

ハッと思いついたように、ひどく深刻そうな声で聞かれ、思わずレオンは声を荒らげてしまった。

とたんに、目の前のシリアスな顔が楽しげに笑み崩れ、レオンは無意識に咳払いをして不機嫌に黙りこむ。

こんなつまらない手に引っかかって動揺を見せること自体、レオンとしてはどうかしていると思う。

「無理やりはよくないが、そろそろ行動に移してもいい頃だとは思うけどなー。おまえら、知り合ってからもうそろそろ……あー、二十年にもなるんだろ？」

どこか他人事みたいにとぼけて言われ、レオンはぴしゃりと言い返した。

「別に行動に移すようなことは何もない。俺とフィリスとはいいライバル関係で、それが一番、おたがいのためになっているからな」

「ほーう…」

と、いかにもとぼけたノウェルの返事にイラッとする。

「まあ、自覚がなきゃ、どうしようもないけどな…」

頭を掻きながらため息をついたノウェルが、思い出したように聞いてきた。

「そういえば、例の盗難事件。調べはどうなってるんだ？」

話が逸れて、レオンも少しホッと肩の力を抜く。

盗難事件については、スパイ事件の疑いもあり、部外秘とされていた。が、調べるためにはどうしても手が必要で、フィリスとローガンにも相談の上、副長までは信頼して手伝わせよう、という話になっていたのだ。

「ここひと月ばかりで、ビーズリー卿の部屋のあたりで見かけられた人間をリストアップしてもらった。あとは宝石が売られていないかのチェックだな」

「順当だな。もっともよほど高価な品でなければ、探すのは難しそうだが」

ノウェルがうなずく。

と、レオンも思い出した。

「そういえば、おまえの名前もリストに載っていたぞ？　盗難のあった前日だったか…、ビーズリー卿を訪れていたようだが、何の用があったんだ？」

実際のところ、ノウェルとビーズリー卿に特別な接点は見当たらない。まあ、騎士と内務大臣ではあるので、何かの使いとか、まったくないわけではないのだろうが。

「あー…、いや、あのジイさんに用はない。……実はあそこの女官で、サブの可愛い子がいてな」

いくぶん体裁が悪いように頬を指先で掻き、こっそりと耳打ちするようにノウェルが告白する。

レオンはハア、とため息をついた。

「おまえこそ気をつけろよ？　ドムである以上、サブと関係を持つ時は相手に気持ちが通じてないとな。もちろんノーマルが相手でもだが」

サブが相手の場合、もし不同意だと告発されたら、それこそドム側が処罰される。実際には同意していたとしてもその証明は難しく、地位と名誉は失われるだろう。正式な婚約を結び、それを公表しておくくらいでないと、ドムにとってもリスクは大きいのだ。だから一夜限りの関係を求めるのなら、ノーマルを相手にすることが多い。

「難しいよなー…」

ノウェルも考えるところがあるのか、ため息をついて天を仰いだ。

と、思ったら。

「で、どうなんだ？　同じく団長同士になったんだ。クイーンとの接点も増えるし、わかり合えることも多くなったんじゃないのか？」

どうやら気をそらして、不意をつく作戦だったのか。甘い考えだ。

レオンは無造作にサインを入れた書類を、バン、とノウェルの前にたたきつけた。

「呼び出しがあったから、皇帝陛下に謁見してくる。おまえは残りの候補者について、きっちり意見をつけとけ」

「了解」

ぴしゃりと言って背中を向けたレオンに、ノウェルがひらひらと手を振って見送った。

⚔　⚔　⚔

皇帝陛下との謁見には、フィリスも同席していた。二人が同時に呼び出されたようだ。

そして正式に、レオンの黒龍《ドラゴノアール》騎士団は五歳の皇太子付きに、フィリスの不死鳥《フェニックス》騎士団は十二歳のユスティナ皇女付きに任命された。

もともと新しく騎士団が創設されたのも、王家の子供たちに警護をつけるため、ということは聞いていたので、レオンにしても異存はない。未来の帝国皇帝だ。その身の安全を守ることは、重要な任務と言える。正直、子供相手は得意ではなかったが、慣れていく必要はあるだろう。

「あれから、体調はどうだ？」

皇帝陛下の前では二人ともに仕事の顔だったが、御前を辞したあと、レオンはうかつにそんなことを聞いてしまう。

そのレオンを、フィリスが冷ややかな目で眺めた。

「問題はない」

と、一言で打ち切られる。

レオンの前で弱みを見せたことが、腹立たしいのかもしれない。

どうやら先日、うっかり髪を撫でたことも、「いい子だ」と思わず口にしてしまったことも――やはり眠っていて気づかなかったようだ。

もしフィリスが、あの時、あの場で安心して眠れていたのなら、本当に、とてもうれしい。……とレオンも思う。

「それより、盗難事件の方はどうなっている？」

淡々と聞かれ、少しホッとしてレオンは経過を説明した。

「ああ、事件当日と前後にビーズリー卿のもとを訪れた人物はリストに挙げた。不審者をあたっているところだ」

「そうだな。さりげなく生活状況を聞いてみるのもいいだろう。頻繁に休みを取る者、あるいは外国の人間と会っている者。金回りがよくなった者とかだな」

「そうしよう」

フィリスの指摘に、レオンがうなずく。

「内密の調査だと、他の騎士たちを使えないのは痛いな。リストを半分くれ。手分けしよう」

そんな細かい聞き込みも、自分たちと副長だけでやらなければならないのが、少し手間がかかる。

「その手の聞き込みはノウェルがうまいからな。あいつに任せてもいいかもしれない」

「ああ…、確かに。ノウェルなら間違いはないだろう」

さらりと言ったフィリスに、レオンはふっと、フィリスの顔を見つめてしまう。

「何だ？」

その視線を感じたのか、フィリスが怪訝な顔をする。

「いや…、おまえ、ずいぶんとノウェルを買っているんだな」

付き合いも長いし、意外、というわけではなかったが、……何だろう。レオンは急にそわそわとした気持ちになっていた。

もしかすると、無敵のクイーンであるフィリスからすると、ノウェルくらいがちょうどいい、と考えているのではないか――、と。

今まで想像したこともなかったそんな可能性が頭をよぎる。

生涯のパートナーとして、レオンほどの能力は必要ない。が、サブを見下すような傲慢な男をフィリスが選ぶはずもないし、バカでも困る。ドムとしてのランクが低すぎると、それはそれで物足りないということもあるだろう。ノウェルのランクはAだったし、おたがいに気心も知れている。

いろいろと考え合わせると、あるいはノウェルが最良の相手だという認識になってもおかしくない。

実際、レオンの立場からしても推薦できる男のはず――だった。

「いや、フィリス。確かにあいつはいい男だし優秀だが、性格的におまえの相手を務めるには少し…、口数が多くはないか？　おまえならもっと――」

リアルに、ノウェルがフィリスにコマンドを与え、プレイを仕掛けているイメージが頭の中をめぐってしまい、いつの間にか、そんな言葉が唇からこぼれていた。自分でもわかるくらいに早口で。

「おまえ、何の話をしているんだ？」

いかにも怪訝そうな、大丈夫か？　という目でフィリスがレオンを眺めてくる。

「……あ、いや、何でもない」

ハッと我に返って、レオンは咳払いをした。

まずい。思考が暴走してしまっていた。

「おまえの副長だろう？　そのくらいの能力がなければ務まらない。むしろノウェルにはおまえにない人当たりのよさがあるし、自分にない資質で副長を選んだのは正しい選択だ。別にノウェルをうちの団に引き抜こうなどと考えているわけじゃない」

少しばかりあきれたように言われ、……どうやらフィリスは、そういう解釈をしたらしい。

ホッと安堵する。つまり、パートナーとして考えているわけではない。少なくとも今のところは。

正直……、すぐそばでフィリスとノウェルとの関係を見ることにでもなったら、どんな顔で接したらいいのかわからない。

「いや、まあ、そうだな。今回の捜査は効率を考えても協力が必要だ。ノウェルも自由に使ってくれてかまわない」

ああ、と、フィリスもあっさりとうなずく。

そうだ。目の前の事件に集中する必要がある。皇子、皇女の警護の仕事はすでに始まっているから、こちらの方はその合間にやるしかないのだ。

複雑な犯行とは思えないが、しかし意外と手こずってしまっていた。

スパイが絡んでいるのなら、そんなに時間をかけている余裕もないのだが、どうやら事件以降、目立った動きはないようだ。もちろん真っ先に帝国に滞在中の外交官やその従者も探らせたが、特に怪しい様子を見せる者はおらず、急いで帰国しようとする者もいない。他の重臣が機密を狙われた様子もなく、宮廷も通常の、まったりとした雰囲気だった。むしろ新しい騎士団の創設とレオンたちの団長就任という話題で、呑気な祝賀ムードが続いている。

だとすれば、急に金が必要になった単なる宝石泥棒という可能性もあったが、あれだけ荒い手口なのだ。ビーズリー卿の近くに犯人はいたはずで、犯行を隠す気がなかったのなら、今頃はすでに逃げているはずだった。しかしリストに名前のある使用人や官吏たちの中で、姿を消した者はいない。

その点について何度かフィリスとも話し合ったが、おたがいに違和感を覚えていた。何となく辻褄《つじつま》が合わないというのか、妙にチグハグな感じで。

どこかに盲点があるのかもしれない、と、そんな話をしながら王宮の通用門を出たところで、フィリスが足を止めた。

普通にこのまま、騎士団の本部がある館まで一緒にもどるのかと思っていたレオンは、少し首をかしげる。

「……フィリス、もどるんじゃないのか？」

「寄るところがある。また明日、ローガンに一度、報告を入れよう。あまり捜査が進んでいないのは痛いが」

そう言われると、レオンも特に引き止める言葉はない。

わかった、と何気ない様子でうなずいて、フィリスの背中を見送った。

そしていったんは自分の道を歩き出したものの、やはりどうしても気になってしまう。

何か特別な用か……、誰かに会う予定があったのだろうか？

フィリスの向かった先は王宮の奥の方で、暮らしているのはたいていが王族だ。幻影《ファントム》騎士団や天馬《ペガサス》騎士団の人間が警護に就いているはずだが、わざわざ王宮の奥を訪れて同僚に会う必要はない。

いや、誰に会うにしても自分には関係ないのだが、もし捜査に関して抜け駆けしようとしているのならば、少しばかり腹立たしい――。

これが言い訳だとはわかっていた。だが思いきって捜しにもどったレオンは、ようやく離宮の一つに入っていくフィリスの背中を見つけた。

すぐにはその離宮の主が思い当たらず、誰の館だ？　と怪訝《けげん》に思いながら、いかにも勝手知ったる様子で裏庭へ入っていくフィリスのあとを急いで追う。

フィリスは堂々と庭を抜けて建物に近づいていたが、レオンはさすがに忍びこんだ庭先からそちらをのぞくしかない。館の中に入られたら終わりだが……。

――と。

大木の陰からそっと館の方を眺めたレオンの視界に飛びこんできたのは、ずっと年上の男の腕に抱かれ、頭を撫でられて、幸せそうに微笑んでいるフィリスの姿だった。

声が聞こえる距離ではない。それでも、いつも凛としているフィリスしか知らなかったレオンにとっては、見たこともないくらい優しい、穏やかな表情だ。

思わず目を見張った。

相手が――いたのか……。

衝撃だった。知らず、喉の奥が乾いていく。

そういえば、いつだったか、コマンドを受けるのは初めてではない、と言っていた。

だが首輪はなかったから、正式な相手ではないのだろう。

相手は……、かすかに見覚えはあったが、あまり社交界に出てこない男だったので、すぐには名前が浮かばない。それでもようやく思い出した。

確か、王族の一人だ。ラファエル・ゼーブリック公爵。

そういえば、フィリス――ミルグレイ家とは親戚関係になるのだろうか。

ドクッ、と自分の心臓が大きく鳴った音が耳に反響する。

……相手がいたのか。

と、そんな思いだけが、大きな波のように繰り返し押しよせてくる。

誰よりも信頼し、身体を、心を預けるような相手が。それだけ心を許す相手が、フィリスに。

ずっと隠していたのか。

もちろん、いちいちレオンに報告することではない。が、今まで考えたこともなかった。フィリスもいい大人なのだ。当然、あって不思議ではないはずだったのに。

何となく……本当に何となく、学院時代から、自分が一番近くにいるような気がしていた。一番、そばにいる存在だったような。

そんなはずもないし、実際に何の関係もない。

だがおたがいに、おたがいを一番よくわかっているような気がしていたのだ。

ドムとサブという立場の、性の違いがあったが、それだけに同じ目的を見ているのだと、自然に思っていた。国を守り、王家を守り、自分たちに与えられた能力をよい方向へと導く。

パートナーではない。そんな関係にはならないからこその、二人だけの特別な関係だ。

よきライバルであり、同じ未来を歩く者――。

だから何かあった時には、自分がフィリスの力になる。守ってやれる。きっとフィリスも、自分を頼ってくれる。

だがそれはただの独りよがりだったのだと、ようやく気がついたのだ――。

⚔ ⚔ ⚔

「レオン、何かあったか？」

翌日、ローガンに捜査状況についての報告をしたあとで、レオンとフィリス、そしてそれぞれも副長も交えてレオンの執務室に顔をそろえ、もう一度これまでの経緯を確認していた。

ほとんど捜査に進展がないことを考えると、このあたりで忌憚《きたん》のない意見を出し合い、これからの方針を考え直す意味もある。

その中で、ふいにフィリスがそんな言葉を口にしたのだ。

「何がだ？」

だがその顔も見ないまま、淡々とレオンは返した。

実際に、何もない。自分の中で何かが変わったわけでもない。

「今日のおまえはどこかおかしい。仕事に身が入っていないように見えるが…、何か他に気にかかることでもあるのか？」

だがそんなレオンを、眉を寄せてフィリスが怪訝そうに眺めてくる。何か見透かそうとするみたいに。

　しかし冷静に指摘されるだけ、レオンはいらだってしまう。

「悪いものでも食ったんじゃないのか？」

　ちゃかすように、というより、場の空気を和ませるためだろう。ノウェルがことさら明るい声で口を挟む。

　わかってはいた。ノウェルからすればいつものことだ。それが彼の役割でもある。

　だが瞬間、頭の奥がカッと熱くなった。

「くだらないことを言ってる暇があれば、一刻も早くスパイをあぶり出すべきだろう！」

　気がつくとレオンは、テーブルを殴りつけるようにして吐き出していた。

　さすがに驚いたように目を見張り、ノウェルやディディエがレオンの顔を見つめてくる。部屋の空気も凍りついている。

「もちろん、その通りだな」

　しかしわずかに目をすがめただけで、フィリスは冷ややかに返した。手にしていた書類を、パサリとテーブルへ投げた。

　相手にされていないようで、レオンはよけいにいらだった。

「――ノウェル！　どうなんだ？　行動の怪しいヤツはいないのか？」

「今のところ挙がっていない」

　ノウェルが片手を上げて報告する。やはりはかばかしい成果はなさそうだ。

「おまえもあちこちで女に声をかけている暇があれば何か情報を手に入れろ！　ビーズリー卿の女官からは、何も聞き出せなかったのか？」

「ずいぶんな言い方だな」

声を荒らげたレオンに、さすが長い付き合いだけあってつっかかってくることはなかったが、ノウエルがちょっと眉を寄せた。

「どうやら、今日は会議にならないようだな」

感情もなくそれだけ言うと、フィリスが席を立つ。

「今のおまえのそばにディディエを置いておきたくない」

鋭く切るようなその指摘に、さすがにレオンはハッとした。

冷たい眼差しがまっすぐにレオンを見つめている。

見ると、確かにディディエの顔色が悪かった。グッと自分の腕をつかみ、何かを抑えるように額に汗をにじませている。

グレアが漏れているのだろう。自分ではわからなかったが。

フィリスは平然としていたが、やはり感じてはいるはずだ。

この間、パウルに使ったように意識的なものではなく、単に自分をコントロールできていないだけだった。どす黒い感情を垂れ流すみたいに。

それをフィリスに指摘されて、さらに恥辱で表情が歪む。

「何が気に入らないのか知らないが、少し頭を冷やせ」

そして少しとまどったようなディディエを連れて、フィリスがあっさりと部屋を出た。

レオンは思わず、その背中をにらみつけてしまう。

――おまえはまた、あの男に慰めてもらいにいくのか？

と。ただフィリスの背中に、そう吐き出さないように抑えるだけで精いっぱいだった。

「じゃ、俺も可愛い女の子に声をかけてくるよ」

あからさまに皮肉な調子で言うと、ノウェルも席を立つ。

どうやら今は、レオンに何を言っても無駄だと悟ったのだろう。

一人残された部屋の中で、レオンは必死に自分の中で荒れ狂う波を抑えこんでいた。

――何かあったか、だと？

一瞬、燃えるように頭の中が赤く染まる。だが、……そうだ。別に何があったわけでもない。

ただ気に入らない、というだけで。

淡々と、冷ややかなフィリスの顔が目の前に浮かぶ。

よく知っているフィリスの表情だ。

もっと他の、いろんな表情も知っていた。挑発的な眼差しも、憎たらしく微笑む口元も。勝ち誇った顔も、必死に他のサブを守ろうとする毅然とした表情も。

人前ではいつも冷静なフィリスだったが、レオンの前ではいろんな顔を見せていたように思う。

それだけ付き合いも長く、距離も近かった。

だがそれでも、あの男に見せたような顔を見たことはない。

それが、衝撃だったのか。

きっと他の顔もあるのだろう。パートナーにだけ見せる顔が。

与えられたコマンドに従順に従い、快感に酔う、とろけるような表情や、声や。

命令されることに抗いながらも、その至福に溺れるフィリスの姿を見ることができるのは、きっとたった一人だった。

そしてそれは、自分ではない。

ずっとわかっていたはずなのに、今さらに突きつけられ、えぐられるように胸が痛い。

これほど暗く、淀んだ感情が自分の中にあることを、レオン自身、初めて知った。

初めての感情だった。おそらくは、嫉妬――という名の。

レオンはこれまで誰かに嫉妬するようなことはなかった。自分よりも能力が高い者はいたが、それは追い越すべき目標になる。フィリスにしてもそうだ。競い合うべき、いいライバルだった。

だが自分の認めたその男は――別の人間を選んだのだ。

レオンよりも上だと、フィリスにそう認定されたようで、それにいらだっているのか。

そんなふうにも思うが、……本当はもっと単純なことなのだろう。

ただ、認めたくはなかった。ずっと心の奥底に封印してきた事実だ。

「クソッ…！」

無意識に食いしばった歯の隙間から、低い声が絞り出される。

自分がいらだっていることに、いらだつ。

こんなはずではなかった。裏切られた、などと思うのは筋が違う。単に自分が読み違えていただけなのだ。

感情的に他人に当たり散らすなど、恥ずべきことだった。自分自身、もっとも嫌う類《たぐ》いの行為だ。

理性ではわかっていた。

それでもどうしようもなく、レオンは暗い怒りが腹の奥にたまってくるのを感じていた——。

6

「遅くまで悪かったな、ディディ」

レオンたちと話し合ったあと、フィリスはディディエとともに自分の執務室へともどると、あらためて二人で事件について検討してみた。だが、たいした成果も出せず、とっぷりと日が暮れたのに気づいて、ようやく切り上げることにした。

「いいえ、僕はいつでも。特に用はありませんし、このあとは部屋に帰って寝るだけですから」

ディディエがデスクに散らばった書類を手元にまとめながらやわらかく答える。そしてふと、首をかしげた。

「それにしても…、今日のレオン様は様子がおかしかったのでは？　いつもと違って、すごくピリピりした雰囲気でしたが。何かあったのでしょうか？」

かなり心配そうな様子だった。

「そうだな」

フィリスも少し考えこんでしまう。

確かにおかしかった。レオンがあれだけ感情的になるのを見たことがない。

単に虫の居所が悪かった、ということもあるだろうが、それでもその理由はあるはずだ。

「盗難事件の方で進展がみられないから、とか……」

ディディエのせいではないはずだが、どこか申し訳なさそうに小さく口にする。

「それもあるのかもしれない」

だがそのくらいで、あんなにあからさまないらだちを見せるような男ではない。難しい敵、難しい仕事であれば、むしろよけいに楽しんで挑むタイプだ。

とはいえ、騎士団の団長になって最初の仕事だ。フィリスもそうだが、早く片付けて成果を見せたいところではある。レオンの方にもそんなプレッシャーがあるのかもしれない。

どうやらサブ以上に、ドムというのは政治的な競争があるものらしい。サブと比べて宮中で仕官しているドムは圧倒的に数が多く、そもそもが優秀な人間の集まりであり、出世争いが激しいのだ。この年で団長に指名されたことへの風当たりも強いのだろう。

もっともレオンならば、その程度のことはあっさりと蹴散らしそうだったけれど。あの男が自信を喪失する姿など、想像もできない。

フィリスにしても同じ立場のはずだったが、サブであるフィリスなど、ドムたちははじめから相手にしていないのだろう。あるいは、古い感覚に凝り固まった多くのドムたちからすると、フィリスのようなサブはたたき潰すよりも利用するものだという意識があるのかもしれない。

何にしても彼らを黙らせる働きをする必要があり、やはり盗難事件は早く処理したかった。

「捜査のやり方を変えた方がいいのかもしれないな……」

独り言のようにつぶやいたフィリスに、はい、とディディエもうなずいた。

「明日、もう一度レオンとも検討して、他のルートを考えてみよう。何か見逃している気がする」

「そうですね」

「ともかく、今日はもう休んでくれ」

うながしたフィリスに、では、とディディエが少しばかりそわそわとした様子で部屋を出た。

その後ろ姿に、やはり何か用があったんじゃないのか、と少し申し訳なく思う。

「……うん？」

と、デスクの上を片付けていたフィリスは、ディディエがすわっていたすぐ下に小さなハンカチが落ちているのを見つけて、何気なく拾い上げた。小さな刺繍《ししゅう》が入ったものだ。

「――ディディ！」

このタイミングならまだ捕まえられるだろうと思いながら、フィリスはすぐに廊下へ出てみたが、すでに姿は見えなくなっていた。ずいぶんと急いでいたらしい。

だがディディエの帰る先はわかっていたし、フィリスは部屋を片付けたあと、水をもらいに行きがてら、ディディエの部屋まで足を向けてみた。

フィリスの部屋は、自分の執務室とつながった一室だったが、副長であるディディエもほど近い、同じ棟に部屋が与えられている。

だがノックをしても返事はなく、中から漏《も》れてくる光もない。どうやら部屋に帰ってはいないようだ。部屋へ帰るだけ、と言っていたディディエにしては、妙に彼らしくない気がした。もともと夜遊びをするようなたちでもない。

ほんのちょっとした違和感、だ。それでも気にはなる。

フィリスは翌日、ハンカチを返しながら何気なくディディエの様子をうかがっていた。

「おはよう、ディディ。……これを昨日、落としていったようだった」

「えっ？　あ、すみません。気づきませんでした」

ディディエは少しあせったようだったが、ホッとしたようにそれを受け取る。

「連日すまないな。昨日はあのまま部屋にもどって休んだのか？」

「あ、はい。部屋で時系列をまとめていました。役に立つかはわかりませんが」

フィリスのさりげない問いに、ディディエはいつも通り穏やかに微笑んでうなずく。

「そうか。ありがたいな」

ふだんとまったく変わったところはなく、嘘をついているようには見えなかったが、それが嘘だということがフィリスにはわかっていた。

実はあれから何度かディディエの部屋を訪ねてみたが、明かりがついたのは真夜中を過ぎたくらいだったのだ。

だがなぜ、そんなことでディディエが嘘をつかなければならないのかがわからない。今まで、ディディエがフィリスに嘘をついたこともない。

……と思うが、今はそれも疑わしく思える。

もしかするとディディエがスパイで、盗んだ情報を売り渡す相手と会っていた、ということがあるだろうか？

そんな疑惑が一瞬、脳裏をかすめたが、さすがに、まさか、と打ち消した。

長い付き合いだ。ディディエの人柄や人間性は十分にわかっている。

だいたい、もしディディエがスパイだったとしたら、いったいいつからだ？　という話になる。名門の伯爵家の出で、国を裏切る理由もわからない。

……だがたとえば、フィリスの知らないところでドムのパートナーができて、その相手に言いくるめられた、あるいは、支配されて仕方なく、という可能性も考えるべきだろうか……？

サブの部下を持つ、ということは、そういう危険性も計算する必要がある。

卒業してから数年は、ディディエも同じ王宮内にいたが所属は違っていた。当然、新しい交友関係も広がる。スパイに関しては、もしかするとこの先、そういう危険性も考えておくべきかもしれない。

思わず考えこんでしまったが、それにしては、ディディエはあまりにもいつもと変わらない様子だった。

ディディエにパートナーができたとしたら、さすがにフィリスも察することはできると思うのだが、……正直なところ、フィリスは人の恋愛に敏《さと》い方ではない。自分自身、むしろ恋愛ごとは排除するように生きてきた。

だがディディエに同じようにしろ、というつもりはない。正しい相手を選びさえすれば。

用心のため、ディディエには当たり障りのない別の仕事を与えて使いに出し、フィリスはレオンと二人で盗難事件の検討をすることにした。

レオンの方も、あのあとノウェルとはまだ和解できていないのか、今日は一人だけだ。

他の人間に会話を聞かれるわけにもいかないので、この日はフィリスの執務室の方に来てもらっていた。

「グレアをまき散らすなよ」

と、しっかり釘を刺して。

不死鳥《フェニックス》騎士団にはサブが多い。騎士に選任されているくらいなので、ドムに対してもそれなりの耐性はあるのだが、それでもレオンのグレアはきつい。とはいえ、意識的に発するのでなければ問題はない。

しかし、この日ははじめから空気がおかしかった。

おかしい、ということがすぐに認識できなかったくらい、二人ともにおかしかったのだろう。

レオンは昨日から様子がおかしかったし、フィリスの方は、やはりディディエのことが気にかかっていた。

何か自分に隠し事をしている、というのは確かだ。

もし――ディディエがこの事件に何か関わっているのならば、レオンに相談した方がいい、とは思うが、はっきりしないうちに伝えるのはためらわれた。

そんな迷いと、ディディエを疑ってしまう自分へのいらだち。

レオンの方が何にいらだっているのは知らないが、やはり昨日からの不機嫌は直っていないようだ。

それ加えて、捜査が進まないいらだちが重なる。

すべてが悪循環だった。

「やはり盗まれたという宝石がどこかで売られた気配はないな」

手荒く報告書をデスクにたたきつけて、レオンが吐き出す。

「もちろん貴重なものだろうが、ビーズリー卿の宝石は盗んでまでコレクションに加えるようなものではない。金が欲しいのなら、すぐに売っていていいはずだが」

街の宝石商には通達を出している。該当の宝石が売られたらすぐにわかるはずだった。国外へ持ち出されたら手の打ちようはないが、そこまでするほどの価値があるかは疑問だ。

「やはり宝石の方はフェイクで、目的は機密書類だったんじゃないのか？」

フィリスの指摘に、レオンがうなずいた。

「可能性はある。だがあの盗難以来、目立った動きのある人間はいないんだ。外交官も何人かは滞在しているが、リストにあった人間が接触している気配もない」

現在、エルスタインに滞在している各国の駐在大使については、一人ずつ、その動向を調べてみた。

完全とは言えないが、そこまでおかしな動きをしている人間は見当たらない。

そもそも重要書類とは言っても、そこまで致命的な機密ではなかった。予算案とか、王宮の改修に関わる図面とか……もちろん国情が知られる危険はあり、国外へ流れていいものではないが、手間をかけて潜りこんだスパイが持ち出すにしては、少しばかりショボい。

そのあたりがどうも噛み合わなかった。突破の糸口が見つからず、推測の進めようがない。

だからレオンがそんな言葉を口にしたのも、おたがいのいらだちが頂点に達したせいかもしれなかった。

「そういえば、おまえの能力ではどうなんだ？」

「能力？」

ふいに聞かれて、フィリスは聞き返してしまう。

「予知能力があったんじゃないのか？」

腕を組み、にらみつけるようにして聞かれて、フィリスは大きく息を吐き出した。

「当てにされても困る」

個別に対応しているものでもないし、こちらが内容を選んで視《み》られるわけでもない。第一、王立学院を卒業後は、視ること自体が少なくなっていた。明らかに予知だと感じるような幻視や夢は、ほとんどない。それが本当に予知ならば、フィリスにはリアルに感じられる。

「学院にいた時は、俺がその予知に出てくることもあったんだろう？」

「そうだな」

確かに、レオンが出てくることは多かったように思う。あの教会の時もそうだ。

と、レオンが何か思いついたようにフィリスの顔をのぞきこんだ。いつになくその目が鈍い光を放っている。

「もしかすると、その予知にはドムの力が必要なんじゃないのか？」

「ドムの力…？」

フィリスは怪訝そうに眉を寄せる。

「あり得ることだろう？　ドムとサブというのは対の存在だ。サブだけが特別な力を持っているとは限らない。その力の発現にもドムの力が必要なんじゃないのか？」

身を起こしたレオンが、椅子にすわっていたフィリスを見下ろすようにして傲然と言い放つ。

そのレオンの声が、表情が、いつもとは違っていた。

「おまえ…、何を言っている？」

思わずフィリスは聞き返していた。

レオンのフィリスを見る目が、違っている。何か……冷たく、嫌な感じだ。

ゆっくりと迫ってくる男に、ぞくりとフィリスは背筋を震わせる。

「やってみるか？　俺がおまえの力を引き出してやれるのかもしれないぞ？」

グッと手首がつかまれ、フィリスはとっさに振り払った。

「ふざけるな。おまえらしくもない」

正直、驚いた。考えてみればこれまで、最強のドムであるレオンに対してそういう意味で怖いと感じたことがなかった。

だが今は、本能的に怖れている。

そもそもレオンはフィリスに、というよりサブに、不用意に触れてくることはない。それだけ自然に、自分を律することができていた。

やはり何かおかしい。

「レオン？」

思わず確かめるように呼びかけてしまう。

「……なるほど。やはりおまえには、もうあの男の手がついている、ということか。他の男には触らせたくないと」

レオンが冷笑した。この男には似つかわしくない表情だ。

その声の冷たさがひやりと肌を刺す。

「あの男……？」

「ラファエル・ゼーブリック公爵、だったか？」

「おまえ、どうして……？」

ハッとフィリスを目を見張った。

まさかレオンが大叔父とのことを知っているとは思わなかった。

かといって、悪いことをしているわけではないのだ。後ろ暗いところもない。

ただ、羞恥にも似た気まずさのようなものが、ふっとフィリスの胸をかすめる。

それでもフィリスは、レオンをにらみつけるようにしてきっぱりと言いきった。

「おまえには関係ない」

わざわざ教えるようなことでもなかったし、……ただ確かに、レオンに知られたくはなかった。

自分の弱さを見せるようが気がしたのだろう。

それに、ふっ、とレオンが鼻で笑った。

「やはりおまえもただのサブだったんだな。パートナーでもない、あの男に慰めてもらっているんだろう？　あれがおまえのサブの顔ということか」

「おまえ……」

フィリスはただ呆然と、男を見つめていた。

レオンから、そんな言葉を聞くとは思わなかった。怒りよりも先に、重い衝撃に襲われる。

そして、胸を貫《つらぬ》くような鋭い痛みと。

「どうやら私は…、おまえを見損なっていたようだな」

怒りとやりきれなさ、そして絶望が身体の奥からせり上がってくる。

「ただのドムだったのはおまえだ！」

まぶたに焼きつくような痛みを感じながら、振り払うようにフィリスはたたきつけた。

レオンは――違うと思っていたのだ。心のどこかで強く信じていた。

だが結局、この男も同じだ。サブは、ドムに支配されて悦ぶだけの存在だと思っている。

大きく息を吸いこみ、絞り出すようにしてフィリスはようやく冷静に言った。

「このあとの捜査は、それぞれでやることにしよう。――出ていけ。今すぐにだ」

「せっかく何かのヒントが得られるかもしれない可能性があるのにか？」

しかしどこか露悪的にレオンが笑う。

「必要ない。うせろ！」

かまわず、フィリスはピシャリと言い渡す。

「フィリス、俺を見ろ《Look》！」

そしていきなり——だった。

容赦のないコマンドがたたきつけられる。と同時に、レオンのグレアが渦を巻くようにしてフィリスにぶつかってきた。

「——あぁぁぁ……っ！」

防御をとる余裕もなく、フィリスの身体は椅子から床へ崩れ落ちた。

息が、詰まる。ガクガクと全身が震え始めた。

今まで受け止めたことのあるグレアとは、まるで違う。圧倒的な重さ、厚さで、全身にのしかかってくる。抗いたいのに、ただ大きな力にたたき伏せられる感覚だ。

そして——身体の奥からゾクゾクと甘美な快感がせり上がってくる。与えられたドムのコマンドに悦んでしまう。

——レオンの命令に従いたい——ドムには従いたくない。いっぱい可愛がられたい——これは違う……。

身体の中で二つの思いがせめぎ合う。

それでも身体はじわじわと動き、いつの間にかフィリスは膝立ちになっていた。

強引に顎をとられるみたいに、上目遣いに男を見る。どうしようもなく視線が固定される。

レオンも、ただじっとフィリスを見つめていた。息を詰めるようにして、なぜか苦しげに。

「あ……」

——涙が、溢《あふ》れた。

声もなく、ただ涙だけが頬を滑り落ちる。

「フィリス……？」

ハッと、我に返ったようにレオンがかすれた声をもらした。

「フィリス…！　すまない、俺は……」

あせった声でレオンの両手がきつくフィリスの両肩をつかみ、そのまま立たせようとする。

「あ……」

知らず、危うい声がこぼれた。

レオンの手の感触、強さ、そして熱に、全身が震え出す。細胞の奥底まで、何か疼くような感覚が沁みこんでくる。惨めに身体が反応してしまいそうになる。

——ダメだ……。

どれだけあがいても、やはりサブの本能からは逃げられないのか。レオンに——この男に屈服するしかないのか。

悔しさと憤りが混じり合い、思うようにならない身体をよじって、フィリスはただ男の手を振り払

おうとする。

「フィリス！」

上体が椅子に崩れ落ち、反射的にレオンの腕がフィリスの身体を支える。

「触るな……！」

とっさに叫んだ、その時だった。

ほんの一瞬。目の前に白い光が弾けた。

鮮やかに、焼きつくように、まぶたの裏に何かの場面が流れる。

「え……？」

時間が止まったようにも、無限にも感じる。

幻視──……？

この感覚は本当にひさしぶりだった。ただの夢とは違う。音が聞こえ、匂いがし、肌にその場の熱を感じるほどの現実感に襲われる。

「……フィリス？」

椅子に顔を伏せたまま、ピタリと動きの止まったフィリスに、レオンが息を詰めるように声をかけてくる。だがそれも耳に入っていなかった。

──これ、は……。

一瞬の、場面だった。

襲いかかる黒い影。月に照らされた木々のざわめき。軋む馬車の音。

少女の恐怖に引きつった表情。

――いやっ！　助けて！

少女の上げた高い悲鳴が耳に残っている。

これは、予知――なのか？

7

ひどく苦い、息苦しい、ざらついた後悔だけがレオンの胸に襲いかかっていた。

「フィリス、俺は……」

レオンはただ立ち尽くしたまま、きつく唇を噛む。

抑えられなかった自分が信じられない。

「黙れ」

しかし大きく胸をあえがせるフィリスにさえぎられ、それ以上、言葉にできなかった。

身体はつらそうだったが、フィリスの強い眼差しがレオンを見上げ、ぐいっと腕がつかまれる。よろめくくらいに強く。

「フィリス…？」

自分のしたことがわかっていただけに、レオンはさすがにとまどった。

「レオン、続けろ」

「え？」

さらに予想外の言葉がフィリスの口から聞こえ、レオンは大きく目を見開いた。意味がわからなかった。思わず聞き返してしまう。

フィリスが唇だけで薄く笑う。目はまったく笑っていなかったが、荒い息をつきながら必死に言葉を押し出した。

「確かに…、おまえの言う通りかもしれないな。おまえの……、ドムの力で予知ができるのかもしれない」

「え？」

皮肉な調子で冷静に言われ、さらに間の抜けた声をもらしていた。

「続けろ。私に触れて……支配しろ！」

叱りつけるように言われて、レオンはゴクリと唾を飲みこんだ。

「しかし……」

「できないのか？　さっきは身勝手に襲ったくせに？」

しかし挑発的に言われ、レオンは大きく息を吸いこんだ。覚悟を決めるしかない。

今はフィリスに従うしか、自分にできることはない。

「プレイを、ということか？」

「そうだ」

確認したレオンに、フィリスがきっぱりと答える。

「セーフワードは？」

プレイであれば最低限、それは必要だった。

フィリスがプレイをやめたい時、レオンを制止する言葉。

「ページボーイだ」

ちょっと考えてから、フィリスが短く決めた。

七歳で初めて出会った時の、従兄弟の結婚式。レオンの受け持った役割が「ページボーイ」だった。

「……確かに、それは萎《な》えそうだ」

ため息交じりにつぶやく。

そして気を取り直し、腹を決めて顔を上げた。

「フィリス…、俺を見ろ《Look》」

それを発した瞬間、レオンの心臓がドクドクとものすごい早さで鼓動を始める。じわりと身体が熱くなってくるのがわかった。

ただ――その短い言葉を口にしただけで。

フィリスに対して。

想像もできなかった。……それでも、夢に見たことはあった。まだ若い、思春期の頃だ。

夢の中で何度も繰り返し――フィリスを支配した。

美しい学院のクイーンだ。あの頃のフィリスを見て、それを夢想しないドムがいるだろうか？

もちろん現実にするつもりはなかったし、決して口にはできなかったけれど。

その短いコマンドで、びくん、とフィリスの身体が震える。

吸い寄せられるように伸びた手がフィリスの顎を持ち上げると、潤んだ目がじっと見上げてきた。

「レ…オン……」

薄く開いた唇から赤い舌がのぞき、乱れた吐息が吐き出される。フィリスも体温が上がっているのか、首筋のあたりがわずかに紅潮しているのがわかる。

抑えようもなく、下肢がドクッ、とたぎり始めた。

――これは……やばい。

予想以上に、想像以上に危険だった。

そう思うが、すでに止められる気がしない。自分のタガが弾け飛ばないように抑えるだけで精いっぱいだ。

「いい子だ《Good boy》、フィリス」

何も考えないまま、ささやくように言って、そっと髪を撫でるとフィリスが吐息のような甘い声をもらした。

そのまま輪郭をたどるようにこめかみのあたりから指をすべらせ、手のひらでそっと、フィリスの頬を包みこむ。

やわらかなその感触が肌に吸いつく。こぼれた吐息が手のひらに触れ、それだけで暴走しそうになる。浅い呼吸を繰り返し、目を閉じたまま甘えるようにレオンの手のひらに頬をすり寄せるフィリスの表情を、瞬きもできないくらいじっと見つめてしまう。

……こんな顔を見せているのか。あの男には。

初めて知って、ズキッと胸が痛んだ。

指先でなぞるように唇を撫でると、フィリスが静かに目を開く。

「本当に、いいんだな？」

目が合って、最後通牒《つうちょう》のように確認した。

フィリスの意図はわからない。だが必要なことだというのはわかる。望んだ行為でなかったとしても、必要だとフィリスが判断したのだ。

だからレオンは、ただ少しでもフィリスの負担が少なくなるようにするしかない。身体も、心も、だ。

一度瞬きをして、フィリスが短く言った。

「やれ」

むしろ、フィリスのコマンドだ。

「キス…を、レオン」

レオンは小さく笑い、そして次の瞬間、フィリスの唇を奪った。両手でフィリスの頬を押さえこみ、舌先で唇に触れると、一気に自分の舌を小さな口の中へねじこむ。

「――――ん…っ、ふ……」

一瞬、抗うようにフィリスの手がレオンの肩を突き放したが、すぐにその指は食いこむくらいにきつくつかんでくる。

逃げるように、あるいは誘うように淫らに動く舌をからめとり、レオンはきつく吸い上げた。息を継ぎ、何度も熱い舌を味わう。濡れた音が耳につき、唾液が唇の端からこぼれ落ちる。

ようやく息をつき、レオンはいったんフィリスの唇を解放した。

フィリスも肩で大きな息をつく。

――急ぐな。抑えろ。

必死に自分に言い聞かせながら、レオンはフィリスの身体を抱きしめ、頬に、首筋に唇を押し当てた。何度もキスを繰り返し、そっと床へ押し倒す。

いや、隣の寝室へ運ぶべきか…、と一瞬、迷った。フィリスもさすがに、執務室の床の上ではつらいだろう、と思う。デスクの脇で場所も狭い。

「レオン」

が、そんな頭の中をのぞいたように、フィリスが口を開いた。

「優しくする必要はない」

まっすぐに見上げてくる視線に、レオンは小さく唇を舐める。

「どうしてほしい？　命令してほしいのか？」

その問いに、フィリスはわずかに身震いしたようだ。それでも息を詰めるようにして、かすれた声で答えた。

「そうだ……」

その言葉に、ザッ…と痺れるような感覚がレオンの足下から這い上がる。嗜虐《しぎゃく》の悦びが全身を駆けめぐった。

相手は無敵のサブだ。クイーンを、自分の前に跪かせる――。

レオンも、自分自身、ドムとして、騎士としての理想はあったし、礼節は重んじるつもりだった。

だがそんな理性など、チリのように消し飛んでしまう。

大きく息を吸いこんでから、おもむろに身体を起こしたレオンは、そのままフィリスの椅子に腰を下ろした。

フィリスを見下ろし、静かにコマンドを発する。

「立て《stand up》、フィリス」

びくん、と一瞬、身体が震えたが、フィリスがゆっくりと立ち上がった。

かなり皺《しわ》になってしまったが、おたがいにまだ騎士の制服のままだ。

このまま進めるのも悪くない気がしたが、やはり神聖なものでもある。汚すとあとでフィリスに怒られそうだ。

「自分で脱いでみせろ《strip》」

続けて与えたコマンドに、フィリスはわずかに身を固くしてから、そっと指を動かす。ボタンを一つずつ外し、そのまま床へ服を脱ぎ捨てていく。

かすかな衣擦れだけが空気を揺らす中、レオンはドキドキとその姿を見つめてしまう。

さらされた肌はわずかに赤く染まり、羞恥と屈辱と、動揺と期待と。そして快感とが入り混じった表情は見たことのないもので——やはり美しいと思う。

下衣だけになってから、さすがに躊躇するようにフィリスが動きを止めた。上目遣いに、何かすがるようにレオンを見つめてくる。

「全部だ」

しかし容赦なくレオンは言った。

さらに一瞬、フィリスの肌が赤く色づく。小さく唇を噛み、きつく目を閉じたまま、フィリスが最後の一枚を床へ落とした。

彫刻のようなその姿に、レオンは思わず息を呑む。

その中心はすでにわずかに形を変えていて、フィリスにとっては恥辱かもしれないが、レオンから見るとそれも完璧に思える。

「フィリス、隠すな。さらして見せろ《present》」

反射的に中心を隠そうとしたフィリスに、レオンは鋭く命じる。

ただ見つめられるのもつらいのだろう。……あるいはそれも、サブからすると快感に変わるのだろうか。

「レ…オン……」

レオンの視線でさらに中心が硬くしなり、小さく震えながら恥ずかしく持ち上がる。こらえきれないようにフィリスがうめいた。

「来い《come》、フィリス」

少しトーンをやわらかく口にすると、ホッとしたようにフィリスが足を動かした。

すぐ前に立ったフィリスの肢体をあらためて眺め、レオンはそっと腕を伸ばす。

恐ろしく貴重な宝石に触れるみたいにフィリスの手を取ると、静かにコマンドを口にする。

「キスを《kiss》、フィリス」

一瞬、フィリスは大きく目を見開いた。

自分からキスをする、ということに、やはりとまどいがあるのだろう。

……あの男にはしていないのだろうか？　ラファエル・ゼーブリック公爵には。

ふっとレオンは頭の中でそんなことを考えてしまう。

ずっと年上で、おそらくは経験も余裕もある男だ。どんなふうにフィリスを悦ばせているのだろう……？　愛して、可愛がっているのだろうか。それともただ、身体を慰めるだけの関係なのか。

フィリスから訪ねているということは、やはりフィリスが必要だと思った時なのだろう。

あれだけの長い時間をフィリスとともにして、いったい自分は何をしていたんだろう……。

思い返すと、鈍い痛みと、全身を掻きむしりたくなる後悔に襲われる。

ずっと欲しかったはずなのに、ただ意地を張っていたのか。自分の気持ちに気づかないふりをしていたのか。

なりふりかまわず、ぶつかればよかった。……フィリスがそれに応えてくれたかどうかはわからないが。

取り返しのつくことではない。

今のこの行為は、償いなのだ。せめてフィリスには、快感だけを与えたい。

手を引かれるまま、思いきったように、フィリスがレオンの前でそっと身をかがめる。フィリスの髪がレオンの頬を撫で、やわらかな唇がためらいがちにレオンの唇に触れてくる。

その感触を味わいながら、椅子にすわったまま、レオンはグッと腕に力を入れた。

あっ、と小さな悲鳴を上げ、バランスを崩したフィリスの身体を、レオンは膝の上に抱き上げる。

ずり落ちそうになって、反射的にフィリスが両腕をレオンの首にまわし、きつくしがみついた。レオンの膝をまたぎ、腰に足を引っかけるようにして、ようやく安定を取りもどす。

ほっと一息ついたフィリスの背中を、レオンはしっかりと支えた。

初めて知ったその重みと熱に、心臓が苦しくなる。

「キスを続けろ、フィリス。やめていいとは言っていない」

そんな思いを振り払うように、少しばかり高圧的にレオンはコマンドを出した。

息を整えて顔を上げ、切れ長の眼差しがレオンをにらんでくる。

「……覚えておけ」

短い言葉が吐き出されたが、重苦しさは感じない。むしろ、学生時代におたがい挨拶のように交わしていた憎まれ口のような。

胸の奥がくすぐったく、少し安心する。

フィリスに何か目的があってのことだとはわかっている。それでも、フィリスもこの「プレイ」を楽しんでいるのだろうか――。

誘うようにわずかに上を向いたレオンの唇に、フィリスが唇を重ねてくる。舌先が触れ合い、キスが深くなると、レオンは抱えたままのフィリスの背中をそっと手のひらで撫で上げた。

「ん…っ」

あえぐような声をもらし、レオンの膝の上でフィリスが背中をくねらせる。

キスを続けさせながら、さらに脇腹を撫で、胸へとたどっていく。

「――あ…っ、ん…っ！」

そして指先が小さく尖らせている乳首を弾くと、フィリスの身体がびくん、と大きくのけぞった。

さすがにキスを続けられる状態ではないらしい。

レオンはそのまま指で片方の乳首を挟みこみ、きつくこすり上げる。爪の先で先端をいじり、さらにあえがせると、惨めに放置されたままのもう片方に自由になった唇を近づけた。

硬く尖った先を舌先で舐め上げ、口に含む。さらにたっぷりと唾液をこすりつけると、軽く甘嚙みしてやる。

「つっ…、――あぁ…っ！　よせ、レオン…っ」

腕の中でフィリスが大きく身体をよじった。

しかし腕を離せば身体が床へ落ちてしまうので、レオンの首にまわした両手は離せない。つまり身動きがとれない状態だ。

吐息で笑い、レオンは容赦なくフィリスの乳首をもてあそんだ。

特に狙ったわけではなかったが、浮き出した汗に濡れ、膝の上で大きくくねるフィリスの肢体は、ひどく卑猥な体勢なのかもしれない。

「んっ…、あ……」

さらに大きく成長した中心がレオンの服にこすれたようで、フィリスが小さな声をもらす。

その先端からは、こらえきれずにこぼれた雫が糸を引いていた。

それに気づいて、レオンは無造作に手を伸ばす。

「早いな…。そんなに気持ちがよかったか？」

ことさら意地悪く言いながら、指の甲で硬く反り返った全体をなぞり、指の腹で揉むように濡れた先端をいじってやる。

「——あぁぁぁ……っ！」

とたんにフィリスが大きく身体を跳ね上げ、ずり落ちそうになった背中をレオンがなんとか引きもどす。

そのまま前をこすり上げ、くびれを集中して刺激してやると、フィリスはレオンの首にきつくしがみついたまま、腰を激しく揺すり始める。

密着した身体から、二人分の熱が生まれ、さらに体温を高くする。

フィリスのこぼしたもので濡れた指を、レオンはそっとフィリスの背中へとまわした。

動きまわる腰の奥をたどり、ひっそりと隠された襞《ひだ》を指先で探る。

「あぁ…っ、そんな……っ…」

触れた瞬間、びくん、とフィリスの身体が跳ね、しかし待ちわびていたように淫らな襞はいっせいに収縮を始めた。レオンの指をくわえこみ、さらに奥へと導こうとする。

すぶっ、と根元まで押し入れると熱い粘膜にきつく締めつけられ、抜き差しするとフィリスの身体がそれに合わせて上下する。

「あぁっ、ああ…、――そこ…っ」

身体をのけぞらせてあえぎ、レオンの肩に深く爪を立てる。

小刻みに腰を揺すり、フィリスは体中で快感を貪《むさぼ》っているように見える。

「気持ちがいいか……?」

その表情を見つめながら、レオンはそっと尋ねた。……多分その声は、耳に届いていないのだろうけれど。

ダメだ、と思うのに、優越感と嗜虐心がじわじわと身体の奥から滲み出てくる。

やはりドム、なのだ。

サブは支配される悦びに溺れ、ドムは支配する悦びに酔う。

あの男にも、こんな顔を見せたのか…?

そう思うとたまらない気持ちで、もっと乱れさせたくなる。もっと快感を与え、別の顔が見たいと思う。

止まらなくなる――。

レオンが後ろに含ませた指で大きく中を掻きまわすたび、とろとろとフィリスが先端から蜜《みつ》を滴らせ、レオンのズボンを汚していく。

「あぁ…っ！　んっ、あ…っ、——あぁ…っ！」

と、その時、高い声を上げたフィリスが、一瞬、動きを止めた。

大きく目を見開き、まるでゼンマイが切れた人形のように。

「もう…、いい」

そして荒く、途切れ途切れに息をつきながら、いきなりフィリスがレオンの腕をつかんで低く言った。

「——フィリス？」

さすがにレオンはとまどった。

やめろ、ということだろうが、中途半端ではないか、と思う。つらいのはフィリスだ。

「いいのか？」

重ねて確認する。

フィリスの前は硬く反り返り、今にも弾けそうだったが、まだ達してはいない。

「いい…！」

肩で大きくあえぎながら、決然とフィリスは声を上げたが、後ろから引き抜こうとしたレオンの指の動きに、膝から崩れ落ちてしまう。

「あ…あぁ…ッ、ダメだ…、最後まで……、早く……！」

「そうだな」

少し意地の悪い気持ちで、レオンは二本に増やした指でたっぷりと中を掻きまわしてやる。

「……ふ…っ、あ……、いい……っ」

大きくあえぐたび、フィリスの前が淫らにしなり、先端から蜜を飛び散らせる。

こらえきれず、フィリスがほったらかしにされた前に手を伸ばしていた。

「ダメだ。自分では触るな」

気づいて残酷に命じると、パッとフィリスの頬に朱が散る。涙目でにらんでくる。

と同時に、どうにかしろ、とその目が訴えた。

だがレオンの手も塞がっていて、貸してはやれない。

「俺のにこすりつければいい」

レオンの中心も、当然ながらもうずっと硬く張り詰めていた。ズボンを押し上げ、痛いくらいだ。

腰をくねらせ、フィリスが必死に自分のモノを押しつけてくる。

「あぁ…っ、あ……、もう――」

レオンの腕の中で、フィリスが高く昇りつめていく。

その姿を眺めながら、レオンは後ろの指でフィリスの弱いところを一気にきつくこすり上げ、突き崩してやる。

フィリスの身体が伸び上がり、恍惚とした表情が汗に濡れた顔に一瞬浮かぶ。

その美しさに心を奪われた。もう何度目かわからないが。

たった一度、手に入れられるのなら、罪人になってもいいと思うほどに。

……いや、もう罪人だった。

レオンにとっては、たった一度の幻影で、――きっとこの先、苦しむことになる。

二度と手に入らないことに。そして他の誰かが、この身体を愛しているだろう事実に。

ハァハァ…、とフィリスが膝の上で大きくあえいでいる。

「まだ、続けるか？」

もちろん期待することもなく、レオンは押し殺した声で尋ねた。

期待はしていなかったが、期待がなかったわけではない。

「そんなヒマはない」

しかしやはり、口を開いたフィリスからはバッサリと切られる。

よろける身体でようやくレオンの膝から下り、床に散らばっていた服を引き寄せる。

「なぜおまえとプレイしたのか、わからないのか？」

余韻《よいん》もなくそれを身につけながら、いくぶんトゲのある口調でフィリスが尋ねてきた。

今さらに聞かれ、レオンは思わず瞬きした。

レオンが手を出してしまったせいで、フィリスのサブの本能に火をつけてしまったから、くらいしか思い浮かばなかったが、どうやらそういうことではなさそうだ。

「いや…、わからない」

ひどく間の抜けた顔だったのだろう。いきなりサル並みに知能が落ちた気がする。

上着を羽織りながら、上目遣いにフィリスがにらみつけてくる。

「おまえが言ったことだ」

そこまで言われて、ようやく思い出した。

「……予知、か？」

だが本当に、ドムの力がサブの能力に影響を与えると思っていたわけではない。

自分に何かできたのだとしたら少しは慰めになるが、考えてみれば、昔フィリスがその能力を発揮していた時にレオンと寝ていたわけでもない。

……それとも、あの男とすでに関係があったのだろうか。

考えるだけ重苦しい塊が胸に落ちてくるが、フィリスはそんなレオンの内心の葛藤など、まったく斟酌《しんしゃく》しなかった。

団服を身につけると、フィリスは厳しい表情で言った。

まるでこれまでの時間を切り捨てたように。

「すぐに動く必要がある」

⚔
⚔
⚔

急《せ》かされて、さすがにレオンはとまどっていた。

盗難事件に関して言えば、こんな時間からあわてて動く必要があるとは思えない。

だがフィリスが視たのは、まったく別の件のようだ。

「ここひと月ほどで、若いサブが数人、姿を消していることを知っているか？」

厳しい眼差しでフィリスに問われ、レオンはわずかに目を見張って首を振った。

「いや…？　そうなのか？」

そんな案件はまったく耳にしていなかったが、もともと「行方不明」というだけなら、騎士や兵士たちが大規模に捜索を行うようなことはない。幼い子供や貴族の子弟であれば、ツテを頼って捜索隊が出ることもあるかもしれないが、一般には旅に出たとか、単なる家出と考えられる。

だが。

「サブばかり…、なのか？」

ようやく気持ちを切り替え、レオンは冷静に確認する。

「そうだ。聞いただけだが、十二から十七歳の若い娘が三人、男が一人」

フィリスがデスクの奥にまわりこみ、引き出しから紙を一枚とり出すと、デスクにのせてレオンに示す。

丁寧な文字で四つの名前が書き記されていた。その横には年齢と、出身と。

公式な事件として扱われていなくても、フィリス自身は気にして調べていたらしい。

レオンの耳には入っていなかったが、やはりサブが関わるだけに、フィリスの情報網には引っかかったということだろう。

「ただ事とは思えないな…」

レオンも顎に手をやって低くうなった。これだけ続けば、さすがに事件性を疑っていい。

「トレントを覚えているか？」

ふいに聞かれ、それでもレオンはうなずいた。

「ああ。一つ下の学年にいた男だな。優秀だった。……おまえの騎士団に引き抜いたんじゃなかったか？」

下級貴族の息子だが、ノーマルだったので、フィリスが先に目をつけなければレオンが指名してもいいと思っていたくらいだ。

「確か、年の離れた妹がサブだと言っていたな」

妹とは学院で在籍は重ならなかったが、レオンが辺境から帰還した時、わざわざ挨拶に来て、ちらっとそんな話を聞いた記憶がある。

妹はクイーンにお会いしたいと今でも騒いでます、と笑顔で話していた気がする。

「そうだ。行方不明になっている一人は、その妹の友人だそうだ。貴族ではなく、田舎から出てきた娘のようだが」

「なるほど…」

「その年代でサブということは、おそらくみんな学院の生徒だ」

そして感情を交えずに続けたフィリスの言葉に、レオンはハッとした。

そうだ。そういうことになる。抜けはあるにしても、基本的に十歳から十八歳までの国中のサブが王立学院に集められているのだ。

スッ…、と、レオンも心臓のあたりが冷えていくのを感じる。

「つまり…、副学長のような人間がまた現れたと？」

さらにはプレイを強要するだけでなく、身体ごとさらった——？

それこそ、奴隷にするか、慰み者にするつもりか。

「わからない」

わずかに目を伏せて、フィリスは冷静に答えたが、当然その可能性を考えているはずだ。

「ただこの事件は、かなりの周到さを感じる。クズのような連中の気まぐれや、ちょっとした遊び心で起こしたものではない。関わっているのも、一人や二人ではないだろう」

「なぜそう思う？」

腕を組み、レオンは首をかしげた。

「姿を消した者たちはみんな、地方から出てきた者たちばかりだ。商人の娘はいるが、貴族の子弟は一人も入っていない」

その意味を理解し、レオンは思わず息を呑んだ。

「……なるほど」

そしてようやく、そっと吐き出す。

貴族の子供が姿を消せば、さすがに大騒ぎになる。帝都にいる家族が騒ぐし、王宮に報告が上がる。

騎士団が捜索に出る可能性もある。

それを、避けたのだ。抜け目なく。地方から出てきた平民の子供ならば、消えたとしても学院の生活が合わずに家に逃げ帰った、と思われるくらいだ。

じわじわと、レオンもこの事件の不気味さを感じ始めていた。サブであるフィリスにとっては、もっと身に迫る恐怖があるだろう。

「それで…、おまえは何を視《み》たんだ？」

慎重にレオンは尋ねる。

思い返そうとするみたいに、フィリスがわずかに目をすがめる。長い指先が額を押さえた。

「最初に視《み》たのは…、ほんの一瞬だった。若い娘が襲われて、逃げようと必死にもがいていた」

――いやっ！　助けて！

そんな叫び声を聞いたらしい。だが黒い影が娘に覆い被さった。

ちらっと一度、視線を上げてから、フィリスが続けた。

「次に視《み》たのはもっと長く、はっきりとしていた。顔はわからないが、若い娘が数人、暗い部屋に閉じこめられている。……怯えきっていた」

次――というのは、フィリスがレオンにプレイさせたあと、ということらしい。

そのために、フィリスは続けたのだ。

レオンとしたからといって、予知が降りてくるわけではない。……だろう。それでもあの時のフィリスには、それしか追いかける方法がなかったということだ。

そして実際に「視《み》た」わけだ。運がよかったのか、フィリスの思いがそれだけ強かったのか、あるいは別に理由があるのかわからないが。

額に手を当ててじっと考えていたフィリスが、ハッと思いついたように顔を上げる。

「最初に視た場所は、おそらく王立学院だ。正門の前」

「本当か？」

思わずレオンは聞き返す。

「ほとんど真っ暗だったが…、門の校章が影になって見えた気がする」

よし、とレオンはうなずいた。

「確かに学院の生徒をさらうのなら学院か、その周辺だろう」

昼間は無理だろうが、夜ならば校内もほとんど人気はない。馬車を用意しているのならば、正門の外が一番いい。

「予知だとして…、そしてそれが正しかったとしても、いつ起きる出来事かはわからない。一週間後か、ひと月先か」

冷静にフィリスが指摘する。だがその指は、無意識にぎゅっと胸のあたりをつかんでいた。

わかっていて助けられなかったとしたら、フィリスがどれだけ心に傷を負うかは想像できる。

「今夜かもしれない。明日以降は学院の門のあたりに兵をおけばいい。——剣をとってくる。厩《うまや》で落ち合おう」

必要不可欠なことだけを口にしてドアへ向かったレオンの背中に、ハッとしたようにフィリスの声がかかる。

「おまえ、私の予知を信じるのか？」

振り返り、レオンは短く答えた。

「当然だ」

レオンからすれば、実績は十分だった――。

8

王立学院は帝都の中心からは少し離れている。

賑《にぎ》やかな歓楽街があるような場所ではないので、馬を飛ばす道中も街は静まり返っていた。

「おまえに無駄足を踏ませることになるかもしれない…」

少し苦い思いで言ったフィリスに、レオンがあっさりと答えた。

「帝都の警備だと思えばいい。無駄足とは言わないさ」

人によけいな重荷を負わせないのは昔からだな…、とフィリスは小さく微笑む。

心遣いというよりも、きっと本当にそう思っている。

厳しくはあるが、そんなところが人に慕われているのだろう。

学院が近づくと、月明かりの下ではあったが、次第に見覚えのある風景が視界に入ってくる。

やはり懐かしさがこみ上げた。レオンと一緒だとなおさらだ。二人でまた学院を訪れることがあるとは思ってもいなかったけれど。

だが、そんな感傷に浸っている場合ではなかった。

黒々とした学院の威容《いよう》が目の前に広がり、壮麗《そうれい》な正門に近づいたあたりで馬の速度を落とす。

特に異変はないように見えた。他の馬や馬車の姿なども見えない。

――いや。

「何者だ⁉」

一瞬、闇の中で黒い影が動いたのがフィリスの視界の端にかかり、――しかしその時にはもう、レオンは誰何《すいか》の声を上げて、一気に拍車を掛けていた。真正面からつっこんでいく。

それを見て、フィリスもあらかじめ相手の逃げ道を塞ぐように、少しまわりこんで正門へと距離を詰める。

あせったように黒い影が正門の前を右往左往し、やがてあきらめたように立ち尽くした。

「誰だ、きさまは？」

馬の足を止め、馬上から威嚇《いかく》するようにレオンがあらためて詰問し、フィリスは馬につけていた携帯用のカンテラを持ち上げて、その影を照らし出す。

浮かんだ顔に、思わず声を上げた。

「――トレント⁉」

まぶしげに目をすがめ、同様に呆然とした顔でその影――トレントが口を開いた。

「フィリス様……？　それに、レオン様も。……いえ、失礼しました、団長」

正式な入団はまだなのだが、トレントはすでに不死鳥騎士団《フェニックス》への編入が決まっている男だ。思い出したように、あわててフィリスに敬礼した。

「こんなところで何をしている？　……何があった？」

不吉なものを感じ、フィリスの問う声に少し緊張が滲む。

「それが……」

困惑した様子で、しかし不安げにトレントが首を振る。そしてどう理解したらいいのかわからないというように、頭を抱えた。

「わかりません……。わからないんです！」

「なぜ、ここに来た？」

混乱してわめき出した男に、レオンが鋭く尋ねる。ピシャリと頬を打つような口調で。

ハッと我に返ったようにレオンを見つめ、トレントが肩で息をついた。乾いた唇を舐めると、ようやく説明を始めた。

「妹が…、帰ってこなかったんです。夜になっても」

震える声で言葉を押し出す。

当たってしまった予感に、フィリスは思わず目を閉じた。

これだけ次々とサブの姿が消えていれば、トレントも当然、悪い想像をするはずで、不安も大きいだろう。

「あちこち知り合いのもとを探したのですが……、まったく見つからなくて。あてもなかったのですが、妹の友人に話を聞けるかもと思い来てみたら、門の前でこれを見つけて」

トレントがきつく握りしめた拳を前に差し出す。ゆっくりと指を開くと、中には小さなペンダントが入っていた。鎖の部分が引きちぎれている。

「妹のものです」

震える声で言ったトレントに、フィリスは息を吸いこんだ。

「遅かったのか……」

絶望が胸をえぐり、きつく目を閉じる。青ざめた横顔を、月の光が残酷に映し出す。

ここで連れ去られた――ということだろう。フィリスの視《み》たとおりに。

怖れていたことだった。

「もっと早く私が動くべきだった。止められたのに！」

自分に対する怒りで、たまらずフィリスは拳で正門の格子を殴りつけた。抑えきれず、感情があらわになる。

他のサブと比べれば、自分は圧倒的に恵まれていた。だからこそ、自分が他のサブを守りたかった。

そのためにフィリスは学院でクイーンとして君臨し、騎士となった。すべてを助けられないことはわかっていたが、指の隙間からこぼれたようなこの凶行は、自分の責任でしかない。

無力さに叫びたくなる。無敵のサブが聞いてあきれる。

「あきらめるのか？　おまえらしくもない」

しかし背中から、いかにもあきれたようなレオンの声が聞こえてきた。

ビクッと肩が揺れ、フィリスはゆっくりと向き直る。

「レオン…？　何が言いたい？」

落ちそうな涙をこらえ、きつくレオンをにらみつける。

「フィリス。彼女はまだ連れ去られたばかりだ。とりもどすチャンスはある。……きっと他のサブたちもな」

冷静なレオンの指摘――その希望に、ふっとフィリスは息を吸いこんだ。

信じたい気持ちで、わずかに心が動く。

「だが…、追いかける手がかりがない」

それが問題なのだ。

「おまえはもう一つ、視《み》たはずだ。暗い部屋に閉じ込められている、と言っていたな？　思い出せ」

しかし重ねて言われ、フィリスはハッとした。

予知は――予知でしかない。回避できなければ意味がない。

正直、そんなふうにも思っていた。

自分の能力などしょせんその程度のものなのだ。伝説の聖神子とは違う。

それでも何か――できるのだろうか？

薄くフィリスの唇が開く。そして、何かを呑みこむようにしてうなずいた。

「……そうだな」

今はやるしかない。

自分の気持ちを落ち着かせるように、フィリスは目を閉じる。

フィリスの予知は、絵画のようにある場面を見る。だが静止しただけの絵ではなく、短い時間だったにしても、出てくる者たちは動いている。誰の視点かはわからないが、めまぐるしく移動している。自分がそこにいるような、リアルな体験なのだ。めまいがするようだった。

と、ふいに両手の先が温かい熱に包まれたのがわかった。

思わず目を開けると、レオンがフィリスの両手をとり、優しく握っている。

「大丈夫だ。ほんの一瞬視ただけでも、おまえはこの場所を導き出した。もう一つの場所もきっと探し出せる」

その言葉と一緒に、何か熱い、強い力が身体の中に入りこんでくる気がする。

まっすぐに見つめるレオンの目を見返し、フィリスはもう一度うなずいた。

「……ああ」

そして、静かに目を閉じる。まぶたに焼きついた光景を、もう一度、思い起こす。

予知が視《み》えるのは一瞬だったが、その光景はしっかりと記憶に残る。丹念に記憶をたどり、最初は気づかなかった細部に注意を払う。

視《み》えたのは、狭く暗い部屋に閉じこめられたサブの生徒たち。

――だが、そうだ。予知は目に見えるものだけではない。もっと他の……。

「フィリス、何か聞こえた声はないか？　音でもいい」

その時、レオンの声がやわらかく耳に落ちてくる。

「声……」

目を閉じたまま、フィリスは次第に集中を深めていった。

「男の怒鳴り声がする。一人じゃない」

おとなしくしていろ、と、生徒たちを脅す声。

「女の子が引きずられる足音。叫び声。ドアの音がする。……違う、ドアじゃない。鉄の扉だ。重い……、鍵を掛ける音」

ガシャン、と耳の中で冷たい音が弾ける。

地下牢のようなところかもしれない。

「続けて」

穏やかなレオンの声にうながされるみたいに、フィリスは記憶に残る光景をさらに探っていく。

「女の子が泣いている……」

絶望的な表情で、部屋の隅に何人も寄り添うように身を縮めて。

息苦しくなり、知らず表情が歪んだ。

大丈夫だ、と伝えるみたいに、レオンが握った手にわずかに力をこめる。

少し安心して、フィリスはさらに先へと記憶をたどっていく。

すると、耳の中にザーッ…と規則的な音が遠く聞こえているのがわかる。

「波の音……？　近いな」

「海沿いの場所か……」

つぶやくようなレオンの言葉に、フィリスはうなずいた。

「そうだ。潮の匂いがする。錆びた鉄の匂いも」

匂いの印象はさらに強烈だった。ひどくリアルに感じてしまう。

「階段があった。石造りの…、だがところどころが崩れている。古い館だ。庭の手入れもされていない。薔薇《ばら》が枯れている……」

ほんの一瞬、目に映っただけのものも、まぶたには刻まれている。それを一つ一つ丁寧に、フィリスは記述していった。

「男がパンを運んでいる。白い皿に入れて……」

「いいぞ。食事を与えているということは、すぐに殺すつもりはない」

レオンの声に力がこもる。

——と、その時。

ハッとフィリスは目を開いた。

無意識にきつくレオンの手を握り返す。そして肩越しに後ろを——学院の正門を振り返った。

その中心に掲げられている校章を。

——これだ。

フィリスは勢いのまま、レオンに向き直った。

「皿に紋章が刻まれていた。家紋だろう」

興奮でまともに言葉が出ているかわからなかったが、レオンはしっかりと受けとったようだ。

「貴族か……」

目をすがめ、レオンがゆっくりとうなずいた。

ならば、見つけ出すのは難しくはない。街の荒くれ者たちの方が、よほど捜すのは大変だろう。

「よくやったな。王宮へもどろう」

大きな笑みでレオンが言った。

その笑顔にホッとする。褒められて、胸が疼くようだった。コマンド、というわけではないはずだが。

そこまでたどり着いたこともうれしかったが、レオンの誘導は大きかったと思う。

一つずつ口に出して整理することで、大きな手がかりが見つかったのだ。自分だけでは見落としてしまっていただろう。

「おまえの妹は必ず連れて帰る」

振り返ってきっぱりと言ったフィリスに、トレントが泣き笑いのような表情を見せた。

「いえ、その必要はありません」

少しとまどったフィリスに、トレントがきっぱりと言った。

「私も行きます。同行させてください」

それにレオンが大きく笑った。

「そうだな。おまえも騎士だ」

「……おっと、朝帰り発見」

「ですね」

二人がいったん王宮へもどると、騎士団の宿舎棟の前に二つの影が並んで立っていた。

まだ時刻は夜明け前だ。あたりは薄暗く、うっすらと朝靄《あさもや》に包まれている。

ノウェルとディディエだった。

団長が二人そろって姿が見えないことに、一応、副長として心配していたのだろうか。どちらかがどちらかに居場所を尋ね、二人とも消えていることに気づいたのかもしれない。

確かに、副長に行動を伝えなかったのは団長としては問題だろう。真摯に反省する必要がある。

……とはいえ、その前段階のことを考えると、とても言える状況ではなかったし、さらに反省が必要な行動だった。

自分の執務室で……など。確かに緊急の状況ではあったが。

今さらに思い出して、フィリスは少し頬が熱くなったのを感じる。

だがあの時に強行しなかったら、同じ予知の「続き」を視《み》ることはできなかったと思う。

「コソコソと二人で何をしてたのかなー？」

いかにもな調子で、ノウェルがレオンを追及していた。

が、レオンにしてもまともに答えられるはずもない。

少しばかり体裁の悪いところはあったが、今は相手にしている時間はなく、正直、ちょうどよかったとも言える。

「重大な事件が起こっている」

レオンが淡々と告げた。

それにふっと、ノウェルの表情が変わる。

「例の盗難事件に進展がありましたか？」

「それとは別だ。おまえたちも図書室へ来てくれ」

それだけ言うと、フィリスは馬を宿舎の前につないで、図書室へ足を向ける。

ノウェルとディディエがおたがいに顔を見合わせるようにして、それでもあとについてきた。

歩調を合わせ、横に並んできたレオンが、厳しい表情のフィリスにことさら明るく言った。

「大丈夫だ。必ず見つけ出す」

「ああ、そうだな。だが、まずい」

前を見据えたまま、重く返したフィリスに、レオンが首をひねる。

「どうした？」

「連中はやり方を変えた。これまでさらったのはすべて平民の出身だった」

「家出で処理されるからな。大がかりな捜索にはならない」

レオンがうなずく。

「だがトレントは貴族だ。彼自身、騎士でもある。妹が消えたら黙っていないことくらい、想像はつくだろう」

「……つまり、どういうことだ？」

考えながらレオンがつぶやく。

「これを最後にするつもりかもしれない。望みのものを手に入れたのか、手に入れてこの国を離れるつもりなのか。捜索の手が伸びる前にな」

ふっ、とレオンが息を詰める。

「急ぐ必要があるな」

短くそれだけを言った。

「ああ」

フィリスも小さくうなずく。

時間が時間だけに誰もいない図書室で先に来ていたトレントと落ち合い、ノウェルたちにも状況を説明して、いっせいに国中の貴族たちの家紋が記載されている図鑑を当たった。すでに消えた家のものも記されているし、本家から派生した数多くの分家も少しずつ形は変わる。

それでも系統をたどれば、ある程度の流れは追えるはずだった。当代の名門貴族であればフィリスにも知識はあり、そのあたりは除外できる。

「……これじゃないか?」

フィリスの伝えた特徴の家紋を探し当てたのは、ノウェルだった。

逆三角に近い盾の形の中に、牡牛と星と剣。それが特徴的だ。

「そうだ。これに間違いない」

フィリスが確認する。

「なるほど。ネルフォード家か」

書かれている家名を見て、レオンが苦い顔でうなる。

「あのクズがやりそうなことだな…」

もちろんネルフォード家の人間は何人もいるが、頭に浮かんだのは一人だった。

そう、例のパウル・ネルフォードだ。

王宮のど真ん中でフィリスにグレアを使い、さらには剣を抜いて捕らえられた。

いったんは投獄されたのだが、どうやらネルフォード伯爵が必死に各方面の友人に頼みこんで放免させたらしい。どうやら末っ子の三男坊は、この家には初めてのドムということもあって期待も大きく、ずいぶんと大切に、甘やかされて育ったようだ。

放免の条件として、当然ながらパウルは将校としての任を解かれ、王宮には二度と足を踏み入れることはできない。郊外の伯爵家の別荘で軟禁状態となり、責任をもって教育をし直す――、ということだった。

そしてその結果がこれだ。

ドムである自分は、サブを自由に支配できる、という、パウルの歪んだ信念は変わらなかった。すべてのサブはドムに従うべきだ――と。

今パウルが暮らしている郊外の別荘というのは海に近く、フィリスの視《み》た条件にも合う。

とはいえ、いかに騎士団といえども、フィリスの「予知」だけを根拠に伯爵家の別荘に踏みこむのは、さすがに厳しかった。前例もない。

ローガンに相談を持ちかけてみることも考えたが、やはり確証がなければ騎士団を送りこむことはできない、という返答になるだろうと想像はつく。団長ともなれば、さらに慎重に判断する必要はあった。今のフィリスの立場なら、それはわかる。

それにローガンの英断があったとしても、もし万が一間違っていたら、筆頭である騎士団長としてのローガンの進退問題になってしまう。

しかし確実な証拠をつかんでいる時間はなかった。……あの、副学長を追いこんだ時と同じだ。

「行くか？」

だが今回誘ったのは、レオンの方だった。フィリスがじっと待っていることなどできないのはわかっているのだろう。

しかしその言葉に、フィリスは一瞬、躊躇した。

「いいのか？　もし間違っていたら……、騎士の称号は剝奪《はくだつ》されるかもしれない。間違いなく、団長の地位はない」

自分の予知で、自分が失脚するのはかまわない。だがそれにレオンを巻きこみたくはなかった。

「問題ない。おまえの予知は信じられる。十年前もそうだった」

しかしにやりと笑ってあっさりと言ったレオンに、フィリスは息を吐き、わずかに顔を伏せる。

「そうか」

ようやくそれだけを言葉にしたが、その信頼はうれしく、胸が熱くなる。

「王宮のように大勢の兵士が別荘を守っているはずもない。せいぜいパウルの子飼いが数人程度だろう。サブを誘拐しているのも、おそらくはその連中だ。だとすれば、俺たちだけでも片付けられる」

フィリスはうなずいた。そして、話を聞いていたディディエたちを振り返る。

「おまえたちが来る必要はない。言ったように、もし間違っていた場合、重い処罰があるだろう。騎士でいられるかもわからない」

とりわけノウェルにとっては、問題になるはずだった。もともと貴族ではなかったノウェルにとって、騎士の位は大きい。将来に関わってくる。

「おい、冗談だろう？　こんな楽しそうなパーティーに、まさか俺を置いていくつもりじゃないだろうな？」

しかしノウェルは大げさに怒ってみせた。

「私も同行いたします」

フィリスの問いを待たず、ディディエもきっぱりと言う。

「もし団長が辞されるのでしたら、私も副長でいるつもりはありませんから」

その言葉尻に乗るように、レオンがおもしろそうにノウェルをそそのかす。

「もし俺が団長を降格になったら、次の団長はおまえかもしれないぞ？」

「……なるほど！　それはちょっと考えるな」

ノウェルが真剣に悩むポーズをとってみせたが、もちろん気の置けない関係でのお遊びだ。

「もちろん私も行きます。私の妹ですから。兄の名誉を守らせてください」

視線だけでトレントに確認したが、やはりはっきりと宣言する。

それは当然だろう。

レオンがちらりと窓の外を眺めた。

「今から出れば、昼前にはつけるな」

まるでハイキングにでも行くような口調だ。

「もう一度、場所を確認しておこう。一時間後に北門の前だ」

レオンの指示にそれぞれがうなずく。

いったん散会する中、レオンがそっと、どこかためらいがちに聞いてきた。

「少し仮眠をとらなくて大丈夫か？」

確かにゆうべは寝ていなかったが……、そんな状況でないのは明らかだ。

「問題はない」

フィリスは冷ややかに返す。

「まあ、おまえは無敵だったな…」

レオンは苦笑して小さくうなずいた。

計画通り、フィリスたちはパウルの別荘を急襲した。

私兵は思ったより多かったが、まさか騎士たちが乗りこんでくるとは想像していなかったらしく、かなり浮き足立っていて、あっという間に片はついた。

フィリスが視《み》たとおり、地下牢にはサブの学生たちが三人、トレントの妹を入れて四人が監禁されており、それでパウルの罪を問うには十二分な証拠になる。

事前にフィリスが把握していたよりも一人少なく、少女たちだけだった。一人消えたという少年は、単に学院から逃げ出しただけなのかもしれない。

パウルは再び捕らえられ、今度は死罪を免れないだろう。よくても終身の労働刑だ。もちろんネルフォード家も地位と財産のほとんどが没収になる。

フィリスの「予知」についてはあえて口にしなかったので、フィリス麾下《きか》の騎士が行方不明になった妹とその友人を捜していて偶然にたどり着いた――、というだけの報告にしていた。すでに物証は十分にあったので、そのあたりの説明はほとんど必要なかったが。

「やってくれたな!」

事後報告になったローガンからは叱責を受けても当然だったし、ある程度の処分も覚悟はしていたが、そんな言葉で豪快に笑ってすませてくれた。もっとも、その報告をどこまで信じているのかはわからなかったが。

「今回は就任祝いということで、不問にしておいてやる。できたばかりの皇子、皇女殿下たちの騎士団にケチをつけるのも申し訳ないしな。だが今後、単独行動は慎め」

もっともな厳重注意だった。

ともあれこれで、誘拐事件は片付いた。

「しかし結局、この件は例の盗難事件とは関係なかったわけだ。あっちはまだ解決できないままだな……」

ローガンの部屋を出て、レオンが渋い顔でうなる。

膠着《こうちゃく》したままのアレが片付かない限りは、気持ちも落ち着かないのだろう。

それにフィリスは薄く笑った。

「いや、実はそちらも一つ、思い出したことがある」

えっ？　とレオンが声を上げる。

「何か視《み》たのか？」

そしてこっそりと、うかがうように尋ねてきた。

「そっちは予知じゃない。だがちょっとした副産物だな」

「どういう意味だ？」

レオンが首をひねる。

が、それには答えず、フィリスは言った。

「私の指定する日、一晩、付き合ってもらえるか？　おまえに拒否権はないが」

「……フィリス？」

どういう意味の「付き合い」なのか。

レオンがとまどったように、視線だけで尋ねてきたが、フィリスは無視した。

しばらく悩めばいい。

9

「……フィリス。この件が片付いたら、俺は騎士の称号を返上しようと思う」

星空の下、暗い庭の木陰の中にすわりこんだ状態で、レオンは伝えた。

レオンにしてもここ一週間ほど、考えた末の結論だった。

あの時、情けなくも嫉妬に駆られてフィリスにコマンドを使ったことが、どれだけフィリスのプライドを傷つけたのかはわかっていた。

ずっと、子供の頃からドムであることに自信と責任をもってきたつもりだった。サブを守るのが自分の務めだ、と。

フィリスは守られるようなサブではなかったが、だからといって襲っていいはずもない。それだとパウルと何も変わらない。帝国法にも反する。

自分がこれまで軽蔑してきた下劣なドムに——自分もなってしまった後味の悪さがある。あるいは本質的に、ドムというのはそういう性から抜けられないのか、と。時間がたって思い返すほどに、正直落ちこんでいた。

やはりそんな自分に騎士を名乗る資格などない、というところに考えが行きついてしまう。フィリスも——許すつもりはないだろう。

そのあとのことは、必要に迫られての流れだったとしても。

すぐ隣に腰を下ろしていたフィリスが、わずかに眉を上げてレオンを眺めた。

「それがおまえの責任の取り方ということか？」

冷ややかな声が尋ねてくる。

「まあ…、そうだな。他にやり方がない」

「くだらないな」

容赦なく一刀両断にされて、レオンは思わず息を詰めた。本当に刺されたように心臓の奥が痛い。

「ハ…、厳しいな……」

思わず本音がもれる。

かまわずフィリスが続けた。

「結果的におまえの推測は当たっていた。まあ、すべてのサブがどうかはわからないが、私は…、私が何らかの予知を得ようと思った場合、おそらくはドムの力が必要になる。あの時はおまえの力もあって、彼らを救うことができた」

「それは結果論だ。俺の罪が許されるわけではない」

レオンの中で、それははっきりしていた。

「おまえは好きなよう俺を断罪できる。……俺に何を望む？」

フィリスの望む形で裁かれるのなら、その方がありがたい。

「そうだな…」

フィリスがちょっと考えこんだ。

「ならば、理由が知りたい。おまえを、あの行動につき動かした理由だ。私の知る限り、おまえは自分を律することのできる男だと思っていたが」

「理由、か……」

レオンはちょっと考えこんだ。

多分、理由ははっきりしている。だがそれを口にするのは、やはり恥ずかしい。

だからこそ、それをさらすのが、贖罪《しょくざい》なのだろう。

思いきって、レオンは口を開いた。

「嫉妬、だな…。ラファエル・ゼーブリック公爵への」

「嫉妬？　おまえが？」

少し驚いたように、そしてあきれたように、フィリスが目を見開く。

そして二、三度瞬きして、吐息で笑った。

「それは…、おもしろいな」

「だろうな」

少しばかりふてくされたようにレオンは返す。

そうだ。認めるしかなかった。

いつの間にか——フィリスに恋をしていた。

いや、初めて会った七つの時から、だ。あの時からずっと。

フィリスもきっと、それはわかっているのだ。

今のレオンが、どれだけ哀れな男なのか。最強のドム、学院のキングと謳《うた》われた男が。

フィリスがくすっと、めずらしく声に出して笑う。

「……なるほど？　それはドムだからではなく、ただの人間だからというわけだな」

あらためて指摘されて、レオンはうなずいた。

「そう、だな……」

恋をすれば、ドムもサブもノーマルもない。ただの人間というだけだ。

そして愚かな、取り返しのつかないことをした。フィリスの心を傷つけた。

……だが同時に、罰も受けたのだ。

きっと自分は、この先一生、フィリスの肌を忘れられない。あの表情も、声も。

それが誰か他の人間のものになることを想像して、悶《もだ》え苦しむことになるのだ。

だがそれも仕方がない。

「おまえが騎士をやめたら、おまえの能力は無駄になる。私への贖罪を望むなら、騎士は続けるんだな」

「それはどういう——」

あっさりと返され、とまどって聞き返そうとした時、フィリスがわずかに身を起こした。

「来たぞ」

その短い言葉に、ハッとレオンも身体を伸ばす。

二人の視線の先で、確かにぼんやりと部屋の明かりが灯った。

真夜中のピクニックとしゃれていたわけではなく、二人は一つの部屋を見張っていたのだ。

——ビーズリー卿の部屋を。

もちろん、フィリスの計画だった。

ちらちらと部屋の中で、二つの人影が動いているのがわかる。

合図のようにフィリスに顎を振られ、レオンも素早く移動した。

二階の部屋へ入りこむのに、あらかじめハシゴを用意していた。バルコニーの端に引っかけて、レオンが先に登ると、窓際にうずくまって身を隠す。

すぐにあとからフィリスが追いついてきた。

バルコニーに続く大きなガラス扉に近づくと、ボソボソと中の話し声が聞こえてくる。

窓の左右に分かれ、おたがいに視線を合わせて、——一気に扉を押し開いた。

「なっ…」

「だ、誰だっ⁉」

中からあせった男の声が聞こえてくる。

部屋の主であるビーズリー卿と、そして――。

「うわ。ついにバレたか……！」

観念したように大きく頭を押さえたのは――ノウェルだった。

「おまえ……」

フィリスからはあらかじめ、ビーズリー卿とノウェルの密会現場を押さえる、と聞いていた。

聞いてはいたが、さすがにレオンは驚いた。目を疑った。

まさか、と、こうして目の当たりにしても信じられない。意味がわからなかった。

「ううむ…。もう少し引っ張れるかと思いましたが…、仕方ありませんね」

ビーズリー卿もがっかりしたように肩を落とす。

「つまりこれは、はじめから自作自演…、というより、盗難事件などなかったということですね？」

フィリスが冷静に確認した。

「そう。どうしてわかったんだ？」

少しおもしろそうにノウェルが尋ねてくる。

「叙任式のあと、盗難事件の捜査を命じられて、初めてレオンとビーズリー卿の部屋へ向かっていた時、君はレオンを待ち構えていたように、こちらの北翼の前にいた。それを思い出した。あの時点では盗難事件については公表されていなかったのに、まるでレオンがどこへ向かっているのか知っていたみたいだったな」

フィリスの指摘に、あー、とノウェルが天を仰ぐ。

「それに」

フィリスがゆっくりと続ける。そして突然、高く声を上げた。

「――ディディ！　君もいるんだろう？」

あ、と言うようにノウェルの表情が固まり、ぽっかりと口を開ける。

しばらく沈黙が続いたが、やがて隣の部屋からおずおずとディディエが姿を見せた。

「……すみません」

悄然《しょうぜん》と、フィリスに向かって頭を下げる。

「まいったな…。どうしてディディエまで絡んでいるとわかったんです？」

頭を掻きながら、ノウェルがため息交じりに聞く。

「先日、ディディエが私の執務室にハンカチを落としていった」

「あ、はい」

フィリスの言葉に、ディディエが小さくうなずく。だがそれがどうつながるのかはわからないようで、ただ呆然とフィリスを見つめている。

当然レオンも、まったく理解が追いついていない。

「状況的にはディディエが落としたものに間違いはない。だがそのハンカチはディディエのものではなかった。刺繍された家紋が違っていた」

あっ、とディディエが口元に手を当てる。とたんに視線が落ち着かなくなり、パッと頬が赤く染まっていた。

なんだ？　とレオンは首をひねる。

「正しくは家紋じゃない。黒い龍と、NWのイニシャルだ。――ノウェル、ウィニゲール」

ことさらゆっくりと、フィリスがその名前を口にした。

ようやく意味が通じて、レオンは呆然と自分の副長を眺めた。

「ノウェル、おまえ……」

本当に驚いた。

騎士たちはよく、自分の属する騎士団の名にあやかって持ち物に刺繍を入れる。ハンカチなどは、その最たるものだった。やはり昔、レオンが幻影《ファントム》騎士団にいた時には、団員たちでそろいの幽霊の図柄と、そして自分のイニシャルをやはりハンカチには入れていた。つまり今のレオンの黒龍《ドラゴノアール》騎士団であれば、黒い龍だ。

さらにいえば、ハンカチは恋人への贈り物としてきわめて一般的なアイテムだ。

あれだけ顔を合わせていて、まったく気がつかなかった。

「申し訳ありません……！」

ディディエがガバッと大きく頭を下げる。

「別にあやまることじゃない」

しかし例によって淡々とフィリスは返した。

「おまえ…、いつからだ？」

驚きが冷めないまま、レオンは尋ねた。

これで学生時代からなどと言われたら、ちょっと立ち直れないかもしれない。

「ついこの間からだよー」

なぜか怒ったように、ノウェルが頬を膨らませる。

「では、ディディも初めからこの自作自演の盗難事件に関わっていたのか？」

「違います！」

確認したフィリスに、ノウェルより先にディディエが噛みつくように答えている。

「違うんです。初めは…、あの、ノウェルが嘘をついているのがわかって」

上目遣いに、困ったような顔でディディエがフィリスを見つめている。

ああ、とあっさり、フィリスは納得したようにうなずく。

レオンからみると、ノウェルはかなり嘘がうまい、というより、いつも人をからかうような言動で内心を読み取らせないところがあるから、純粋にディディエは敏《さと》いな、と感心した。

「けれど、ノウェルがレオン様を裏切るようにはとても思えなかったので…、その、先に本人と話してみようと思ったんです」

「それで、ディディエをこっちに引き入れたんだよ」

ハァ、と大きなため息をついて、ノウェルがあとを引き取った。

「まあ…、その関係でちょこちょこ、こっそりと会ってるうちにね」

言葉を濁したノウェルに、ディディエも恥ずかしそうに俯いている。

「それは別にかまわない。ただ、そもそもなぜおまえとビーズリー卿が一緒になって架空の盗難事件を仕組んだのかがわからない」

フィリスが変わらず冷静に追及した。

副長同士が付き合っているんだぞ？　何かもっと言いたいことはあるだろう——と、レオンとしてはフィリスのそのドライさにも、一言言いたいところだったが、確かに今は自作自演の盗難事件の方が重要だ。

「いや、これが俺というよりも団長…、ローガンからの指示でね。もっと言えば、他の三人の団長たちの総意であり、皇帝陛下からの密命でもあるんだな」

いくぶん大仰《おおぎょう》なノウェルの言葉に、しかし横でビーズリー卿も大きくうなずいている。

「その通りなんですよ」

「……どういうことだ？」

まるで意味がわからず、ぽかんとした顔でレオンはつぶやく。

「密命……？」

さすがにとまどったらしく、フィリスも目を瞬かせた。レオンもだが、皇帝が関わるほど大きな話だとは思っていなかったらしい。

「ことは、ドムとサブの国家機密に関わるからな。予知に関するサブの能力については、比較的よく知られているけど、実はその発現条件もこのところわかってきたらしくてね」

ノウェルが楽しげに続ける。

「予知の発現条件……」

思わずレオンは小さくつぶやいた。うっかりフィリスとも目が合ってしまう。

今のところレオンとしては、能力のあるサブがドムの力を得て——つまり「プレイ」をおこなうことで、発現しやすくなるのではないか、と考えていたのだが。一応、実証もできている。

「まだ検証途中ではあるみたいだけどね。ただ、これまでの伝説になった聖神子には必ず、そばに優秀なドムのパートナーがついていた。気持ちも安定するだろうし、当然と言えば当然かな。それでだ。ここになんと、伝説級のドムとサブが存在する」

ノウェルが両手を広げ、レオンとフィリスとを指し示す。

「お偉いさんたちとしては考えたわけだ。もしこの二人が結ばれたとしたら、伝説を越える聖神子が爆誕するかもしれない！　……ってね」

ノウェルの言葉はぶっちゃけすぎなのだろうが、言いたいことはわかる。ビーズリー卿も横で引きつった笑みを浮かべていた。むしろ巻きこまれた卿が気の毒だ。

「もし二人がおたがい心身ともに許し合える最高のパートナーになれば、フィリスは歴代の聖神子に匹敵する能力が開花するかもしれない。聖神子は国家の財産だよ？　その期待ができるだけに、皇帝陛下としては自然に任せるだけでは埒《らち》があかないと思われたようだ。といっても、無理強いできることじゃないしね。しても意味はない。だからせめて、その機会をできるだけ広げよう、と考えたわけだ。ここしばらくは二人で事件を追えただろう？　一緒に過ごす時間も増えるし、おたがいに命を預け合うこともある。そういう共同作業がいいんじゃないかとね」

どうりでいろいろとチグハグだったわけだ、とようやくレオンも納得した。

「大の大人が、それも国家を動かしている方々がそろいもそろってですか…」

フィリスが無感情につぶやいた。

かなり怒っているな…、とレオンでなくともわかる。むしろあきれているのだろうか。

「期待値が大きすぎると思うぞ？」

レオンもとりあえず言葉を挟む。

「国家プロジェクトなんだってば」

ノウェルが必死なふうで訴えたが、ノウェルに関して言えば、ただおもしろがっていたようにしか見えない。

「結局、やってみないとわからないわけだし、おたがいに意地を張るのはやめて、一回くらい相性を試してみたら？」

あまりにも気軽にノウェルが提案する。

……すでに一度、ヤッた身としては、レオンはフィリスの顔を見ることができなかった。

フィリスがどう考えているのか、わからない。それが微妙に怖い。

「まあでも、非常に優秀な『ドム』と『サブ』が最高の形で適合し、調和するっていうのは、パートナーになる、というより、マリアージュする、というべきかもしれないけどね」

空気も読まず、ノウェルが脳天気に笑った——。

10

「どうした、フィリス？」

ビーズリー卿の部屋から、自室へもどる夜道をぼんやりと歩いていたフィリスに、レオンが心配そうに声をかけてくる。

気がつくと、すぐ間近にレオンの顔が近づいていて、フィリスは少し驚いた。

「……ああ、すまない」

あわてたように、レオンがわずかに身を離す。

「いや…、少し気が抜けた」

フィリスは軽く肩をすくめて言った。

「そうだな」

レオンもかすかに笑ってうなずく。

「まあ、スパイうんぬんの話じゃなくてよかったんだろうけどな」

確かにそうだ。もうよけいな心配をする必要はない。

「それにしても、俺たちのことが皇帝陛下の懸案にまでなっているとは驚いた」

嘆息したレオンに、フィリスもちょっと笑ってしまう。

確かに、考えてもいなかった。他の人間にならば、よけいなお世話だ、と一言、言い放って終わる問題なのだが。

「もし俺がおまえにふさわしいドムだったら、おまえは聖神子になれたのかもな」

と、レオンがどこか申し訳なさそうに口にする。

フィリスはわずかに眉を寄せた。

「私は別に聖神子になりたいわけじゃない」

それはあまりにもめんどくさそうだ。いろいろと縛られることも多いだろう。

「まあ、だろうな。だったら、いいか」

レオンが吐息で笑う。

「むしろおまえと本当にパートナーになって、その上で中途半端な予知しかできなかったとしたら、その方が陛下を失望させていただろう」

フィリスは静かに言った。

サブであること。予知の能力があること。

結局自分の価値は、それでしかないような気がした。

今まで自分のしてきたことに意味があったのか――わからなくなる。

「フィリス。何者であろうと、おまえはおまえだ」

しかし気負いもなくレオンの言ったそんな言葉が、スッ…と耳に入ってくる。

気がつくと、足が止まっていた。

やはり立ち止まったレオンが、静かに続ける。小さく微笑んで。

「フィリシアン・ミルグレイ。それがおまえだ。俺の……、ライバルだな」

フィリスは言葉もなく、瞬きもせず、ただレオンの顔を見つめてしまう。

息が――苦しくなる。

なぜこの男は――。

なぜかこぼれ落ちそうになった涙を、フィリスは必死にこらえた。

いつも欲しい言葉をくれるのだろう――。

ちょうど噴水広場の前だった。昼間は人の行き来の多いこの場所も、今は水音だけが優しく夜の静寂に響いている。

「フィリス。おまえは…、他のサブを守るために騎士になったんだろう？」

「そうだ」

聞かれて、フィリスは短く答えた。

「ならば…、サブを守ることはおまえに任せる」

まっすぐにフィリスを見つめて、レオンが言った。

「だから俺に、おまえを守らせてくれ」

穏やかな言葉に、フィリスは瞬きをする。

……守ってもらう必要などない。

ずっとそう言ってきた。

だが、そう。フィリスには他のサブを守る使命がある。もしかしたら、自分の身を守ることがおろそかになることもあるのだろうか？

レオンはいつも、そんな自分を気にしていたのだろうか。

まわりをよく見ていなかったのは、自分の方なのかもしれない。

「おまえは、それでいいのか？」

たとえ、パートナーになることがなくても。

「ああ」

確かめたフィリスに、レオンがただ静かにうなずく。そしてどこかまぶしそうに目をすがめ、フィリスを見つめた。唇の端が小さく微笑む。

「最初におまえに会った七つの時、多分、俺は一目惚れだった」

いつになく素直な言葉に、フィリスは瞬きした。それでもさらりと答える。

「そうだろうな」

なにしろ、いきなりプロポーズしてきたくらいいた。

かすかに笑って、レオンが続ける。

「王立学院の入学式の時が…、多分、二目惚れだな。そして辺境から帝都にもどった四年前が三目惚れかもしれん」

「そうなのか？」

そこまで言われると、ちょっと懐疑的になってしまう。

「会うたびにおまえは美しくなっていたからな。……なんか、もうジタバタしても仕方がない気がする」

肩の力が抜け、ただ自然とレオンは言った。

やわらかな笑顔。落ち着いた微笑みだった。これまでの自信たっぷりな笑みとも違って。

「だから…、おまえを守りたい。他には何も望まない」

気負いのない、ただまっすぐなその言葉が、ずしりと胸に落ちる。

「考えておこう」

あえて無愛想に返したフィリスに、レオンが吐息で笑った。

「頼む」

いつになく低姿勢だった。

少し胸が温かく、くすぐったい。

レオンは……もがいたあと、何か一つ、殻を破ったのかもしれない。

フィリスは、妙に落ち着かない気持ちを少し持て余してしまう。

すべて片がついた。

そのはずだったけれど、何か腑に落ちないような居心地の悪さが残っている。

……レオンとの関係が変わったことに、まだ所定の位置が決まらないようなとまどいがあるだけかもしれなかったが。

「いつかまた、試してもいいと思ってもらえるとうれしい」

ちらっと口元で笑って、少し調子に乗った男に、フィリスは淡々と答える。

「それはわからないな」

答えてから、バッサリと切り捨てることのなかった自分に、フィリスは少し驚く。

「おまえは俺が騎士でいることを許してくれた。これまでと同じく、いいライバルでいることも許してもらえるとうれしい」

そう言って、するりとレオンが手を伸ばしてきた。

うながされるように、フィリスも手を差し出す。

この男と握手——などというのもひさしぶりだった。むしろ、剣を交えることの方が多かった。

……が、ぎゅっと手が握られた瞬間。

「あ…」

ふっ、とフィリスは息を詰めた。

頭の中をほんの一瞬、いくつもの場面がすり抜けていく。

ドクッ…、と心臓が大きく響いた。

——まさか。いや、だがあの場所は……。

「……フィリス？　どうした？」

表情の凍りついたフィリスを、レオンがうかがうようにのぞきこんでくる。

「何か…、また視《み》えたのか？」

「いや。何でもない」

真剣な顔で聞かれ、フィリスは首を振って答える。

「おやすみ、レオン」

そしてぎこちなく微笑んでそれだけを言うと、フィリスはくるりと踵《きびす》を返した。

心臓がドクドクと激しい音を立て始めた。

――これは、違う。

ぎゅっと目をつぶり、反射的に自分のまぶたに映った光景を否定する。

これは、予知じゃない。

握手をしただけで……別にレオンと身体を交えたわけでもない。

それでも――そうだ。

思い返してみると、学院時代、フィリスの予知はたいていレオンと一緒にいる時に発現していた。

何なら、レオンと触れた時――だ。そしてその予知のほとんどに、レオンは絡んでいた。

学内の光景であれば、大きな式典やらイベントで一緒になることも多かったから、特に不思議に思ったことはなかったけれど。

それに子供時代はもっと散漫で、フラッシュのような光景だったのに、学院に入学してからはかなりはっきりとしたイメージになっていた。

卒業してからはしばらく、そんな幻視を視《み》ることもなくなっていたのだが――そう、レオンが辺境へ派遣されていた間は。

そしてレオンとの「プレイ」で視《み》たイメージは、これまでで一番鮮やかだった……。

——ドムというよりも、レオン、なのだろうか？　やはり？　自分の予知が発現するきっかけになるのは。

どくっ、と耳の中で反響するくらい大きく心臓の音が聞こえる。

そっと息を吸いこんで、フィリスは立ち止まった。ゆっくりと振り返ると、レオンはまださっきの場所に立ち止まったまま、じっとこちらを見つめている。

急に胸が苦しくなった。

フィリスはいくぶん大股にレオンのところにもどる。

「どうかしたのか？」

さすがにとまどったように、レオンが首をかしげた。

フィリスはレオンの胸倉をつかんで強引に引き寄せると、勢いのまま男の唇を奪う。

「……フィリスっ？」

さすがにあせったように、レオンが目を見開いた。

その目を見返して、フィリスはぴしゃりと言った。

「今度は、おまえは来るな」

今までで一番、はっきりと視《み》えた。

唇が触れた瞬間、その理由もわかった気がした。

「それと、裏の森で乗馬の練習をする時には、皇太子の左側につけ」

「おまえ、やっぱり何か視《み》えたんだな？」

レオンが確認してくる。

しかしそれには答えず、フィリスは背中を向けて歩き出した。

この能力に、発現の条件があるとしたら、それはきっと愛だ。

愛しているのだと。

それを自覚したからだ。

『愛を受け入れられるかどうかなのかもしれないね』

ラファエルに言われた言葉が、ふいに耳によみがえった——。

⚔
⚔
⚔

「不死鳥騎士団《フェニックス》団長、フィリシアン・ミルグレイと申します。これよりのち、不死鳥騎士団《フェニックス》がユスティナ皇女殿下の警護を務めさせていただきます」

翌日、フィリスをはじめ選ばれた団員たちはユスティナ皇女への謁見《えっけん》を許されて挨拶をし、正式に警護の任に就くことになった。

基本的には二人ずつの交代制で、遠出をする時はさらに人数を増やす。闊達《かったつ》な皇女なので、かなり注意が必要だ。深窓の姫君だと侮《あなど》ると痛い目を見る。

他の団員はともかく、フィリスは天馬《ペガサス》騎士団にいた時からすでに皇女付きを務めていたので、この挨拶も形ばかりのものだった。

「よろしくね、フィリス。今さらだけど。……あ、クイーン？」

「どうか、フィリスとお呼びください」

表情も変えず、淡々と返したフィリスに、わかったわ、と皇女が苦笑する。

十二歳の皇女は、父王と同じ淡い茶色の髪と、母親譲りだろう、榛《はしばみ》色の目をした美しい少女だった。聡明で、好奇心が強そうな眼差しだ。

現在は王立学院に通っており、おそらくフィリスたちの話も、学園の歴史の一つとして耳にしたのだろう。お気に入りのネタのようで、よくフィリスをからかってくる。

「あ、そうだ。フィリスは銃の扱いが特に素晴らしいと聞いたの。教えてもらえるかしら？」

毎日新しい情報を仕入れているらしく、さっそくのリクエストだったが、フィリスは表情を変えないままに言った。

「それは陛下や妃殿下の許可を得てからにいたしましょう。銃は扱いが難しく、暴発の危険もありますから」

「姫様」

と、横から教育係の女官が軽くたしなめ、つまらないわ、と皇女が口を尖らせる。

ユスティナ皇女は、公式には「サブ」だとされている。その認定を受けている。

だがその行動や発言を身近に聞いていると、誰よりも多くのサブと接してきたフィリスにも、少しばかり違和感はあった。

たとえば気の強さは、まあ、フィリスもそうだし、人それぞれではあるのだが、皇女の場合、時によってかなり落差を感じるのだ。もっと幼い頃は、むらっ気がある、とよく言われていたらしい。

初めて顔を合わせたのは四年前だが、その時はサブではないか、というのがまわりの暗黙の了解だった。

王族にドムやサブが出ることは、もちろん稀《まれ》ではあったが、普通よりも確率は高い。だからこそ、フィリスが任されたところがある。

「もしかすると、姫様はスイッチではないかと思われるふしがありまして」

しかし少し前になって、フィリスは内々にそんな話を打ち明けられていた。

スイッチ――ドムとサブの両方の属性を併せ持つタイプだ。切り替えはコントロールできる人間もいるようだが、まだ若い皇女に自覚はないらしい。

ドムやサブ以上にきわめて数は少なく、その判定も難しい。そのため皇女もまだ「疑い」の段階だった。面倒を避けるために――具体的には婚姻の話が出た時などだろう――とりあえず秘匿《ひとく》されているようだ。

一時期は「スイッチ」こそが聖神子だと言われていたこともあったくらいで、やはり存在としては貴重だった。

スイッチで皇女、となると、将来的にかなり扱いが難しくなる可能性はある。どんなふうに成長するのか、あるいは何か特別な能力を秘めているかもしれない。

ユスティナ皇女の上にはもう一人、姉になる皇女もいるのだが、そちらは引き続き天馬騎士団《ペガサス》の管轄になっていた。ユスティナ皇女に専任の騎士団がついたのは、やはりその特殊な属性のためでもある。

ともあれ、フィリスとしては皇女の身辺を警護し、伸び伸びと成長するのを見守るだけだ。それが務めでもある。

学院への送迎や、遠乗りのお供などが日常の役目で、警護の任を拝命してからふた月ほどがたったこの日は、フィリスが遠乗りに同行していた。

普通の皇女なら王宮の裏の森くらいがせいぜいだが、乗馬の得意なユスティナ皇女はもっと遠くまで行きたがり、これまでの警護官もよく引きまわされていたらしい。

馬だけでなく動物全般の扱いがうまく、あるいはそれも、隠された能力の一つなのかもしれない。

好奇心が旺盛なだけに、何事も吸収力が高く、聡明なのは確かだ。

あちこちと足を伸ばすのも、単なる我が儘というわけではなかった。

洪水で流れた橋がある場所とか、大雨で土砂が崩れ、寸断された街道とか。あたりの地形を観察し、正しい意味で視察しているようだ。自由気ままにうろうろされては困るが、一国の皇女としては立派なことだと思う。なかなかできることではない。

それがわかるだけに、フィリスは皇女のお供を意外と楽しんでいた。フィリスの方から、皇女の興味のありそうな場所を提示することもある。

皇太子がもっと幼い分、むしろレオンの方が手を焼いていそうだった。まだ理屈の通じる相手ではない。先日は皇太子のどろんこ遊びに付き合わされたと聞いたが、想像するとちょっと笑ってしまう。

「フィリス？　どうかしたの？　楽しそうね」

そんなフィリスの様子をめざとく見つけて、皇女が尋ねてくる。

「いえ、なんでも。……皇女殿下、もう少し内側をお進みください。端の方は緩《ゆる》んでおりますから」

フィリスは的確に注意する。

この日も、軽くそこまで、と言いながら、かなり山間のあたりまで来てしまっていた。

つい数日前、上流の大雨で川が氾濫《はんらん》し、村がまるごと水没した地域だ。

「まるで地形が変わってしまったのね…」

崖の上から大きな湖のようになった土地を見下ろし、眉をひそめて皇女がつぶやく。

「治水はこれから重要な問題になってくるでしょう」

フィリスの言葉に、皇女がうなずく。

「そうね。国の仕事だわ」

そして、その帰り道だった。

急に天気が崩れ始めたかと思うと、みるみるうちに頭上に黒い雲が立ちこめていく。

「急ぎましょう」

フィリスは声をかけたが、すぐに激しい雨が降り始めた。

少し雨を避けた方がいいか、と考えながら、ふと、フィリスは妙な既視感を覚えていた。

目の前の煙るような雨。

これは――いつか、どこかで見た……、景色――場面、のような気がしたのだ。

ざわっ、と胸が震える。

――まさか……あの時の。

思い出した次の瞬間、ものすごい音とともに目の前に巨大な石が落ちてきた――ような気がした。

まるで本物のように、肌がギュッと収縮する。

あの時に視《み》た予知――幻視。

レオンと握手をした瞬間に、目の前にいくつもの場面が閃光のように現れたのだ。

その中の一つ――。

ハッとフィリスは我に返る。

「逃げろ！　落石がくるぞっ！」

とっさにフィリスは大きく叫んでいた。

「フィリス？　どうしたの？」

皇女が怪訝そうな表情を見せる。

「フィリス様……？」

「団長殿？　どうかされましたか？」

同行していた騎士や宮中警備の兵たちもあっけにとられた顔をしている。

だが次の瞬間、ゴゴゴ…という雷のような地鳴りが遠くに聞こえたかと思うと、あっという間にすさまじい轟音《ごうおん》となって崖の上から巨大な石が転がり落ちてきた。まさしく、落石だ。

うわあっ、と兵士たちの悲鳴が聞こえてくる。

だが崖っぷちの細い道で、かなり広範囲の落石だった。何人かが石に押されて、崖から馬ごと転がり落ちたのが土煙の向こうに見える。

「――ティナ様！」

声を上げると同時に、フィリスは並んでいた皇女の馬に飛び移った。その勢いのまま小さな身体を胸の中に抱えこみ、地面に転がると、とっさに崖っぷちに斜めに生えていた大きな木の陰に身体を丸めて潜りこむ。

皇女を腕に抱いたままなんとか確認すると、先頭付近の何人かは危うく落石を逃れ、何人かは崖から滑り落ち、何人かは岩に挟まれているようだった。フィリスも肩と足に大きな石がぶつかった感覚はあったが、痛みを感じている余裕もない。ただ必死に皇女の身体を守る。

どのくらいたってからか、大地が揺れるような轟音は嘘のように止んでいた。小石一つが落ちる音がはっきりと聞き分けられるくらいで、その静けさがむしろ耳に痛い。

薄く、そっと息を吐いて、フィリスは自分たちを守っていた大木の陰からそっと崖の上を仰ぎ見た。

と、サッ、と黒い影が視界の中で動いたのがわかる。

身を乗り出し、どうやらこちらの様子をうかがっていたらしい。

つまり自然の落下ではない。これは――。

山賊か、あるいは皇女だとわかった上で狙ったのか。

どちらにしても、早く安全な場所に皇女を逃がさなければならない。

真っ先にそれを考える。が、散り散りに逃げた馬を見つけるのは一苦労だろう。

とりあえずこの場所を離れなければ、また落石の危険があった。……あるいは、人為的に落とされたのだとしてもだ。

「動けますか？」

頭上に注意しながら、フィリスはわずかに身体を起こした。

そっと皇女に手を差し出すと、皇女はうなずいてその手をとる。この年の普通の女の子、そして普通の皇女のように泣き出したりしないのはありがたい。

フィリスは崖に背をつけたまま、ゆっくりと移動する。

ようやく低いうめき声が耳に届き始めた。

土砂に汚れたまま大きな石に完全に押し潰されている者や、手足にひどい怪我を負って血を流し、身動きできない者もいたが、今は彼らを助ける余裕がない。フィリス自身、どうやら左足をひねったようだった。

「すぐに助けにもどる」

そう声をかけたフィリスに、額から血を流している男がかすかにうなずく。

「皇女殿下を……」

彼にしても役目はわかっていた。

皇女が青ざめた顔でそれを眺め、視線を上げてフィリスに言った。

「負傷者の確認を。できる者は手当てをしましょう」

「殿下の安全の確保が先です」

フィリスの立場では、それが絶対の優先順位だ。

落石から逃れた者も数人はいたはずだった。彼らに皇女を預け、王宮に送り届けてもらえれば、同時にこの報告もできる。

――と、その時だった。

「フィリス、後ろよ！」

いきなり皇女の悲鳴のような声が耳に突き刺さる。

ハッと視線をもどすと、皇女が顔を引きつらせ、その視線はフィリスの肩越しに何かを凝視していた。

とっさに振り返ったフィリスは反射的に皇女を背中にかばう。腰の剣に手が伸びた。

さっきまでフィリスたちが身を隠していた斜めの大木の上に、いつの間にか黒い影が立っている。

崖の上から滑り降りてきたのなら、かなり身軽だ。

「――何者だ!?」

剣を抜き、フィリスは大きく声を上げた。

それが聞こえれば、離れていた兵士たちももどってくるはずだ。

とはいえ、賊ならば答えるはずもない。

グッ、と踏みこんだ瞬間、ズキリ、と足が痛んだ。まずい、と思う。

だが、この男一人ならば――。

その思った瞬間、キャァア！　という皇女の高い悲鳴が背中で上がる。

ズザッ、と崖を削るように別の男が滑り降りたかと思うと、フィリスから引き離そうとするように皇女の肩をつかみ、そのまま背中から引きずっていく。

「待てっ！」

とっさにそちらへ足を踏み出した瞬間、背中が無防備になっていた。

ドン、と首筋に重い衝撃が落ちる。

「――フィリス！」

皇女の切迫した叫び声が耳に届く。

しかし次の瞬間、フィリスの意識は黒い闇に呑みこまれた――。

11

王宮での通常の任務――つまり、皇太子殿下の警護だ――についていたレオンのもとにその知らせが飛びこんできたのは、すでに夕刻近い時間だった。
お付きの侍女たちに皇太子を預け、ホッと一息ついた頃だ。

「ユスティナ皇女殿下が落石に巻きこまれました！」

安否は不明——、と。

危うく難を逃れたうちの一人が必死に馬を走らせてきたらしく、とにかく応援が必要な状況のようだ。

真っ先に鷲獅子《グリフォン》騎士団に伝達がいき、飛ぶような勢いで救助に向かった。

鷲獅子《グリフォン》騎士団はもともと特定の誰かの警護に当たるのではなく、遊撃隊のようにどこへでも動ける態勢をとっている。王命を待たずに団長の判断で即時に動くことができ、出足の速さも特徴だ。それを追って、手の空いている宮中警備の兵たちが再編成され、いっせいに現場へと差し向けられる。

「——フィリスは⁉　フィリスは無事なのかっ？」

フィリスがユスティナ皇女に同行していることは、レオンも知っていた。

報告した男の首根っこをつかみ、恫喝《どうかつ》する勢いでレオンは尋ねたが、わかりません…、という答えしか返らない。他に、落石を免れた数人が皇女を捜して現場に残っているらしい。

その中にフィリスもいればいいが……。

レオン自身もすぐにでも向かいたかったが、今の任務は皇太子の警護だ。緊急事態だからこそ、状況もわからないまま、うかつにそばを離れることはできない。現場の状況は逐一、早馬で皇帝に知らされており、レオンもその情報を待つしかなかった。

だが時間がたっても、一向にはかばかしい知らせは入らなかった。

岩に潰されて亡くなった兵が数名。崖から落ちて大怪我を負った者が数名。

あたりはすでに暗くなっていたが、ユスティナ皇女とフィリスの姿だけは、なぜかいまだに見つかっていなかった。

生存した姿も――遺体でも。

――どういうことだ……？　どこにいる？

あせる気持ちを抑えて、レオンは考えこんだ。

あのフィリスが簡単に死ぬはずはない。そのはずだ。なにしろ、無敵のサブなのだ。

皇女も見つからないということは、きっとフィリスが守っているのだろう。それは確信できる。

だが他の人間は、すでに生死にかかわらず見つかっているというのに、二人の姿だけがないというのは、ちょっとおかしかった。

落石ということだったが、本当に自然に落ちたのだろうか？

と、そんなことまで考えてしまう。確かにあのあたりは数日雨が激しかったし、地盤が緩み、落石があってもおかしくはない状況だったが。

その時だった。

あらたに到着した早馬《はやうま》の知らせに、一同は息を呑んだ。

「崖下から見つかった警備兵の二人ですが、……斬り殺されておりました。石に潰されたのではありません！」

それが何を意味するのか。――もちろん、誰もが察していた。

皇女一行とは別の人間がいた。その者が警備兵を斬り殺した。おそらくは皇女をさらうために。

見つかっていないのだとしたら、きっとフィリスも一緒だ。

正体もわからない者にさらわれたのは問題だが、逆に生きていることは確かなようで、レオンは冷えた心臓からそっと息を吐き出した。もちろん死んでいれば、遺体は投げ出していくはずだ。

「捜し出せっ！」

皇帝の短くも絶対の命《めい》が飛ぶ。

レオンもすぐに飛び出して行きたい気持ちはあったが、連れ去られたのだとすれば、今から現場付近を捜してもあまり意味はないだろう。手がかりが見つかればいいが、それすらもフェイクとして相手がわざと残した可能性がある。

――どこへ……？　いや、誰が、だ。

きっとそれがわかれば、フィリスたちがいる場所はわかる。

レオンは強いて心を落ち着け、必死に頭をめぐらせた。

そもそもの狙いは皇女だったのだろうか？　しかし皇女を連れ去るというのは、よほどの覚悟がなければできない。そのへんの悪党の仕業ではない。

金目当ての誘拐、というのは、正直考えられなかった。帝国皇帝を相手に身代金など、自分の身が可愛ければ絶対にやらない。人質が生きていたにしても、死んだにしても、地の果てまでも追いかけられ、八つ裂きにされるだろう。金が欲しくて誘拐を仕掛けるなら、大商人の娘か、面倒事を嫌う貴族階級がせいぜいだ。

だとすれば目的は金ではなく、皇女自身が欲しかったということになる。もしくは、フィリスが。

あるいは、その両方だ。

二人とも帝国の、素晴らしく血統のいいサブであり、狙われる理由は十分にある。この間のパウルではないが、欲しいと邪心を持つ人間も多いだろう。

おそらく犯人は、二人がサブだということを知っている者だ。だが数は多い。

――リスクが問題なのだ。

レオンは冷静に考え直す。

わざわざ落石を起こして二人をさらったということは、かなり計画性がある。ただ単に、きれいなサブを手に入れて自分の思いどおりにしたい――、と汚れた欲望を持つ連中なら、その獲物を皇女にするのは、あまりにリスクが高すぎる。もっと手頃なターゲットはいくらでもいる。

いったい誰なら、このリスクを負ってまで皇女をさらうのだろう――？

そこが鍵のような気がした。

今考えられるのは二つだけだった。

皇女自身か、あるいは王家に恨みを持つ者。もしくは、敵国のスパイ――だ。この間まで必死に幻《まぼろし》を追いかけていたことを思うと、ずいぶん皮肉なものだ。

帝国繁栄の秘密を知りたいと切望している国は多い。そのために素直に留学してくる者もいるが、手っ取り早くこっそりと盗もうと考える国もあるだろう。

サブの特別な能力は、まさしく国家機密と言える。一国の後ろ盾があれば、このリスクを負うことはできる。ただ、バレた時には戦争は避けられないが。

それでも、国のために間違った方向に命を賭《か》ける者は確実にいる。

と、その時、レオンの視界の端に見知った男の姿が引っかかった。

「――ノウェル！」

レオンは声を上げて合図する。

状況を耳にして、わざわざレオンを捜しにきたのだろう。何もできず、ただ意味もなく広間でたむろしている官僚たちを掻《か》き分けるようにして、ノウェルが近づいてくる。

「レオン！　状況はどうなんだ？」

いつになくノウェルも厳しい表情だった。

「聞きたいことがある。例の盗難事件を仕組んだ時、スパイかもしれないとミスリードをしたな？　なぜだ？」

「え、なんだ、急に？」

ノウェルがちょっと怪訝な表情を見せる。今、その話か？　とでも言いたげに。

それでも、レオンがこんな時に無駄な質問をするはずのないことはわかっているのだろう。

「そうだな…。いや、単に事件を複雑に見せたかったというだけで、深い意味はない。だが実際に、スパイの噂はちらほらと耳にしていたからな」

やはりな、とレオンはうなずく。

そういう連中が多く入りこんでいることは事実なのだろう。

「今、帝国にいるスパイの狙いは何だと思う？」

レオンは重ねて尋ねる。というよりも、むしろ自分の考えを整理し、確認するための問いだ。

「それは当然、帝国が長きにわたってこれだけ繁栄している秘密だろうな。畑の生産性、新しい鉱山の探索と発見、貿易も盛んだし、皇帝陛下の政治手腕もあるが……、やっぱり決定的な違いは、ドムとサブの起用法だろうな」

ノウェルが考えるようにしながら口を開いた。

「もちろん、他国にもドムやサブはいる。だが聞いた話だと、この国よりもずっと数は少ない。まあ、見つけられていないだけかもしれないが。つまり見つけ出す能力、システムが帝国にはできている。それにその能力にしても、他国のドムやサブは帝国の者たちにはとても及ばないらしい。とりわけサブの予知の能力は特異だろう。王家もずっと秘匿してきたが、……まあ、いつまでも隠しておけるものじゃない。まわりの国もそろそろ勘づき始めていると聞く。王家がサブを手厚く保護していることは周知の事実だし。……え、つまりそういうことなのか？」

そこまで解説して、ハッと自身で気づいたように、ノウェルが声を上げた。

「毛並みのいいサブの誘拐が目的なんじゃないかと思う」

ノウェルの目を見ながら、レオンが低く言った。

国外へ連れ出せさえすれば、監禁して能力を絞り出させ、研究しつくし、……さらに子供を産ませることもできる。さらに増やしていける、ということだ。少なくとも連中がそう考えている可能性はある。

「いったい誰が……？　どの国がそんな……」

「それが問題なんだ」

険しい表情でつぶやいたノウェルに、レオンは短く言った。

はっきり言って、まわりのどの国も、喉から手が出るくらい「サブ」そして「サブの秘密」は手に入れたいはずだ。

「確かに、フィリスの予知は相当精度が高そうだからな……」

独り言のように、ノウェルがつぶやく。

ノウェルとしても、フィリスの能力については長い付き合いでうすうす察していたところはあったようだ。サブの学生が拉致された事件の時、レオンもある程度は説明していた。

ハッ、とレオンは思い出した。

「予知だ」

思わず声が出る。

もうふた月ほども前になるだろうか。

ノウェルの、というか、皇帝陛下の、というか、団長たちの、というか、子供だましのような自演自作事件を暴いた日。

フィリスがいきなり、レオンにキスした日だ。

驚いたが――フィリスはあの時、何か視《み》たのではないのかと思う。

サブの視《み》る予知のすべてが重大事件というわけではないようだし、些細な、日常の風景ということもある。階段でこける、とか、雨に降られる、という程度の。悪いことばかりではなく、虹を見た、とか、猫と戯《たわむ》れた、などというものもあるらしい。あるいは、ほんの一瞬、視《み》ただけでは、それが重大な意味を持つかどうかわからない場合もあるはずだ。

ただもうふた月も前のことで、今頃？　とも思うが、「予知」に関して言えば、直近の出来事とは限らない。数刻先のこともあれば、数カ月、数年先に実現することもある。

だがあの時、フィリスは何も言わなかった。

もちろん細部がはっきりとせず、ヘタに口にしても混乱させるだけ、という判断があったのかもしれない。

そういえばあの時は「裏の森で乗馬の練習をする時には、皇太子の左側につけ」という忠告をもらっていた。

何が何だかという感じだったが、それでも皇太子の乗馬練習に付き合う時、レオンは常に左側につくようにしていた。そして実際、裏の森で練習していた時、大きな木の根に子馬が足を取られ、皇太子が危うく落馬しかけたことがあったのだ。左側に。

レオンがそばにいたため、すぐに腕を伸ばして難なく受け止めることができた。

なるほど…、とその時ようやく、レオンも感謝とともに察したわけだ。

あの時、他にも何か言っていただろうか？

レオンは必死に記憶をたどる。

そう…、確か――。

「今度は、おまえは来るな」

無意識にレオンは口にした。確か、フィリスはそう言ったのだ。

ん？　と意味がわからないように、ノウェルが妙な顔で見てくる。

──来るな。ということは、レオンは動かない方がいい、ということだろうか？

ただじっと、フィリスが帰るの待て、と？

「それは無理だな」

「あ？」

目をすがめ、無意識にレオンはつぶやいたが、それにさらにノウェルが眉を寄せて、いぶかしげにレオンを眺めてくる。

そうだ。確かに「今度は来るな」とフィリスは言っていた。

とはいえ、どこへ来るな、と言ったのか、レオンがどこへ行けばいいのかの手がかりはまったくない。

何か──誰か。他にフィリスがヒントを残しそうな人間はいないのか。

レオンに「来るな」と言ったということは、レオンには言えないが、他の誰かに「予知」のカケラを残している可能性はある。

必死に考えて、あ、とようやく一人、思い出した。

あまり会いたくない男ではあるが、おそらくフィリスのことはよく知っている。フィリスの信頼もある。

……自分よりも、とは言いたくないが。

「ラファエル・ゼーブリック公爵に会ってくる」

突然言ったレオンに、へ？　とノウェルが妙な声を出した。

ノウェルからすれば、本当にいきなりだろう。

「皇太子殿下のそばにいてくれ」

だがかまわず、それだけノウェルに任せると、レオンは役に立たない人混みを掻き分けて、急いで宮殿の外へ出た。

あたりはすでに真っ暗だったが、それでもうろ覚えの公爵の離宮まで走る。

そして館の玄関を力任せにたたき続けた。時間も時間だし、不躾けではあったが、かまっていられる状況ではない。

怯えた顔で侍女が扉を開き、それでもレオンが名と身分を告げると、主《あるじ》に伝えてくれる。まもなくもどってきて、奥へと案内してくれた。

館の主であるラファエル・ゼーブリック公爵は、すでに自室でゆったりとしたローブ姿でくつろいでいた。

初対面ではなかったが、正式に紹介された覚えもない。公爵は、レオン以上に社交界に顔を出さない男だ。同じドム――ではあったが。

ソファに腰を下ろしていた男が、レオンを見上げて一つうなずいた。

「レオンハルト・アインバークだね」

「夜分に…、申し訳ありません」

喉に引っかかるような声で、ようやくレオンは言葉を押し出した。

ドムというには、それほどの威圧感はない。一見、ないように見える。

しかし穏やかにすわっているだけで、何か――全身が見透かされるような、何か底知れない圧力を感じてしまう。首筋に汗が滲むほどに。

なるほど、という気がした。

正直、レオンもこれほどの相手には会ったことがなかった。フィリスがレオンを前にしても、たじろがなかったはずだ。

「君のことはフィリスからよく聞いている」

その声に、ようやく我に返った。

「よく、ですか…」

ちょっと眉を寄せる。

フィリスがこの男に自分のことを話していたとは、意外でもあり、複雑な気分だ。どんなことを話したのだろう、とやはり気になる。が、今はそれどころではなかった。

「フィリスが…、おそらくさらわれました」

低くそれを伝える。

ラファエルがうなずいた。

「聞いたよ」

「よくそんなに落ち着いていられる！」

カッ、と、反射的に声が出た。思わず拳《こぶし》を握りしめる。

「慌てても意味はない」

しかしちらっとレオンを見上げて、ラファエルがやはり淡々と言った。

「すわりなさい。何か飲むといい」

そしてサイドテーブルに置かれていたベルをとって、三度鳴らす。

年もずいぶんと違うが、自分が子供扱いされているようでおもしろくはない。それでも、吠え立てても意味がないのは確かだ。

あせる気持ちもあり、そわそわと落ち着かないまま、レオンは向かいのソファに腰を下ろした。

「フィリスは…、このことを予知していたようです。でもなぜか、今度は来るな、と俺に言っただけだった。公爵はフィリスをさらった者に心当たりはありませんか!?」

どうしようもなく、噛みつくみたいに尋ねてしまう。

「残念ながら、ないな。ミルグレイ侯爵家に恨みを持つ者、という観点から言えばね。皇女も一緒にさらわれているのだろう？　普通に考えれば、むしろ皇女が狙いだったという可能性が高い」

静かに指摘され、……確かにそうなのだ。

ただ。

「おそらくサブを手に入れることを目的にさらったのだと。他国の者かもしれません」

そんなレオンの推測に、ラファエルがうなずいた。

「あり得るね。このところ、他国のスパイが帝国の秘密を探ろうとやっきになっている。サブに目をつけるのは当然だ。もっともいきなり皇女をさらうというのは、さすがにやり過ぎ……、というか、よくそこまでの度胸があったと感心するが」

薄く笑って、ラファエルが言う。

感心されても困るが、確かにそうだ。

外交問題というより、バレたら即時戦争に突入する。そして今の帝国と争いたい国はないだろう。

「ただ、ユスティナ皇女はスイッチだという話だ。きわめて稀な属性だが、それが王家に現れるのはさらにめずらしい。スイッチが帝国繁栄の最高機密だと考えていたとしたら、危険を冒《おか》してでも、ということもあり得るね」

「なるほど…」

思わずレオンはつぶやく。

皇女がスイッチだという話は、公式なものではない。ようやくレオンの耳まで届いたくらいで、知っている者は限られる。かなり絞れるかもしれない。

と、その時、扉が軽くノックされ、十二、三歳の少年がトレイにお茶のポットとカップを二つ、のせて入ってきた。

目の前に置かれたカップに、丁寧にポットからお茶が注がれる。それを見ているうちに、自分がひどく喉が渇いていたことにレオンはようやく気づいた。

と同時に、その少年がしっかりと教育された館の侍従――とは、少し違う雰囲気だとわかる。

手の甲や、手首のあたりには深い傷も残っていた。

「サブ……？」

無意識のまま、レオンはつぶやく。

「よくわかるね」

ラファエルが微笑んだ。

「しばらくうちで保護している子だよ。例の…、この間、君とフィリスが突っ走って潰した、ネルフォード伯爵の別荘の。どうやらこの子もそこへ連れていかれる寸前だったみたいでね。運び入れられそうになった時、海に飛びこんで逃げ出したようだ。ずいぶん高いところから飛んだようだから、怪我もあったし、衰弱も激しかったしで、はじめは自分の名前すら思い出せなくて、記憶も曖昧《あいまい》だったけどね」

「そうですか……」

それでも助かってよかった、と思う。それにしても、だ。

「サブがさらわれる事件が続いているわけですね…」

あの時も、今も。

レオンは思わず顔をしかめた。

それだけサブは狙われやすい。フィリスが全力で守ろうとするはずだった。

「……ふむ。確かに」

と、今度はラファエルの方が、レオンの何気ない言葉に少し考えこむ。

そしてふっと、眼差しを上げた。

「フィリスは君に何と言ったんだったかな？　来るなと？」

「ええ。今度は来るな、と」

大きな違いはない。

が、ラファエルはわずかに目をすがめた。

「今度は──、か。なるほど」

そして唇の端で小さく笑った。

「もしかすると、連れていかれた先はそのネルフォード伯爵家の別荘、ということはないかな？」

「え？」

さすがにレオンは目を見開いた。

「また…、ですか？」

どれだけ呪われた別荘なんだ、という気がする。

「実は、そのパウル・ネルフォードの事件のあと、フィリスは少し納得しきれていないみたいだったからね…」

「どういう意味です？」

とまどって、レオンは聞き返す。

「パウルが首謀者であることは間違いないのだろうが、ただあの男が引き起こすにしては少し大きすぎるのではないか、と。あそこまでする前に自滅するタイプだしねえ…」

言われてみればそんな気もする。

「とにかく、あの別荘を使っていたパウル・ネルフォードは投獄されている。サブが監禁されていたような忌まわしい場所を、伯爵家の人間もすぐには使いたいなどとは思わないだろう。使用人たちも引き上げさせていれば、今は誰もいないはずだ。他の民家から離れた場所のようだし、とりあえず誘拐したフィリスたちを連れこむ先としては申し分ない」

あっ、とレオンはかすれた声を上げた。そう言われると、確かに盲点だ。

「だから、今度は、とフィリスは思わず口にしたのかもしれない。もしもその言葉に意味があるとしたらね」

ラファエルが微笑む。

「あの子は、そういう言葉の選び方は慎重だからねえ……」

レオンは無意識に立ち上がっていた。

「行きます」

そして腕を伸ばすと、残っていたお茶を一気に喉へ流しこんだ。

「気をつけて。フィリスが来るな、と言ったのなら、それにも意味はある」

それを眺めながら、ラファエルがつけ足す。

「はい」

レオンはしっかりとうなずいた。

確かに、そうなのだろう。だがいったい、フィリスはどんな場面を視《み》たのだろう？　自分がさらわれる場面なのか、皇女がさらわれる場面なのか。落石の瞬間なのか。だがどれにしても「来るな」というのは、少し引っかかる。

自分を助けに来る必要はない、というのは、まあ、フィリスなら言いそうだが、皇女も一緒なのだ。どんな犠牲を払ったとしても、皇女は無事に連れ帰る必要がある。そのくらいの信用はしてくれていてもいいはずだ。

「いや、もしかすると……」

と、ふいに何かを思いついたように、ラファエルがいくぶん難しい顔で考えこんだ。

「何ですか？」

めずらしく黙りこんだラファエルに、レオンは無作法だが立ったたまうながしてみる。

ふっとラファエルが視線を上げ、まっすぐにレオンを見つめた。

「帝国と戦争しようという国はないだろう。だが、エルスタインの王家に恨みを持っているかもしれない人間には心当たりがある。パウル・ネルフォードの身内にね」

12

フィリスが目を覚ました時、あたりは真っ暗だった。

頭は何か靄がかかったようにぼうっとして、本当に目が覚めたのかどうかさえはっきりとしない。

しかしわずかに身じろぎした瞬間、ズキッ、と足首のあたりに鋭い痛みが走り、否応なく意識が呼び覚まされた。

そうだ。崖の下で——落石にあって。

……いや、違う。落石ではない。石を、落とされたのだ。

明らかに自分たちを狙って。

ハッと思い出した。

「ティナ様……！」

あわててあたりを見まわすと、すぐ隣りのベッドに小さな影が横たわっているのに気づいた。

一瞬、心臓が冷えるが、おそるおそる触れた肌は温かく、眠っているだけのようだ。

ようやく少し、安堵する。

そうだ。落ち着け——。

フィリスは自分に言い聞かせた。

皇女を無事に連れて帰ることが、自分の務めだ。それを果たすまではあきらめない。

それにしても、今の状況がわからなかった。ここがどこかもわからない。

最後の記憶は落石のあった崖の下だったから、こんなところにいるということは、何者かに連れてこられた、ということになる。……あの石を落とした連中に。

石の下敷きになった兵士の顔を思い出し、ギュッときつく拳を握る。

後ろから殴られたのは思い出したが、それにしても不覚だった。皇女を残して意識を失うとは。

皇女の命が無事だったことは幸いだが、言い訳にはならない。皇女がどんな形で運ばれたのかはわからないが、恐ろしく不安だっただろうと思う。

だがその責任を考えるのはあとの話だ。今は皇女を連れて脱出することを考えなければならない。

自分たちが敵の手の中にいるのは間違いないのだから。

フィリスはそっとあたりを見まわした。一つあった窓の外はすでに闇が落ち、夜が更けているのはわかる。星明かりだけが差しこんで、ぼんやりと室内を映し出していた。

がらんとして調度もほとんどなかったが、それでも粗末なあばら屋といった感じではない。大きめのソファが影のように浮かび、今自分がいるのも大きなベッドの上だ。

と、ふわっ、と風に運ばれて潮の香りがかすかに漂う。遠く波の音も聞こえていた。

あっ、と思い出す。

——あの、別荘だ。

思い出した瞬間、ざわっと背筋が震えた。

あの日。レオンと握手を交わした瞬間、目の前に浮かんだ光景が頭の中によみがえる。ほんの短い場面が、素早くスライドするみたいにいくつも流れてきて。場所も時間も、夜も昼も、出てくる人々も全部バラバラで。

すべては覚えきれなかったし、すべてが予知のはずはなかった。

頭の中で混乱して、過去の記憶と未来の予知が入り混じり、整理できていないだけだ、と。

あれは決して予知ではない。

だが再び自分があの別荘にいることに、今まで感じたことのない冷たい恐怖が押し寄せていた。

レオンの身に起こる――自分の視《み》たあの光景が、現実に起こるはずはない。だから、あれが予知のはずはない。

ずっと自分にそう言い聞かせてきたのに、足下の地面が一気に崩れ、地の底に飲まれていくような気がする。

息が荒く、額に汗がにじんできた。

『俺に、おまえを守らせてくれ』

と、ふいにレオンの声が耳によみがえる。

穏やかに、気負いもなく言った言葉。あたりまえのようにやってみせる、という自信だ。

目が潤《うる》んだ。

「来るな、レオン……」

無意識のまま、フィリスは小さくつぶやく。

あの男を、ここに来させるわけにはいかなかった。

だとすれば、フィリスにできるのは一つだ。

レオンが来る前に、皇女を連れてここから出る。それしかない。

軽く唇をなめ、フィリスはゆっくりとベッドから起き上がった。

闇の中で床を軋《きし》ませないようそっと足を伸ばし、手探りでドアノブをまわしてみる。が、もちろん鍵がかかっていた。

次に窓に近づいて、外を確認する。二階の高さだ。

窓は釘で打ちつけられ、はめ殺しになっていたが、いざとなれば壊せばいい。

死ぬつもりはなかった。自分が死んだら、誰も皇女を守ることができなくなる。

ふと上げた視線の先にはただ闇が広がっていて——きっと海だろう。

あの時は地下牢や、そこまでの階段と、せいぜい一階部分しか見ていなかったから確実ではないが、やはりパウルの別荘のようだ。

……いったい何者が……？　目的は何だ？

ここに連れてきたということは、やはりネルフォード家の人間だろうか？　復讐のために自分を拉致したということは考えられる。だがそれなら、皇女は関係ない。腐っても伯爵家の者が、王家の姫君をついでのように拉致《らち》するのは、さすがにやり方が手荒すぎた。もっとも爵位も領地も没収されれば、自棄《やけ》になってもおかしくはないが。

だがそうでなければ、いったい誰が、何の目的でこんなことをしているのか、まったくわからなかった。

ともあれ、手間をかけて山の中から自分たちを運んできたのなら、すぐに殺すつもりはないのだろう。

まずは敵の接触を待ち、それから方策を考えた方がいいのかもしれない。

ただ何があっても、皇女に指一本、触れさせるわけにはいかなかった。

——と、その時だ。

ぎしっ、と床の軋む音が耳に届いた。廊下のようだ。

ゆっくりと近づいてくる足音に、ふっとフィリスは身体を緊張させる。とっさに武器を探したが、身につけていたものはすべて取り上げられているようで、ナイフの一つもない。

相手は、こっそりと忍びこむつもりはなさそうだった。

すぐに鍵の音が響き、ガチャッとドアが開く。

空気が揺れ、淀んでいた湿気が少しばかり流れ出して、新しい風がかすかに頬を撫でた。

いつの間にか馴染んでいた潮の匂いに、わずかに甘い香りが混じる。どこか記憶にある香りで、もしかすると誰かが身につけていた香水だろうか。

と次の瞬間、暗闇の中にいきなりまぶしい光が弾けた。カンテラを手にしていたらしい。

「おや、フィリス様。目覚められましたね」

若い男の声が耳に届く。

手にした明かりを高く掲げて、男がフィリスの姿を照らし出した。

逆に陰になって男の姿はフィリスからは見えなかったが、その声は――聞き覚えがあった。

「……どうして、おまえが……？」

フィリスは呆然とつぶやいた。まさか、想像もしていなかった。

目の前に立っていたのは、アレックスだ。アレックス・ビーズリー。

鷲獅子《グリフォン》騎士団に属する騎士であり、学院の二つ下の後輩。

一瞬、助けにきてくれたのかと、あるいは一緒に囚《とら》われたのかと、都合のいい考えが頭をよぎったが、すぐにおかしいと気づく。

ゆっくりと中へ入ってきたアレックスは、明かりを戸口のそばにある棚にのせた。光が大きく広がり、さほど広くはない室内がぼんやりと照らし出される。

ようやくおたがいの顔がはっきりと見えた。

瞬きもしないまま、冷ややかににらみつけるフィリスを、アレックスが微笑んで見つめ返してきた。

「いったい…、どういうつもりだ、アレックス？　冗談のつもりか⁉」

とても笑えるものではない。

「まさか。冗談でこんなことができるわけありませんよ」

アレックスがおっとりと返してくる。

「では何が目的だ？」

混乱したまま、怒りを押し殺してフィリスは尋ねた。

そんなフィリスの顔をゆったりと眺め、アレックスが喉で笑う。

「クイーン、あなたは帝国の真実を何もご存知でない。だから、僕のしていることを暴挙と思われるのでしょう」

「真実……？」

いったい何の話だ、と思う。

「ええ。今度のことは、あやまった歴史を正しい道にもどすための手段の一つにすぎないんですよ」

歌うように言いながら、アレックスは腰の剣を鞘ごとおもむろに抜き取ると、鷲獅子《グリフォン》騎士団の制服の裾を払い、優雅にソファへ腰を下ろした。いかにも何気ない様子で横に剣を立てかける。もちろんすぐ手の届く場所だ。

気持ちを張り詰めたまま、その様子をフィリスはじっと目で追う。

ほんのわずかな隙があればいい。見逃すわけにはいかなかった。

正直なところ、アレックスについては、自分を慕ってくれる一途な後輩、という以上の認識はなかった。

かつてレオンとはよくケンカになっていたが、しっかりと教育を受けた品行方正な貴族の子弟であり、優秀なドムであり、順当に騎士へ指名されて、誇りを持ってその任務についている、と。

かつてフィリスのいた天馬騎士団《ペガサス》との合同の任務でも、しっかりと助けになってくれていた。

いきなり国を裏切るとは、到底思えない。

「なぜだ、アレックス……？」

やはりどうしてもわからない。

呆然と尋ねたフィリスに、アレックスが穏やかな口調のまま、上目遣いに尋ねてくる。

「あなたは僕の父をご存知ですよね？　フィリス様」

「ビーズリー卿だろう？　テオドール・ビーズリー伯爵」

この間の「本当はなかった事件」で何度か顔を合わせた。もちろんそれ以前からも知ってはいたが。

ビーズリー家はまだ三代ほどしか歴史はなく、名門と呼ばれるほど古い家系ではなかったが、先代からの帝国の重臣であり、今の皇帝からの信頼も厚い。もっともフィリスから見れば、現在のビーズリー伯爵は温厚で、実直で、人当たりがいい、という印象はあっても、正直、それほど切れ者とは思えなかった。本人に大きな野心はなさそうなので、新興《しんこう》であっても他の重臣たちに足を引っ張られるようなこともなく、先日の茶番のように、皇帝のそんなちょっとしたお遊びを仕切る係なのだな、と理解していた。政務とは別の方向で、皇帝陛下のお気に入り、ということだ。

優秀さで言えば、息子のアレックスの方がずっと上だろう。ドムであることを考慮しなくとも、鳶《とび》が鷹を生んだ、と陰で言われているくらいだ。

「そうです。では、父の父が何者かはご存知ですか？」

しかしその不思議な問いに、フィリスは小さく首をかしげた。

「先代のビーズリー伯爵だろう。お会いしたことはなかったが」

かなり前に亡くなっていたはずだ。

「それが実は違うんですよ。父の父、つまり私の祖父は——先代皇帝ビクトル・アレスター・エルストゥール。つまり現皇帝は父の弟になるんです。私の叔父ですね」

張りついたような薄い笑みを浮かべたまま、アレックスが流れるように続ける。

「え……？」

さすがに一瞬、フィリスは言葉を失った。

「それは……、つまり……？」

少しばかり喉が渇いてくるのを覚えながら、フィリスは頭の中で整理した。

「父は生まれた時にビーズリー伯爵家に養子に出されたんですよ。秘密裏にね。というより、父は王家に生まれた事実さえ、なかったことにされた。祖母の身分が低かったためにね」

確かに、ありそうな話ではあった。

フィリスとしては、正直、なんと言っていいかわからない。

ではあのビーズリー伯爵が、皇帝と――兄弟、になるのか、とあらためて確認した。

あまり似ているようには見えなかったし、ビーズリー伯爵自身は現皇帝を恨んでいるようにも見えない。皇帝のあんな茶番に乗るくらいだ。むしろ、それだけ親しささえ感じさせる。

「でも父が長兄だ。――本当なら父が皇帝になるはずだった…！」

そして次の瞬間、アレックスが拳を目の前のテーブルにたたきつけた。

「そして僕が次の皇帝にね…！」

豹変《ひょうへん》したアレックスの姿に、フィリスは思わず息を呑む。

ずっとそんな怒りを内にため込んでいたのだろうか。

「おかしいでしょう？　今の皇帝は帝位を簒奪《さんだつ》した罪人だ！　それがのうのうと王座にすわり、名君とたたえられているなど……笑わせてくれるっ！」

なるほど。それが本当なら――少なくともアレックスはそれを信じていて、ずっと王家に恨みを持っていたようだ。

「それで、復讐のために皇女殿下をさらったと？」

低く、フィリスは確認した。

だが、ふん、とアレックスが鼻で笑う。

「そんなつまらない感情ではありませんよ。歴史を正すためだ」

そしてあらためてソファにすわり直した。

「ある国が私の境遇を知って、ひどく同情してくれたんです。亡命を受け入れ、私の帝位継承権を支持してくれると言っている。……ただ、それには一つ、条件があってね」

「条件？」

ここまで来ると、何となくフィリスにも察しがついた。

「そう。あなたと皇女だ。あなたたち二人を一緒に連れてくれれば、とね。皇女については、特にあちらたっての希望だった。なにしろスイッチですからね。どうやら歴代の聖神子はスイッチだったんじゃないかと思ってるようです。だから手っ取り早く皇女を手元に置いて子供を産ませれば、お手軽に予知の力を持つ者が手に入る、と。下品で浅ましい考えですが」

……ずっと秘匿されてきただけに、いろいろと先走った理解がなされているのだろう。だが、下品で浅ましい考えなのは確かだ。それだけ帝国の秘密は渇望されているということでもある。

「そしてあなたは、最高で最強の無敵のサブだ、フィリス。あちらもあなたの功績はよくご存知のようですよ。すでに近隣に名前が鳴り響いていますね」

うれしそうにアレックスが微笑む。

だが逆に、フィリスは背筋が寒くなった。いったいこれまで、どんな目でこの男は自分を見ていたのだろう、と。

「あなたを連れていくことは、僕としても異存はなかった。あなたは僕の運命ですからね。ようやく手に入れた……。手放すなんて考えられない」

興奮して声をうわずらせたアレックスから視線をそらし、フィリスは長い息を吐いた。

「愚かな……」

そんな言葉が知らず口からこぼれ落ちる。

「なんだと？」

アレックスの声が一気に尖った。

フィリスはその男を真正面からにらみつけ、ピシャリと切るように言った。

「おまえもドムなら少しは頭を使ったらどうだ？　利用されているだけだとわからないのか！」

どの国が、今の帝国を相手にそんなケンカを売るというのか。仮に血筋が正しかったにせよ、アレックスの帝位継承権を表だって支持するような、そんなリスクをとる国など、世界中のどこにもない。

だが、帝国繁栄の秘密を知りたい国は山ほど存在するのだ。それが「サブ」の存在だと、うすうす察している国も多いのだろう。さらに「予知」の能力まで、どうやら知られ始めているらしい。

アレックスは——亡命したらその瞬間、きっと口を封じられる。そして皇女は、一生涯、実験動物のように監禁されることになるかもしれない。まさか誘拐してきた皇女を、人目にさらすはずもない。

「黙れっ！」

立ち上がって、アレックスが声を荒らげた。そして乱れた息をようやく収めて、押し殺した声で言った。

「僕に手荒な真似をさせないでいただけますか、フィリス。僕はただ……あなたを可愛がってあげたいだけなんですから」

いかにも優しげに言いながら、ゆっくりと近づいてくる。

フィリスは思わず息を詰めた。無意識にじりっとあとずさる。

「もうすぐ迎えが来るはずですが…、それまでにあなたを僕のサブにしておかないといけませんね。僕だけのサブに。あなたを見たら、向こうの連中もきっと欲しくなるでしょうから」

伸ばした指の先が触れるくらいの距離に近づき、フィリスはベッドに阻まれて、それ以上動けなくなる。

「実は首輪も準備しているんですよ？　もう三年間も前から。あなたの瞳の色と同じ、エメラルドの首輪です。気に入るといいんですが」

「アレックス……！」

それでも目を離さないまま、じっとにらみつけた。

「いいですね、その目。ゾクゾクする……」

アレックスがうれしそうに吐息で笑った。

「そんな美しくて強いあなたが僕の前に跪き、すべてをさらして僕の命令を待つ姿は、きっと例えようもなく淫らできれいなんでしょうね。……ああ、もう何度も夢に見たんですよ？」

想像だけで陶酔した表情を浮かべ、目を潤ませる。

「私が、おまえ程度の男に屈すると？」

冷ややかに、押し殺した声で言い放ったフィリスに、アレックスが高く笑った。

「いいですね。それでこそクイーンです。たっぷり可愛がってあげますよ、フィリス。……いや、その前にお仕置きですね。僕をこんなにも…、もう何年も焦らしたんですから」

フィリスに近づいた分、アレックスは自分の剣から距離をとることになる。

——その瞬間、フィリスは動いた。

武器はない。が、体術も学んでいる。

伸び上がった身体がしなり、男の肩へ鋭い蹴りが入った——はずだった。

「フィリス、伏せろ《down》！」

ピシャリと耳を打つように響いた男の声に、フィリスの身体は一瞬で縛りつけられた。

全身の力が抜け、床へ崩れ落ちる。

「な……、そんな……どうして……？」

身体が、頭の中がじわじわと痺れてくる。ぶわっ、となにか大きな圧力が押し寄せて、酩酊《めいてい》するみたいに、全身から力が抜けていくのがわかる。

——グレアだ。まともに全身で受けてしまう。

不快感と、しかし同時に抗いがたい……身体の中から濡れてくるような快感と。

「お…まえ……」

それでも必死に顔を上げてにらみつけたフィリスを、アレックスが頭上から傲然と見下ろした。

「しーっ、静かに《Shush》。おすわり《Kneel》して、フィリス」

男のコマンドが耳から身体の中に滑りこみ、じわじわと全身を侵食していく。

「驚きましたか？　僕、今までかなり抑えていたんですよ。あなたに用心されないためにね。本当はレオンなんかにでかい顔はさせないんですけどね…。血筋にしても、ドムの力にしても」

確かに、アレックスのグレアがこれほど強いとは思っていなかった。

だが、それだけではない。

ようやくフィリスは思い出した。

「この……、香り…は……」

いつの間にか、部屋の中に覚えのある甘い香りが満ちていた。昔、フィリスが囮になって副学長と会った時、学院の礼拝堂で焚かれていたあの香と同じ匂いだ。

しかし、あれほど煙が立ちこめているわけでもないのに。

「ああ…、気がつかれましたか」

アレックスが肩をすくめ、ちらりと戸口に置いたカンテラへ視線をやった。

「あの中に仕込んでいるんですよ。温めて、蒸発させて、空気に混ぜるんです。……ほら、十年前、副学長と一緒に神父様も捕らえられたでしょう？　その部屋の片付けを僕も手伝ったのですが、神父様はサブに効果のある麻薬の研究していたようですね。製法のノートを見つけたんです」

楽しそうに説明するアレックスの声が、それほど大きいわけでもないのに、頭の中をぐるぐるとまわる。じわじわときつく、身体を縛りつけていく。

まずい…、と思ったが、すでにその成分はフィリスの身体に入りこんでいる。口から、鼻から、肌から。十年前のあの時よりも、遙かに身体の自由がきかない。

「この麻薬はサブの思考力を奪い、ドムの支配力を上げることができるんですが、実はさらに他の成分を加えて改良したんですよ。優秀ですからね、僕は。今のこれはむしろ、媚薬《びやく》というべきかな。きっとあなたも楽しめます。……ふふ…、あなたをどろどろに溶かしてあげますから、フィリス」

そう言うと、床へすわりこんで浅い息をつくフィリスの目の前に、アレックスも屈みこむ。

至近距離で目を見つめて、楽しげに命じた。

「フィリス、キス《kiss》を」

思わず目を見張る。

嫌だ――、と反射的に心が叫んだ。

「く…」

必死に遠ざかろうとしたが、フィリスの身体はわずかに揺れるだけで、まともに動かない。突き放そうと上げた手がたやすくアレックスにつかみ取られ、なだめるように指をからめられる。

「ほら、フィリス。いい子《good boy》だから」

「あ……」

そのまま引き寄せられ、うながすみたいにアレックスが顔を近づけてくる。

「キス《kiss》だ、フィリス」

さらに強いコマンドが浴びせられ、ぐっと心臓がつかまれる。身体ごと引きずられる。

――キスなど、したいはずはない。

そう思っているのに、フィリスの顔は吸い寄せられるようにアレックスの唇を見つめてしまう。

――触れたい。触れて欲しい……。

自分のものではない、しかし抗いがたい欲望が身体の奥から湧き出してくる。下肢が甘く濡れてくるようだった。

じりじりと身体が動き、どうしようもなく、フィリスは自分の唇でアレックスの唇に触れていた。

嫌悪――と、それを塗りつぶすように、もっと、もっと、という渇望が身体の中で荒れ狂う。

そのままアレックスの舌が味わうようにフィリスの唇をゆっくりと舐め、喉で笑った。

「あ…っ」

離れた時は――思わずすがるような声がこぼれ、自分に絶望する。

もっと、もっと支配して欲しい。自分のすべてを塗り替えて欲しい。服従させて欲しい――。

見たくなかった自分の姿だ。だがこれが自分の、サブの本質だった。

以前より抵抗力が落ちている。それが媚薬のせいなのか、あるいは――。

すでに一度、支配される悦びを身体が覚えてしまったからなのか。決して同じはずはないのに。

声もなく涙が頬を伝っていく。

「本当にずっと…、レオンが邪魔だったんですよ。でもこれであなたは僕のモノだ。ハハハ…、あの男に勝ったと言えるでしょうね。国を出たら、あの男の吠え面が見られないのだけが残念ですけど」

いったんフィリスの顎から手を離したアレックスが、自分のズボンのボタンを外しながら勝ち誇ったように言った――その時だった。

「邪魔なのはおまえだ、クソガキがっ！」

いきなりそんな怒号が轟いたかと思った次の瞬間、ものすごい勢いでドアがぶち破られた。

と同時に、大きな黒い影が飛びこんでくる。怒りに燃えた、しかし冷徹な眼差しがじろり、とアレックスを見下ろした。

レオン、だ。

「俺の吠え面だと？　ハッ、おまえが見るには百万年早いな」

「なに…、なんで…っ？」

焦りと動揺でアレックスの気が、グレアが逸れたせいだろうか。

ぷつん、と何かが切れたように、一気にフィリスの呼吸が楽になる。

――レ、オン……？

投げ出されるように身体が床へ崩れ落ちたが、朦朧とする意識の中でそれだけがわかった。

瞬間、ハッと思い出す。

「ダメだ、レオン！　来るなっ！」

とっさに、体中の力を振り絞って叫んだ。

目の前が赤黒く染まり、かつて予知した場面が目の前によみがえる。

あの日フィリスが視《み》た光景は、鮮血に染まったレオンの姿だった。

ほんの一瞬の幻視――だがあの場面だけは、目を閉じても消えない。まぶたに、脳裏に、記憶に刻みこまれてしまっていた。

剣で深々と胸を貫かれ、赤い血にまみれて。表情はうつろで、目から光が消えて。

レオンを失うことなど、想像できなかった。

だがわかっていても、自分にはどうにもできない。予知などしょせん何の役にも立たない。

ただここに来させないことだけが、助ける方法だったのに。

「来るな……」

フィリスは床へ両手をつき、必死に身体を起こしながらさらに声を上げた。

――上げた、つもりだった。

だがまともな声になっていない。おそらくレオンの耳には届いていない。

「フィリス…！」

血走ったレオンの目が素早く部屋の中を捜し、フィリスの姿を捕らえる。明らかにレオンの肩から力が抜け、その眼差しがやわらかく瞬いた。

無事を確認して、少し安心したらしい。

「レオン……、おまえ、なぜここが……？」

アレックスの呆然とした声が聞こえてくる。

それでもさすがに騎士の端くれらしく、とっさに腕を伸ばして自分の剣を握りしめた。薙《な》ぎ払うようにして鞘を落とすと、頭上に振りかざしてレオンと向かい合う。

「フィリスの能力を甘く見たな。俺のもだが」

まっすぐにアレックスに剣を突きつけ、レオンが唇で笑った。そしてその事実を突きつける。

「パウル・ネルフォードとおまえは、親類だそうだな。従兄弟だか、はとこだか…。この間のパウルの引き起こした事件も、実はおまえがそそのかしたんじゃないのか？」

「あの男は僕の立てた計画の半分もまともに遂行できないようなマヌケだったよ。とてもドムとは思えない。甘やかされ、生まれ持った能力を腐らせたようだ」

アレックスがせせら笑う。

「もっとも僕は本来、ビーズリー伯爵家の人間ではないからな。あの男と血のつながりなどないし、自分の高貴な血筋も、この能力も、無駄にするつもりなどない！」

誇らしげに叫んだアレックスに、レオンは慎重に間合いを計りながら低く続けた。

「ああ…、聞いたさ。先代皇帝の孫だそうだな。……まったく、父親のビーズリー卿は慎ましく、王家とは距離を置いて平穏に過ごしていらっしゃるというのに。おまえの所業を聞いたらどれほど嘆かれるか」

レオンは知っていたらしい。あるいはフィリスを探す中でその事実を知ったのか。

どうやらアレックスの妄想ではなく、本当の話だったようだ。父親がまったく関わっていなかったのなら、まだ救われる。

「ハッ！　しょせんあの男は皇帝の器ではないということだ！」

「おまえもな、アレックス。結局、おまえには何一つ手に入らない。帝位も、帝国も、……もちろんフィリスもな」

「ふざけるなっ！」

「俺が今、ここにいる。その意味がわからないとすると、おまえもドムにしてはずいぶんとマヌケだと思うが？」

現実を突きつけたレオンに、アレックスが憎々しげにレオンをにらみ、グッと奥歯を噛みしめた。

レオンが窓の方を顎で指して続ける。

「下にいた連中は他の騎士たちが捕らえた。一人、馬車で屋敷に入ろうとしていた男もいたが、そいつは異変を感じてさっさと逃げた。どこかの国の密偵か何かか？　逃げ足だけは一流のようだ。……さあ、おまえはどうする？　アレックス」

きっちりと外堀を埋めてから飛びこんできたようだ。

じりじりと追い詰められ、アレックスの顔が怒りに歪む。荒い息づかいで、肩が揺れているのがわかる。

「……いいや。この一つだけはもらうぞ！」

頭の中で計算したのか、あるいは最後の意地なのか。

そう口にするや、アレックスがフィリスに向き直る。ギラギラとした眼差しと、口元の歪んだ笑みと。

「僕のモノだ！」

剣を握ったまま、まっすぐにフィリスに身体ごとぶつかるように迫ってくる。

「フィリス…！」

切迫したレオンの声が耳に突き刺さる。そして次の瞬間、キン！　と尖った金属音が響いた。

あっ、とアレックスの短い声。あせった表情が、フィリスのすぐ頭上に見える。

その横に、金属が絡まり合ってベッドに落ちた。

レオンの投げた剣が、アレックスの剣を弾き飛ばしたのだ。

「いい加減にしないかっ！」

そして怒りとともにレオンがアレックスに飛びかかり、二人の身体がもつれるようにしてベッドの下に転がり落ちる。

「クソッ！　離せ、レオン！」

「もう終わりだ！」

怒号が飛び交い、激しくもつれ合い、いろんなものにぶつかってめまぐるしく体勢が入れ替わっていた。だが、フィリスの位置からは二人の姿をまともに見ることができない。

高位ランクのドム同士の戦いとはいえ、もちろん最強のドムであるレオンがアレックスに引けをとるとは思っていなかった。学生の頃は、模擬戦も何度かやったはずだ。しかしこの狭い部屋は、ベッドやソファやローテーブルやチェストと、邪魔な家具が多すぎてまともな格闘には向いていない。さらに言えば、剣を振りまわすような戦闘にも向いていない。

フィリスは必死に腕を伸ばし、重い身体をベッドの上に引き上げた。

とにかく剣を――二人の剣を遠ざけたかった。

一本をなんとか枕元の方へと押しやり、もう一本に手をかけた時だった。

ぐっ！　という濁ったうなり声とともに、脇腹を蹴られ、飛ばされたアレックスの身体がベッドの下の方に倒れこんでくる。むっくりと起き上がったレオンが、わずかに切れた唇のあたりを拭いながら、ベッドの脇で立ち上がる。

「無駄だ、あきらめろ」

レオンが低く言い捨てた時、アレックスの視線がふっとフィリスの姿を捕らえる。同時に、レオンも。

何が起きたのか、すぐには理解できなかった。

瞬間、何かが弾けたように二人が一気に動いた。

ほんのわずかか、アレックスの方がフィリスとの距離が近かったのだろうか。

飛びかかってきたアレックスが、フィリスの手から剣をもぎ取る。まともに抵抗する力も出せず、フィリスは反動で枕の上に倒れこんだ。

「クイーン、あなたは渡さないぃッ！」

ハッと顔を上げると、叫んだアレックスの歓喜と狂気に満ちた表情が目の前に迫る。

「――フィリス！」

レオンの叫び声。

次の瞬間、フィリスの目の前が一気にさえぎられた。

強く、温かい男の腕に深く抱きこまれて。

レ…オン……？

認識したと同時に、ぐぁっ、と短い苦悶の声がすぐ耳元で聞こえる。そして、血の匂いと。

「レオン……！」

あせってフィリスはレオンの身体を押し返そうとしたが、それよりも強く、レオンの腕がフィリスを突き放す。レオンはぞろりと身体を返し、盾になるように背中にフィリスをかばったまま、アレックスと向き合った。

「レオン、血が…！」

大きな背中の陰からでも、レオンの右腕、肩口のあたりから血が流れ出しているのがわかる。

「たいしたことはない…」

押し殺した声が、まっすぐに前をにらんだまま低く返る。

「そうだな…。死ぬのはこれからだ、レオン！」

レオンの前には、アレックスがベッドの上に膝立ちの状態で大きく剣を振りかぶっていた。口元には勝ち誇った笑みを浮かべて。

「俺を殺したところで、すぐに他の騎士たちが来るぞ」

「どうでもいい！　その頃にはおまえを殺し、クイーンと一緒に逝《い》っているさ…！」

「させない…！」

「レオン…！」

腹の底から声を発したレオンが、自らその剣先へと向かって身体を持ち上げる。

――ダメだ…！

心臓が、息が止まりそうになる。

「死ね…っ！」

恨みと憎しみを煮詰めたような、アレックスの声。

目の前で大きく振り上げたアレックスの剣が、レオンの胸に勢いよく振り下ろされた。

その切っ先が、レオンの身体に吸いこまれる。

フィリスは目を見開いたまま、本当に息が止まっていた。

ガシャン…！　何かが砕ける音が耳に届いたはずだが、この時のフィリスにはまともに聞こえてもいなかった。

すべてが一瞬のうちにフィリスの目の前で起こったことだったが、――いったい何がどうなったのか、まったくわからなかった。

ただ大きなレオンの身体の向こうで、アレックスの身体がぐらりと揺らぎ、そのまま床へ崩れ落ちていた。

なぜ、何が起こったのかもわからない。

呆然とそれを眺め、ハッとフィリスはレオンにしがみつく。

「レオン……、レオン……っ！」

薄ぼんやりとした明かりの中、その身体が赤黒く染まっている。

「レ…オン……」

一瞬に血の気がうせた。思考が停止する。

しかし、次の瞬間だった。

「――あー…、クソ……っ」

のっそりと腕を伸ばしたレオンが、悪態をつきながら何かを払うように手を大きく振る。そして脇腹のすぐ横に突き立てられた剣に用心しながら、ゆっくりと身体を起こした。

剣は、確かにシーツに突き刺さっていた。

とっさにひねったのか、レオンの団服の端がきれいに裂けている。

そしてようやく、フィリスの鼻に馴染みのある深い、芳醇《ほうじゅん》な香りが漂ってきた。

「ワ…イン……？」

かすれた声で、フィリスはつぶやく。

予知のイメージをもう一度、脳裏に思い起こす。

あれは……血ではなかった……？

匂い。匂いを、あの時は感じなかったのか……？　ただもう、レオンが刺された視覚のイメージだけで頭がいっぱいで。

いや、だがなぜワインが？　それ自体は、アレックスがフィリスのために持ち込んでいたのかもしれないが。

と、いきなり賑《にぎ》やかな声があたりに響き渡った。

「――やった！　こいつが悪者よね⁉」

割れたワインボトルのネックをつかんだまま、床に伸びたアレックスの後ろからひょこっとユスティナ皇女が顔を出した。

「ティナ様……」

呆然とその姿を見つめ、フィリスは糸が切れたみたいにベッドにすわりこんでしまった。

べったりと胸のあたりをワインに汚したレオンが、渋い顔で上着を脱ぎ捨てている。そしてベッドに突き刺さった剣を引き抜くと、大きくソファの方へと投げた。

「私、すごくない!? ね、フィリス！」

満面の笑みで、ユスティナ皇女が無邪気な歓声を上げている。

――これは……ダメだ。とても想像できない。

十二歳の皇女が、こんな。

「フィリス、大丈夫か？」

気が抜けたフィリスにあらためて向き直り、レオンが心配そうに顔をのぞきこんでくる。ためらいがちにフィリスの肩に手を置き、手のひらがそっと頬に触れる。

ドアは開けっぱなしで空気が入れ替わったおかげか、媚薬の影響はかなり消えていた。アレックスのグレアの影響も、もうない。

その顔を見上げ、フィリスはため息をつくように言った。

「帝国の騎士なら、先に皇女殿下の心配をしろ」

ああ…、と思い出したようにレオンは後ろを振り返ったが、肩をすくめて言った。

「無事なのはわかった」

そう、幸運だった。

もっとも帝国皇女にあんな……ワインボトルを振りまわすような真似をさせること自体が、そもそも騎士としてはダメなのだ。自分も含めて。

とはいえ、皇女がスイッチだったために、あの媚薬の影響をほとんど受けずにすんだということなのだろう。やはり相当な幸運だった。もし皇女が動けずにいたら、今頃は別の結末になっていたかもしれない。

大きく息を吐き出したレオンが、がっくりと首を折るようにしてフィリスの肩に額を乗せる。フィリスの肩を抱えこむようにして、大きな腕がまわってくる。

「……よかった」

震えるような声が、フィリスの耳元に落ちてきた。

フィリスもそっと片手を伸ばし、男の背中に触れる。

「よくはない」

――来るなと言ったのに。

それでも、レオンは自分自身の言葉を守ったのだ。

おまえを守らせてくれ、と。昔から確かに有言実行の男だった。

それが誇らしく、うれしい。

レオンがふっと顔を上げてうなずいた。

「まあ、そうだな」

軽く頭を掻いてレオンが言ったのは、この事件そのものについてだったのだろう。

「王家にとっては結構な醜聞《しゅうぶん》だしな」

顔をしかめて、ため息をつく。

皇女が拉致されたということで、すでに王宮は大騒ぎだろう。この結果をどこまで公表するのか。力業《ちからわざ》でもみ消すのか。後処理もいろいろと出てくるだろう。皇帝陛下への報告をどうするか、とか、ビーズリー伯爵はどこまで知っていたのか、とか。

ただ、今は——。

「レオン」

コマンドはいらない。

無意識のまま、ほとんど本能的に身体を伸ばし、フィリスは自分の唇を、男の唇に押し当てた。

あるいは——アレックスに触れられた唇の感触を、早く消してしまいたかったのかもしれない。

「え…？」

一瞬、驚いたようにレオンの身体が緊張したが、すぐに両腕が深く、フィリスの身体を抱え直す。

熱い舌先が強引に唇を割って入り、舌がきつくからめとられた。

ジン…、と身体の奥が熱く震えてくる。悦びに全身が沸き立つ。

来てくれるのはわかっていた。来るな、と言ったとしても。

自分を助けてくれるのは、いつもレオンだ。

現実でも——未来でも。

プレイじゃない。ただ……欲しかった。この男が。

「……フィリス」

ようやく唇を離すと、かすれたレオンの声がそっと耳元に届く。

顔を上げるると、まっすぐにレオンが見つめてきた。

「あらためて申し込みたい。フィリシアン・ミルグレイ」

指先でフィリスの頬を、髪を撫でながら、レオンが口にする。

「何をだ？」

フィリスも目を離さないまま、……わかっている気はしたが、それでも聞き返す。

少し唇の端で笑ってしまうのを、自分でも自覚しながら。

「おまえに初めて会った時と同じことだ。アインバーク家の男は意外としつこい」

あの時と同じように蹴り飛ばしてやろうかとも思ったが、今は二人ともベッドにすわりこんだ体勢だった。足は出せない。

仕方なく、フィリスは答えた。

「私にふさわしい男ならな」

「つまり、イエスということだな」

てらいもなく言ったレオンの顔が大きく、満足そうに輝く。

「俺以上に、おまえにふさわしい男はいない。無敵のサブにふさわしいドムは」

「それは……、試してみないとわからないな」

フィリスの返した言葉の意味を、さすがに最強のドムは正確に受けとったようだった。

「もちろんだ」

にやりと笑って答えてから、静かにつけ足した。

「感謝する」

――と。

二度目の機会が与えられたことを。

「……えーと。私、いてもいいのかしら？」

少しばかり遠慮がちな声に、ようやくもう一人、ＶＩＰでありＭＶＰがこの部屋にいたことを思い出した――。

13

そのあとは、とにかく皇女を連れて王宮へ帰還し、アレックスは捕らえられ、投獄された。

皇帝陛下へは、後日くわしい経緯の報告もおこなったのだが、話を聞いた皇帝から驚くべき事実が教えられたのはしばらくあとになってからだ。

アレックスは、先代皇帝の血を引いてはいなかった。アレックスの父親であるビーズリー卿は、先代皇帝のそばで使えていた幻影《ファントム》騎士団の騎士と侍女の間にできた子供だったのだ。だがその騎士は、先代皇帝を守って戦死し、侍女もその悲しみから立ち直れないまま、男児を産んですぐに亡くなってしまった。騎士は庶民階級の出身だったため、一代限りしか貴族とは認められない。皇帝はその死を悼《いた》み、生まれた子を跡継ぎのいなかったビーズリー伯爵家に養子として委ねた。「私の子と思って大切に養育せよ」と。

どうやらそれが、いつの間にか誤った形で伝わったらしい。とりわけ事情をよく知らないままだった祖父母たちが、皇帝陛下のお血筋を託されたのだとはしゃいで、幼いアレックスにいろいろと吹きこんでいたようだ。それが大きな悲劇のもとだった。ドムとして生まれたのも、やはり不運だったのだろう。間違いなく自分は王家の血筋だ、と確信を強くしてしまった。

投獄されたアレックスがそれを聞いて絶望したのか、あるいは信じなかったのか――フィリスたちにはわからない。

別荘から引き上げてきたその夜だった。

身体はかなり疲れていたが、精神的には興奮状態だったし、フィリス自身、中途半端な感じで落ち着かなかった。

レオンと、その、もう一度する、と決めたのは自分だったが、自分がどうなるのかがわからない。

一度、流れで身体を交えたあの時とは——きっと違う。

あの時のフィリスは怒っていたし、そもそもの目的は予知の発動をうながすためだったから。

つまりフィリスにとって、正式なプレイは初めてだった。

最強のドムと無敵のサブ——、と呼ばれていても、いや、それだけ常に注目を集めていただけに、学院時代はうかつな相手と遊ぶようなこともなかった。

フィリスは大叔父に時々、慰めてもらっていたわけだが、——いい子だ、だけでも、プレイと言えばプレイになる。まったく何もなく、この年まで来たわけではない。

レオンは……どうだったのだろう？　これまでにプレイの相手はいたのだろうか？

学生時代はともかく、辺境にいた間とか、王都にもどってからも、まったくいなかったはずもないが、そんなことを考えると、少しモヤモヤしてしまう。

人がどうであろうが、フィリス自身にはまったく関係のない話で、これまで気にしたこともなかったのに。

誰かレオンとプレイをともにし、支配を受け、愛された……人間がいるのだろうか？

遠くからは、かすかな喧噪《けんそう》が漂ってきていた。

不快なものではなく、明るく賑やかで温かい。

事後処理を含め、騎士団としての仕事は山積みだったが、とりあえず皇女が無事にもどったことで、今日の王宮は祝賀ムードに溢れていた。正直なところ、ほとんどの人間はあきらめていたのだろう。

その反動もあり、誰も彼もがすべての仕事を投げ出して、盛大な宴席になっている。

その主役とも言えるフィリスだったが、皇帝への型通りの報告のあとはすぐに自室へもどっていた。多くの祝福とねぎらいの声が次々とかけられたが、今日は疲れていますので、と断ると、さすがにそれ以上は引き止められない。

本当はフィリスや皇女の居場所を突き止め、救出に向かったレオンこそが正しく英雄であり、賞賛に値する騎士だったが、今日のところはまだそこまでの功績を認められていない。フィリスが皇女を連れ帰り、レオンがそのフィリスを迎えにいった、という形で受け止められているようで、レオン自身、多くを口にしていなかったのだ。

今は皇女が無事だったというだけでお祭り騒ぎだったが、それが落ち着き、正式な報告が出せればまた評価も変わるのだろう。

ただ、今は――今夜は、それでよかった。あまり騒がれず、放っておかれるくらいでいいのだ。

フィリスがそっと抜けるのに気づいたレオンもしっかりとあとに続いて、フィリスの部屋まで来ていた。

自分たちの間では、暗黙の了解というのだろうか。

「……で、手順は？」

ここまで来ておきながら、執務室と続く寝室のドアのあたりで妙に迷っているレオンに向かって、フィリスは尋ねた。

「今か？」

「都合が悪いのか？」

少し困ったように聞かれ、フィリスが聞き返すと、ぐっ、とレオンが言葉に詰まる。

この先、やることは決まっているし、わかっている。

フィリスとしてはそのつもりだったが、……レオンの方で考えが変わった、ということもあり得るだろうか？

そう思うと、少し心臓が苦しくなる。

「いや」

しかし何かを振り払うように強く否定すると、レオンはずんずんと中へ入ってきた。

「気が進まないのなら、今日でなくともかまわないが？」

あるいは思い直したということであれば……、無理にとは言いたくない。

もしレオンが心変わりしたのであれば、きっとフィリスは、レオン以上のドムを見つけることはこの先、一生ないのだろう。

なにしろ、最強のドムだから。

だがそれも、フィリス自身が拒絶してきたことだ。仕方がない。

「そんなわけがないだろう」

しかし少し怒ったように、きっぱりとレオンが言い返してくる。そして大きく息を吐き出した。

「ずっと、欲しかったんだぞ」

そんな率直な言葉に、フィリスは瞬きした。胸の奥がざわっと揺らぎ、くすぐったいような気持ちになる。

「躊躇しているように見えるが…」

「少し…、怖じ気づいた」

わずかに視線を外し、レオンが照れ笑いのようなものを浮かべる。

「おまえがか？」

ちょっと驚いた。

「相手は無敵のクイーンだぞ？　要求が高そうだ」

「そうだな」

……とは言ったものの、比較する相手がいなかったから、要求のレベルはわからなかったけれど。

「別に今日…、完璧を求めているわけではない」

何となくレオンから目をそらして続けたフィリスに、ふっとレオンのまとう空気が変わった気がした。

「そうか」

短く、やわらかな声が耳に落ちる。

「だったら今日、もし失望させることがあっても、また機会をもらえるということだな？」

……確かに、そういうことになる。

自分の言葉に、フィリスはようやく気づいた。

何度でも、きっとおたがいに、一緒に作り上げていくものなのかもしれない。プレイも、自分たちの一番いい関係も。

レオンがフィリスの前に立ち、そっと手を伸ばした。指先が頬に、唇に触れる。

ピリッと、触れられた先から痺れが走る。

フィリスはそっと息を吸いこんだ。

悟られたくはないが、……やはり緊張しているようだ。

「いいのか…？」

そして最後の確認をするように、レオンが聞いてくる。

「やめておくか？」

フィリスも質問で返すと、レオンが唇を引き結んだ。

「やめられるわけがない」

「なら、聞くな」

フィリスは吐息で笑って言い返す。

それでも思い出したように、レオンがわずかに視線をフィリスの足下に落とした。

「おまえ、足は…、大丈夫なのか？　ひねったんだろう？」

「問題はない」

ずっと冷やしていたし、すでに腫れも治まっている。が、フィリスも思い出した。

「おまえこそ、脇を刺されたんじゃないのか？」

結構な血も出ていたと思う。

「かすり傷だ。もう塞がっている」

本当かどうかは怪しいが、あっさりとレオンが返してくる。

おたがいに覚悟はできている、ということだ。

新しい関係に飛びこむ覚悟が。

レオンはちらっと笑ってから、手のひらでそっと頬を撫でた。

「セーフワードは…、前と同じでいいのか？」

「ああ。ページボーイ、だったな」

これで固定すると、いつも思い出させて気の毒だったな、と今さらに思う。

だが、よし、とレオンはうなずいた。そして先に奥のベッドに向かうと、その端に腰を下ろす。

まっすぐにフィリスを見て、スッと腕を伸ばした。

「来い《Come》、フィリス」

――始まる。

それがわかって、ざわっと全身が震える。

この先、自分がどうなるのかわからない不安――、そして形のない期待に胸が疼く。

そのコマンドだけで、ふわりとやわらかい熱に身体が包まれたようだった。

これまで誰にも、そんな感覚を覚えたことはない。ラファエルにもだ。

フィリスはゆっくりと足を動かし、レオンに近づいていく。どこか浮遊感に身体が揺れる。

次のコマンドを待って目の前に立ったフィリスの左手に、レオンがそっと触れてきた。

「俺の気持ちを…、おまえは二十年ももてあそんだ」

ぎゅっと一瞬、握った手に力をこめて、レオンが少し意地悪く糾弾《きゅうだん》する。

「そんなことはしていない」

そんなつもりはないし、まったくの言いがかりだ。

無意識に首を振ったフィリスにかまわず、レオンはにやりと笑った。

「二十年分の俺の情熱を受け取ってもらわないとな」

少しばかりなじるようなその言葉が耳に届いた瞬間、どくん、と心臓が鳴った。ざわざわと肌が騒ぎ出す。

「あ……」

知らず、かすれた声がこぼれた。

「なんだ、もう期待しているのか？」

レオンのささやくような声が耳元に落ち、それだけで膝から崩れそうになる。今まで感じたことのない、甘い、抗いがたい誘惑に縛られるようだ。

「お仕置きをして欲しいのか？」

優しげな、意地悪なレオンの声が耳をくすぐる。

浅い息をつきながら、フィリスはあえぐように口を動かした。

「して、欲しい……」

それがどんなものなのか、まったく予想もできなかったけれど。

でもレオンに与えられるものなら、きっとなんでも気持ちがいい。嫌ではない。それがわかっていた。

愛を、受け入れる。

その意味がわかったような気がした。

そして、この男の支配を受け入れられる——。

「そうか」

レオンが吐息で笑う。

「ああ…、目が潤んできた」

そしてさらに嫌がらせのように指摘され、じわっと下肢から何かが溶け出しそうだ。

まだ何もされていないのに、レオンの目の前でフィリスはどうしようもなく淫らに身体をよじっていた。自分の腕をつかみ、身体の中から飛び出しそうな何かを抑えこむ。もう立っていられなかった。

そんなフィリスの姿を眺めて、レオンが吐息で笑う。

「膝をつけ《kneel》、フィリス」

そのコマンドが耳に入ると同時に、なかばホッとしてフィリスは床へぺたんとすわりこんだ。レオンの足下に。

しっかりと筋ばったレオンの指が、フィリスの顎を持ち上げる。

わずかに足を開いてすわっていたレオンの中心が、目の前に見せつけられる。ズボン越しにも、すでに大きく膨らんでいるようだ。

「立派に成長してよかったな」

思わずそんな言葉が口から出た。

幼い日の自分の蛮行を、後悔しているわけではないが、今になるとやはり少し申し訳なかったという気もするのだ。

「おかげさまでな」

うなるように答え、レオンが上からにらんできた。

「そんな生意気なことを言うサブには、やはり躾けが必要なようだ」

意味ありげに言われ、背筋がぞくりと震える。

「躾け、など……」

それでも反射的に見せた抵抗に、レオンが低く笑った。

「クイーンには必要ないな。だがおまえは、俺のサブだ」

低く耳元にささやかれ、ずくん、と下肢に熱い痺れが走る。腰がとろける。

「あ……」

「立ってみろ《stand up》、フィリス」

ピシリとコマンドが放たれ、フィリスはよろけるように立ち上がった。

コマンドを与えられることもだが、それに従順に従う自分がひどく淫らで、恥ずかしくて、……不思議と少し解放されたようにも思える。

しかし足にはまともに力が入らないままだ。

「ほら」

と、軽くその腕を引かれただけで、フィリスは男の腕の中に倒れこんでいた。

がっしりとした両腕に腰が支えられ、ホッとフィリスは顔を上げる。

吐息が触れるほど近くに、男の顔があった。もう見飽きるほどに見ている顔なのに、やはりまだドキドキする。

鼻先が、唇が、かすめるように触れ、探るように熱い視線が絡み合う。

「何か欲しいのか？　おねだりしてみろ。許してやる」

唇で笑って傲慢に言われ、フィリスはあえぐように唇を動かした。

「キス、を……」

ようやくかすれた声がこぼれる。羞恥にカッと頬が熱くなった。

でも欲しかった。体中で、心の中から叫ぶみたいに、レオンを感じたかった。

吸い寄せられるみたいに、唇が重なる。

熱い舌がねじこまれ、きつく吸い上げられて、フィリスも必死に応えた。何度も執拗に絡め合い、無意識に伸びた手がレオンの肩をつかむ。

「――んっ……、あぁ……」

息が苦しくなるまで味わって、いったん唇を離したレオンが、指先で確かめるみたいに濡れたフィリスの唇を拭った。強い眼差しが見つめてくる。

「この唇に…、二度と俺の身体以外のものは触れさせない」

熱く、かすれた声できっぱりと言われ、フィリスはふわりと微笑んだ。

「ああ…」

うれしかった。約束は守る男だから。

そのまま唇に、首筋にキスを浴びせながら、レオンがフィリスの身体を背中から抱き直した。

自分で男にしがみつくことができず、フィリスは全身をレオンに預けるしかない。自分のすべてのコントロールを失った状態はひどく不安定で……、それでもすべてをレオンの手に握られているという感覚はドキドキする。

背中からまわったレオンの指が器用に動き、フィリスの服のボタンを外していく。ベルトが緩められ、無意識にフィリスは腰をよじる。

わずかに開いた胸元から片方の指がするりと差しこまれた。

探るように胸をなぞった指先が小さな突起を見つけ出し、もてあそぶようにいじり始める。

「——あっ…、ん……ん」

はじめはくすぐったく小さく身をよじるくらいだったが、執拗にいじりまわされて、じわじわと身体の奥からこらえようのない疼きが生まれていた。

さらには触れられてもいないもう片方が、ズキズキと痛み始める。服にこすれるだけで、すさまじい快感が腰の奥に走り、フィリスは胸を反らして必死に慰めようとする。

「どうした？」

わかっているくせに、腕の中で身悶えるフィリスに、レオンが優しげに尋ねてきた。

「さわ…って…っ……くれ…っ」

目を閉じたまま、食いしばった歯の隙間からフィリスはようやく言葉を押し出す。

きつくこすって欲しくて、いっぱい可愛がって欲しくて。

「ああ…、こっちを忘れていたようだ」

とぼけたように言うと、レオンはもう片方へと攻撃を移した。

「——ひ、ぁ…っ」

きつくひねり上げられ、押し潰されて、そんな小さなところから全身にぶわっと快感が散っていく。

ドクドクと中心が熱を持ち始め、ズボンを押し上げてしまう。

少しでも快感を得ようと、フィリスはレオンの膝の上で激しく身をよじり、——あっ、と思った時には、ずるりと身体がベッドの脇へすべり落ちていた。

ようやく快感の檻《おり》から逃れ、肩をあえがせながら、フィリスはすわりこむ。

「いい子《good boy》だ」

それでも男の声と、頭を撫でる優しい感触に、そっと目を閉じた。

「ああ……」

いつの間にか、あれだけ肌を焼くようだった羞恥も消え、安堵にも似たため息がこぼれる。

だが身体は、まだ中途半端に疼いたままだった。

まだ足りない——、と貪欲に望んでしまう。

何のコマンドもないことに少し不安になって、そっと視線を上げたフィリスにレオンが微笑む。そしてフィリスの前で、大きく足を広げてすわり直した。

両手を伸ばしてフィリスの頬をすくい上げ、深いキスが与えられる。そしてフィリスの片方の手にレオンの手が重ねられ、そのまま男の中心へ導かれた。

熱く、硬く膨らんだモノがフィリスの手の中でドクドクと脈打ち、その生々しさにカッ…と頬が熱くなる。

「昔おまえにいじめられたところを確かめてみるか？　おまえを……、満足させられるかどうか」

甘く熱を孕んだそんな声に、フィリスの視線はどうしようもなく男の中心に吸い寄せられる。

確かめたい。触れてみたい……と、そんな恥ずかしい思いが沸き立つようにせり上がってくる。

「あ……」

思わず視線の上がったフィリスに、レオンが低く笑った。

「コマンドが欲しいのか？」

指摘され、羞恥に全身の熱がさらに上がる。

そんな淫らな行為を自分からする勇気がなくて。でも、どうしようもなく欲しい。

そんな思いも、レオンには知られていて。

「いいぞ。舐めろ《Lick》、フィリス」

放たれた少し強めのコマンドに、びくっと身体が揺れる。

「おまえのモノだ」

ごくり、とフィリスは唾を飲みこんだ。

レオンの中心は、布越しにもすでに大きく形を変えているのがわかる。はち切れそうなほどに。

それだけ興奮しているのだ、と。この男も。それがうれしかった。

フィリスはそっと手を伸ばし、レオンのズボンのボタンを外す。外し終わる前に、すでに窮屈になっていた中のモノが勢いよく飛び出してきた。

「あ……」

その大きさに少し息を呑む。じわっと口の中に唾液がたまってくるのがわかる。

フィリスはゆっくりと顔を近づけた。わずかに濡れた先端から少しずつ唇に含み、喉の奥まで深くくわえこむ。息苦しくなるのもかまわず、いっぱいに舌をからめた。

「……んっ…、んん……っ」

唾液が唇の端からこぼれ落ちる。口の中でさらに大きく膨らみ、跳ねまわる男が愛おしい。

「くそ…ッ、フィリス……！」

どのくらい続けた頃か、頭の上でレオンの低いうなり声が聞こえ、次の瞬間、いくぶん手荒に髪がつかまれた。力尽くに引き剝がされる。

「あぁ…っ、まだ……っ」

満足できず思わずせがんだフィリスだったが、荒い息をつきながらレオンがフィリスの身体を強引に抱き上げた。そのままベッドへ投げられる。

レオンが上から覆い被さり、激しく唇が奪われた。フィリスも夢中で男の肩に腕をまわす。

ようやく顔を上げると、レオンが確かめるように指先でスッ…とフィリスの肌をたどった。

「フィリス、横になれ」

わずかに身体をしならせたフィリスは、命じられるまま、仰向けにベッドへ横たわる。

レオンが無造作に自分のシャツを脱ぎ捨て、じっと見下ろしてきた。

「ああ…、もうズボンが濡れているな。俺のがずいぶんと気に入ったようだ」

「言うな…」

すでに形を変えていた自分のモノをいやらしく指摘されて、とっさにフィリスは顔を背ける。

「いけないな。命令するのは俺だ」

「――あぁぁっ！」

布の上から軽く弾かれ、その刺激の大きさにフィリスは大きくのけぞった。さらにドクッ…と蜜が溢れ出したのを感じる。

「ぬ…脱がせて……くれ」

濡れた先端が過敏になって、布にこすれるのがつらい。

「ダメだと言っただろう？　お仕置きだからな」

「そんな……」

楽しげに言われ、絶望的な思いが被虐的な快感にすり替わって身体の中を満たしていく。

きっと他の人間ではダメだ。他のドムでも。

レオンだから……許せる。受け入れられる。

フィリスがにじませた涙を、レオンの指が優しく拭い、低く笑った。

「いいだろう。では自分で脱いでみろ《strip》」

言われて、フィリスは男の視線にさらされながらようやくズボンを脱ぎ捨てる。

「全部…、見せてくれない《Present》か。おまえのすべてを」

続けて命じられ、フィリスは頬を熱くしながら、自分の手で両膝を抱え上げ、男の目の前で大きくさらしてみせた。

「あ……」

熱っぽい視線に耐えきれず、たまらず顔を背ける。

触れられてもいないのにすでに大きく、硬く形を変えていた自分のモノの先端から、ポタポタとはしたなく蜜が滴《したた》っているのがわかる。

「ずいぶんともの欲しげだな…」

楽しげに言われて、さらに全身が熱くなった。

「だが、まだだ」

「そんな……」

しかし耳元で残酷な言葉を落とされ、甘い絶望に身体が溶けていく。

「フィリス、腰を上げろ。もっと奥まで…、俺にすべてを見せてくれ」

さらなるコマンドに、フィリスは力の入らない身体をなんとか引き起こし、うつぶせになって、ベッドの上で両方の手足をつく。無防備な腰を男に向けていることが、たまらなく恥ずかしく、心許《こころもと》ない。こんな姿を、誰かに見せたことなどなかったのに。

「あぁぁぁ……っ！」

背筋に沿って男の指がなぞり、そのあとを唇がたどっていく。

フィリスの身体は大きくしなって、上体がシーツに崩れ落ちた。尻だけを突き出している、さらに恥ずかしい体勢になってしまう。

「すごいな。おねだりか？」

おもしろそうに言った男の声に、羞恥で全身が熱くなる。ジン…、と腰の奥に痺れが走り、先端からはさらなる蜜をこぼしてしまう。

背中から、厚い男の身体が重なってきた。無意識にシーツを引きつかむ両手も上から男の手に重ねられ、ぴったりと二つの身体が密着する。

「ふ…、あ……、あぁ…っ、いい……っ」

腰の奥にゴリッ、と硬く熱いモノが当たってくる。その先端がフィリスの後ろから細い溝《みぞ》に押し当てられ、きつくこすり上げられて、たまらずフィリスは腰を振り乱した。

レオンの舌がうなじのあたりを這いまわり、きつく唇を押し当てられる。

さらに両手がフィリスの前にまわってくると、胸から脇腹をたどるように撫で下ろした。足の付け根から内腿へと滑りこみ、恥ずかしく跳ねまわっている中心が男の荒々しい手の中に収められる。

「ふ…ぁ…、あぁぁぁ……っ」

きつくしごき上げられて、一瞬で達しそうになったが、レオンの指がきつく根元をせき止めた。

「まだだ。そんなに簡単にイッたらお仕置きにならない」

耳たぶを甘く噛むようにして言葉が落とされ、フィリスは身もだえして腰を男にすり寄せながら涙をにじませる。

レオンは吐息で笑い、なだめるように尻の丸みが優しく撫でられた。

「フィリス、仰向けになれ《Roll》。顔が見たい」

そして届いたコマンドに、フィリスは力の抜けた身体をようやくひっくり返す。

「あ……」

レオンの顔をまともに見るのが恥ずかしい。それでも、今度は正面から重なってきた身体に、フィリスは無意識のまま、すがるみたいに腕をまわした。

きつく、腕いっぱいに男の熱い身体を抱きしめる。その匂いを全身に吸いこむ。

「フィリス……」

レオンの手がフィリスの頬を包みこみ、近づいた顔に鼻先が当たる。おたがいの吐息が触れる。

熱く濡れた眼差しが落ちてきて、唇が奪われた。

「――ん…っ」

あっという間に舌がからめとられ、息もできないくらいにきつく味わわれる。

「ほら、これを…」

いったん離してから、今度は指を二本、くわえさせられた。

たっぷりと唾液をからめてから引き抜かれ、意味ありげにフィリスの胸をたどって下肢へと落ちていく。

切なげに震えるフィリスの中心から、さらに奥へと。

「あ……」

行き着く先を予想して、どくん、と胸が高鳴った。

その表情に、レオンが吐息で笑う。

「見せてくれるか《Present》。コレが欲しいところを」

「あ……」

欲しい、ところ――。

「ん…っ…」

耳まで熱くなる。普通なら、とても考えられない。

それでも命じられるまま、フィリスは自分の足を大きく広げてみせた。恥ずかしい中心の、さらにその奥まで。

「ああ…、確かに、もの欲しそうにヒクヒクしてるな」

あからさまに教えられ、恥ずかしさで全身が溶け落ちそうになる。なのに、ねだるみたいにいやらしく腰が揺れてしまう。

「もっとよく見せてもらおうか」

意地悪く言いながら、レオンの手がフィリスの足をつかみ、さらに押し広げた。

「ああ…っ、よせ……っ」

男の膝の上に腰だけを持ち上げられた状態で、フィリスはどうしようもなく両手できつくシーツをつかんだ。

恥ずかしく蜜を垂らしている前にも、いやらしくヒクついている後ろにも、余すところなく男の視線が注がれているのがわかる。

「きれいだな……」

吐息でつぶやき、ふっと、感情を抑えた声でレオンが言った。

「もっと……、誰よりも早く、おまえのココが知りたかった。俺が意地を張っていたせいだな」

どくん、と心臓が鳴る。フィリスは涙の滲んだ目を瞬いた。

燃えるような目で、レオンがフィリスを見つめていた。

レオンが誰のことを言っているのかは、想像がつく。

――嫉妬、だろうか？　自分でそう言っていたけれど。

そう思うと、甘く、くすぐったい思いが身体に満ちてくる。

「ラファエルに……、抱かれたことはない……」

そっとフィリスは答えた。

「おまえが……初めてだった」

レオンが大きく目を見開き、言葉を失った。片手で顔を覆う。

「……マジか」

小さくつぶやく。

「悪かった」

そして吐息とともに短くあやまって、次の瞬間、男の熱い舌がフィリスのモノにからみついた。

「おまえの全部を可愛がってやる」

そんな熱い声が聞こえてくる。

「俺に…、可愛がらせてくれ」

「レオ……、──あぁぁぁ……っ、ふ…ぁ…ッ、あぁ…っ、ん…っ」

熱い舌でいっぱいに愛され、こすり上げられて、──こらえようがなかった。

「ダメ……っ」

とっさに声を上げて腰を引こうとしたが、逆にレオンの手はフィリスの腰を引きもどす。

「あぁぁ……っ」

抑えきれず、フィリスは男の口に出してしまった。

自分でも信じられず、そのショックにしばらく放心していたフィリスは、しかしさらに奥へと男の舌が伸びるのを感じた。

「レオン……っ、よせ……」

とっさに制止するが、かまわずレオンは、淫らにうごめく襞の一つ一つを舌先で愛撫する。とろけきった襞はさらなる刺激を求めて、ヒクヒクと誘うように動いてしまう。

「可愛いな…」

つぶやくように言いながら、レオンの指がもてあそぶようにソコを掻きまわした。

「あぁっ、あっ、あっ……あぁぁ……っ」

まだ触れられていない腰の奥が疼いてたまらない。

レオンの指でそこに与えられる快感を、フィリスはすでに知っていた。思い出しただけで腰の奥が甘くとろけ、欲しくてたまらなくなる。

「欲しいのか？」

その表情を見て吐息で笑い、レオンが聞いてくる。

「欲しい……っ」

歯を食いしばるようにしてねだると、レオンはゆっくりと指を沈めてきた。

「ふ…ぁ……、んん……っ」

身体の中からきつくこすり上げられ、ぞわぞわと覚えのある快感がせり上がってくる。

「気持ちがいいか？　……ああ、よさそうだな」

再び反応し始めたフィリスの前が軽く指で弾かれ、さらに悲鳴のような声が上がってしまう。

何度も指が出し入れされ、内壁が掻きまわされ、さらに二本に増えた指で一番奥まで突き上げられて、たまらずフィリスは腰を振り乱していた。

「あぁっ、あぁっ…、いい……っ！」

「すごいな……」

信じられないほどの快感に呑みこまれ、男のつぶやく声も耳に入らない。

しかしたっぷりと悦楽を教えこんだあと、その指は一気に引き抜かれた。

「あぁぁっ、ダメだ…っ！　まだ……っ」

たまらずフィリスは切ない声を上げてしまう。

「……」

それに、意地悪な声が尋ねてくる。

「もっとか？　フィリス」

「あ…っ、んん……っ」

「フィリス、言ってみろ《say》」

「もっと…、レオン……っ」

恥ずかしく腰を振りながら、フィリスは答えるしかない。

「ああ…、俺のをやるよ」

そんな声でいったん淫らに揺れるフィリスの腰が下ろされたかと思うと、今度は何か硬いモノがその部分に押し当てられた。

熱く濡れた男の切っ先だ。

「あ……」

フィリスは息を呑んだ。それを受け入れるのは初めてだった。

「息を吐け」

言われるまま、息を抜いた次の瞬間、男のモノがグッと中へ突き入れられる。

「――あぁぁぁ……っ！」

頭の中が真っ赤になるような衝撃だった。

反射的に逃れようとした腰は強く引きもどされ、さらに奥まで突き入れられる。裂《さ》けるような痛みに身体がよじれ、しかしその奥からじわじわと痺れるような快感が滲み出てくるのがわかる。

だがそこでいったん動きが止まった。

ドクドクと、男のモノが中で脈打っている。その大きさと熱に自分の中が次第に慣れてきて、男の形に変わっていくのがわかる。まるで初めから一つだったみたいに。

「あ……」

無意識に伸びた手が、レオンの腕をつかんだ。

「続けるぞ」

その手を取って優しく言うと、レオンが再び動き始める。

「ああっ、あぁぁ……っ！」

えぐられる痛みと、そして滲み出る快感と。それが混じり合った熱い波が何度も繰り返し打ち寄せてくる。意識が呑みこまれ、溺れてしまう。

「——フィリス…！」

伸びてきたレオンの手がフィリスの手をつかみ、指をきつく絡める。

「ふ…、あっ、あぁぁ………っ！」

突き入れられる男のモノをくわえこみ、きつく締めつけ、それを楽しむように引き抜かれて。

頭の芯が震えるような快感が全身を駆け抜け、足の指先まで大きく伸びて。

何度目か、大きく身体をのけぞらせてフィリスは達していた。

ほとんど同時に、中が熱く濡らされたのを感じる。

放心状態でしかなかった。

支配を受ける――自分のすべてをたった一人の男に委ねる、その快感と充足感が体中に満ちていく。

レオンも、だろうか？　支配し、征服する、その恍惚を感じるのだろうか…？

しばらくはおたがいの荒い息づかいだけが空気に溶け、いったんレオンが身体を離した。

身動き一つできないほど体力が奪われ、ホッと息をついたフィリスだったが、今度はそのぐったりとした身体が軽々と男の腰の上に抱き上げられる。

向かい合ったまま足が広げられ、熱くとろけきった奥へ再び男のモノが突き入れられた。

「――あぁぁ…っ！」

レオンの首に両腕を巻きつけたまま、フィリスはたまらず身体を跳ね上げる。

そのうなじがつかまれ、唇を重ねられた。

何度も熱いキスを交わしながら、フィリスの後ろはじわじわと男のモノをくわえこんでいく。

自分の体重だけで根元まで受け入れ、しかしそのまま、レオンは動いてくれなかった。

「あ……」

思わず涙で滲んだ目で男を見る。

レオンがにやりと笑った。

「自分で動け。……欲しかったらな」

思わず男をにらんだが、今のフィリスの身体は他にどうしようもない。指先で軽く肌をなぞられただけで感じてしまう。

「――んっ…んっ、あぁ…んっ…！」

いっぱいに男をくわえこんだまま、自分で何度も伸び上がり、貪っていく。

痛みと恍惚。安心と幸福と、そして快感に体中が満たされていく。

立て続けに何度も達して……しかしレオンはまだ満足していないようだった。

「おまえのココが…、恐ろしく可愛い」

今度は後ろからフィリスの身体を膝に抱き上げ、肩に顎をのせて、両手でフィリスの胸をもてあそぶ。

楽しげにつぶやきながら、さらに手慰みのようにいじられ、押し潰されて、フィリスは男の腰の上で身悶えしながら、また達してしまう。

そのままぐったりと倒れこんだ身体が男の手で引き起こされ、今度は前から抱き上げられる。

「もう…、よせ……っ」

そんなフィリスの言葉はまともに耳に入っていないようだ。

向かい合ったおたがいのモノがこすれ合い、男の唇がフィリスの胸をたどっていく。

「あぁ…っ」

小さな乳首が甘噛みされ、さらにイタズラするみたいにいじられて。

身体も――そして心も、もうどろどろだった。このままだと本当に溶けてなくなってしまいそうだ。

「レオン…、バカ、もうやめろっ、――ページボーイ！」

ついにセーフワードを突きつけると、レオンの動きがピタリと止まった。

「嘘だろ……？」

そして情けない顔で、フィリスを見つめてきた。

大きく息をついて男の腹の上からフィリスが見下ろすと、男の中心は早くも元気に形を変えてしまっている。

フィリスは思わず眉をひそめた。

……正直、してやってもよかった。口の中の男のモノ、その大きさや熱、質感を思い出すだけで、自分の下肢も熱くなるくらいだ。

でもここで甘やかすのはよくない、と思い直す。

「今日は終わりだ。自分でどうにかしろ」

無慈悲に言い捨てると、汗ばんだ男の身体を何とか引き剥がした。

だがもう、これ以上、指一本も動かせない。動かしたくない。

倒れるようにベッドに沈み、なんとかシーツを引き上げて目を閉じる。

疲労感と、甘い残り香のような快感が温かく身体を押し包み、あっという間に眠りに落ちた。

「くそ……ッ」

と、そんな悪態を楽しく耳の奥に聞きながら。

「……いい子だ《good boy》」

そして優しい、甘い声と。

「今度プロポーズした時は蹴らないでくれ」

苦笑するような声を聞いたのは、予知夢の中だったのだろうか。

抜けるような青空の下、大聖堂の鐘が華やかに鳴り響いていた――。

⚔ ⚔ ⚔

「このところダダ漏れている色気がすごすぎる」

不機嫌な顔で、レオンがそんなことを言ってきた。

まだまだ執務中の午後二時だ。

これから他の団長たちとの会議に、団員たちとの訓練に、皇女のお供と、やるべきことは多い。

フィリスに、くだらない与太話《よた》に付き合っている暇などない。

手元の書類から視線を上げ、冷ややかな視線で、「は?」とだけ返した。

まったく仕事の邪魔だ。

「おまえ、本当にヤバすぎるぞ?　この間は王立学院《ロイヤルアカデミー》へ特別講義に行っただろう?　教育に悪影響だ。生徒たちの健全な成長を阻害する気なのか?」

憤然と怒っている意味がわからず、二発目の「は?」を繰り出してやる。

「思春期の学生たちが今のおまえの講義を聴いて、何を考えているかわかるか!?　シーツの洗濯が増えるだけだ！　そもそもおまえがガキどもの前に立って、まともに講義が耳に入っているはずがないだろうっ。一時間、ぼうっと意識を飛ばしているだけだ！」

バカバカしい。

「おまえ、何の話をしているんだ？」

あきれてフィリスは首を振った。

昔から時々、意味不明な男だったが、完全に壊れたのかもしれない。

「だから！　おまえの色気の話だっ」

バン、とデスクに手をたたきつけ、嚙みつくようにレオンが言った。

「そんなものはない」

端的にフィリスは返した。感じたこともない。

「いや、ある！」

頑固に主張する男に、ハァ、とフィリスはあからさまにため息をついて見せた。

「だったら見せてみろ」

「鏡を見ろ」

椅子にゆったりと背中を預けて、黙らせるつもりで突きつけたフィリスに、跳ねるような勢いでレオンの言葉が返ってくる。

まったく…、こんなところでドムの有能さを発揮しないでもらいたい。

「それで、おまえは私にどうしろと？」

あきらめて、フィリスは尋ねた。

そんな形のないものをどうこう言われても、どうしようもない。ドムのグレアとは違うのだ。

まっすぐに聞かれ、さすがに、むぅ…、とレオンも押し黙った。どうやら具体的な方策を持っていたわけではないらしい。

色気などというそんな実態のないものにふりまわされるバカもそうはいないだろうが、レオンを納得させないといつまでもうるさそうだ。

ちょっと考えて、フィリスは指摘した。

「……そうだな。いくら美人でも、ものすごく元気で溌剌《はつらつ》とした人間には色気を感じないだろう？　どちらかと言えば、物憂《ものう》げで、少し悩みや疲れが見える人間から感じるものだと思うが」

「まぁ…、そうだな」

ちょっと考えて、レオンもうなずいた。

そこでフィリスは畳みかける。

「だとすれば、原因はおそらく、ゆうべおまえが好き放題してくれたせいだと思うんだが？　もし本当に、私から色気などというものがダダ漏れているのならな」

「なっ…、どうしてそんなことを？」

冷ややかに指摘したフィリスに、とたんにレオンが動揺した。

「おまえのせいで私が疲れ気味だということだ」

追及の手は緩めず、まっすぐにレオンをにらんだまま、フィリスはさらに続けた。

常々、思っていたことだった。初めて正式なプレイをしたその日から、だ。

最強のドムだということを考慮しても、さすがにやり過ぎだと思う。

「いやっ、でもっ、おまえも嫌じゃないんだろう？　セーフワードは聞こえなかったし…、なんだかんだ付き合ってくれるしな。……結構おまえからねだってくるし？」

意味ありげに上目遣いで眺めてくる。憎たらしい。

「俺もおまえを満足させるために必死なんだ」

ことさら殊勝な顔で言い訳した男に、フィリスはあっさりと言った。

「だったら、プレイは翌日が休みの時だけに限定しよう」

つん、と澄まして言い渡したフィリスに、レオンがあせった声を上げる。

「いや！　別に問題はない。世の中にはソフトプレイというものもある」

咳払いして、レオンが提示した。

「……聞いたことはないが？」

「あとでノウェルに聞いてみろ」

眉を寄せたフィリスに、レオンがつらっとした顔でうそぶいた。

とても胡散臭《うさんくさ》かったが、あとでディディエに聞いてみよう、と思う。

「まぁ、では検討してみよう」

「前向きに頼む」

とりあえずそう返したフィリスに、レオンがほくほくと言い添える。

あの拉致事件からひと月ほどがたっていた。

事件はかなり尾を引いたが、騎士団の調査や事後処理が終わったあたりで、フィリスはレオンの正式な婚姻の申し込みを受け入れた。

ドムとサブがパートナーとなった場合、もちろん公式にお披露目をすることも多かったが、フィリスはそれを望まなかった。

ただ否定することもなく、多分まわりは、ああ、くっついたんだな、と察したようだ。

結局は周囲の思惑通りになったことを思うと、若干の悔しさと気恥ずかしさを覚えてしまうのだが。

「ようやくか」

と、最初のプレイの翌日には早くも、あきれたようにノウェルに言われたくらいだ。ディディエもニコニコしていた。

どうしてわかったんだ？　と、フィリスには疑問だったけれど。

ただレオンとは「カラー」の件でなかなか合意ができなかった。

「頼む。何か贈らせてくれ」

結婚したからといって、何が変わるわけでもない。仕事も同じだ。

うっとうしいから嫌だ、と拒否したフィリスに、しかしレオンはしつこかった。

「何も身につけていないと、まだおまえを狙ってもいいと勘違いするヤツが出てくるだろう!?　それはダメだ！　不幸な人間を増やさないためにも絶対に必要だ！」

と、レオンは力説していた。

どうしても、パートナーである「証《あかし》」を身につけさせたかったらしい。

フィリスとしては、狙ったからどうだというんだ？　という気もするが。

ドムとサブの結婚はパートナーシップの確認でしかない。特にサブにとって、一人のドムに決めたら他のドムからコマンドを受けることはない。受けても効果はない、という。

だからフィリスがわかっていればいいことだった。

「では、ピアスにしろ。それなら邪魔にならない。小さなヤツだ」

あきらめて譲歩したフィリスに、レオンは喜びいさんで、さっそく持ってきた。

フィリスの瞳の色に合わせた、小さな長方形の極上のエメラルドだ。

ふだんフィリスが何かの宝石を身につけることはなかったから、耳元を飾る涼やかなピアスはずいぶんと目を惹《ひ》いたようだ。

何かあったのか、と。そして、ああ、という認識になったらしい。

そのせいか、それから帝国ではパートナーへの贈り物にピアスが流行した。

最強のドムと無敵のサブはまた一つ、新しい伝説を作ったのだ——。

あとがき

こんにちは。初めまして、でしょうか。

　実はリブレさんでも他社さんでも、この四六判という判型が私には初めましてで、なおかつ、今回のドムサブという世界設定も初めましてということで、いろいろ初めてづくしの一冊となりました。なかなかに難しいチャレンジで、ドムサブ的な醍醐味を味わっていただけるかどうか不安ですが、私の中ではかなりラブラブなカップルになったような気がいたします。そういえば、私のお話だと同級生三人組のキャラが登場する率が高いのですが、今回は四人組でした。めずらしー、と自分でも思っていたのですが、考えてみれば一人は一コ下なので、同級生なのはやはり三人だった…（笑）特に意識しているつもりはないのに、何でだろう…？　書く場合も、読む場合も、映画などを見る場合もですが、なぜか脇キャラへ愛情が向きがちなんですよね。私自身が、のほほんとお気楽にカップルを横目で見ているポジションに憧れるからかな。

　というわけで、物語としてはいつもより少し平和な気もする（あくまで当社比）、ファースト・アプローチを間違ったおかげで二十年こじれたカップルのお話、になります（身も蓋もない…）。なのですが、今回は前半学院編、後半騎士団編という感じですので、それぞれの雰囲気をお楽しみいただけるとうれしいです。

イラストをいただきました杏さんには、執筆中にいろいろと不測の事態もあり、大変なご迷惑をおかけしまして申し訳ありませんでした。にもかかわらず、本当に素晴らしく美しいイラストをありがとうございました！　編集さんともお話ししましたが、考えてみれば主人公たちの幼少期から十代の学院時代、そして成人した騎士団時代と、３段階にキャラを描いていただくことになり、通常よりもご負担が大きく、大変申し訳ないことに…。私としては楽しみが倍増なのですが。表紙や本編の二人の美しさとカッコよさもさることながら、キャラ紹介ページの４人のイラストもすごく世界観を引き寄せていただきました。それぞれのキャラの雰囲気も、バックには黒龍と不死鳥が入ったタペストリーと細部まで…！　設定好きにはたまりません。本当にありがとうございました。そして編集さんにも、今回いつも以上に恐ろしくご迷惑をおかけしてしまい、大反省中です。本当に申し訳ありませんでした…。根気強くお付き合いいただいて、本当にありがとうございました。

そして、こちらの本を手に取っていただきました皆様にも深く深く感謝を。いつも以上にキラキラな世界観ですので、日常を忘れ、キャラと一緒にドキドキわくわく、物語に浸っていただけると本望です。

それではまた、どこかでご縁がありますように――。

10月　脂ノリノリで鰹がもどってくる季節。でも今秋のマイブームはナスでした（笑）

水壬楓子

初出一覧

帝王Domと無敵のSubはこれを恋だと認めない　書き下ろし

弊社ノベルズをお買い上げいただきありがとうございます。
この本を読んでのご意見、ご感想など下記住所「編集部」宛までお寄せください。

リブレ公式サイトで、本書のアンケートを受け付けております。
サイトにアクセスし、TOPページの「アンケート」から
該当アンケートを選択してください。
ご協力お待ちしております。

「リブレ公式サイト」
https://libre-inc.co.jp

帝王Domと無敵のSubは
これを恋だと認めない

著者名 水壬楓子

発行日 2024年11月19日 第1刷発行

発行者 是枝 由美子

発行所 株式会社リブレ

〒162-0825 東京都新宿区神楽坂6-46
ローベル神楽坂ビル
電話03-3235-7405（営業） 03-3235-0317（編集）
FAX 03-3235-0342（営業）

印刷所 株式会社光邦

装丁・本文デザイン 円と球

Printed in Japan
ISBN 978-4-7997-6881-5